시
의
힘

SHI NO CHIKARA

by Kyungsik Suh

Copyright © 2014 by Kyungsik Suh

시의 힘

초판 1쇄 발행   2015년 7월 5일
초판 7쇄 발행   2021년 1월 25일

지은이   서경식
옮긴이   서은혜
펴낸이   조미현

편집주간   김현림
책임편집   허슬기
디자인   나윤영

펴낸곳   (주)현암사
등록   1951년 12월 24일 · 제10-126호
주소   04029 서울시 마포구 동교로12안길 35
전화   02-365-5051
팩스   02-313-2729
전자우편   editor@hyeonamsa.com
홈페이지   www.hyeonamsa.com

ISBN 978-89-323-1743-4 03810

이 도서의 국립중앙도서관 출판시도서목록(CIP)은
서지정보유통지원시스템 홈페이지(http://seoji.nl.go.kr)와
국가자료종합목록시스템(http://www.nl.go.kr/kolisnet)에서
이용하실 수 있습니다.(CIP제어번호 CIP2015016434)

○ 책값은 뒤표지에 있습니다. 잘못된 책은 바꾸어 드립니다.

詩の力

시의 힘

절망의 시대, 시는 어떻게 인간을 구원하는가

서경식 지음 · 서은혜 옮김

현암사

한국어판 서문

시에는 힘이 있을까? 문학에 힘이 있을까? 의문이다. 그럼에도 이 책에 '시의 힘'이라는 제목을 붙인 이유는, 우리를 끝없이 비인간화하는 이 시대야말로 그 어느 때보다 더 시와 문학의 힘이 절실하게 필요하기 때문이다.

이 책은 근래에 강연한 내용 등을 기반으로 집필한 에세이 가운데, 넓은 의미에서 '문학'과 관련된 것들을 뽑아 엮은 것이다. 대부분은 한국의 대학이나 학회 등에서 했던 강연 원고에 가필했다.

다만 「루쉰과 나카노 시게하루」, 「조선의 시인들―'동아시아' 근대사 속에서」, 두 편은 일본의 〈시인회의(詩人会議)〉라는 문인 단체에서 했던 강연을 토대로 집필한 것이다. '시의 힘'이라는 제목은 직접적으로는 이 두 편에 기대었다.

1930년대 중국 해방 운동에 헌신했던 루쉰(魯迅)의 말. 루쉰에게서 깊은 위로와 격려를 받은 1950년대 일본의 나카노 시게하루(中野重治)의 문장. 그리고 일제 강점기와 군사독재 시절, 이 나라에서 '돌멩이를 움켜쥐듯이' 쓰인 수많은 시들. 이것들에는 어떤 힘이 있을까? 이것이 현대를 살아가는 우리에게 어떤 구제책이 될 수 있을까?

인생은 짧다. 그러나 '시'라는 형식을 빌리면 21세기의 일본 사회를 살고 있는 나라는 인간이 80년 전의 루쉰, 60년 전의 나카노 시게하루, 그리고 조국의 과거 시인들과 교감할 수 있다. 그뿐만 아니라 내가 50년 전에 쓴 시(비슷한 것)까지 새삼스럽게 되살아나 나를 채찍질한다. 이러한 정신적 영위는 모든 것을 천박하게 만들고 파편화하여 흘려버리려 드는 물결에 대항하여, 인간이 인간으로서 살아남고자 하는 저항이다. '저항'은 자주 패배로 끝난다. 하지만 패배로 끝난 저항이 시가 되었을 때, 그것은 또 다른 시대, 또 다른 장소의 '저항'을 격려한다.

시에는 힘이 있을까? 나의 대답은 이렇다. 이 질문은 시인이 아니라 우리 한 사람 한 사람에게 던져져 있다. 시에 힘을 부여할지 말지는 그것을 받아들이는 우리에게 달린 것이다.

이 책의 번역을 맡아 수고하신 서은혜 선생님께 이 자리를 빌려 감사드린다.

2015년 5월 1일

일본 신슈(信州)에서

서경식

차례

일러두기

1. 본문에 사용한 기호의 쓰임새는 다음과 같다.
    〈 〉: 미술품 제목, 강연 제목, 영화, TV 프로그램
    《 》: 신문, 잡지
    「 」: 단편, 중편, 시
    『 』: 단행본, 장편, 작품집
2. 이 책의 각주는 대부분 옮긴이의 부연설명이다. 저자가 쓴 각주에는 '(지은이)'라고 별
   도 표기했다.
3. 이 책에서 인용된 도서 가운데 한국어 번역본이 출간되어 있는 경우 이를 밝혀두었
   다. 다만 인용되는 문장의 번역은 반드시 이를 따르지는 않았다.

1장 의문형의 희망

사이토 미쓰구 시집 『너는, 티끌이니』에 부쳐

얄따란 시집 한 권을 손에 들고 그 무게에 절절맨다. 동일본 대지진과 원전 사고라고 하는, 이 책이 다루고 있는 사건의 무게만을 뜻하는 것이 아니다. "황야를 헤매는 우리들 나그넷길 / 도대체 언제까지 이어지는 것일까?"(「미나미소마, 오다카 땅에서(南相馬, 小高の地にて)」), "그것은 신의 분노일까. 혹은 우리의 죄일까?"(「이날, 오다카에서(この日, 小高で)」)……. 이렇게 많은 시구가 의문형으로 제시되고 있다.

지진이 일어난 지 7개월 반이 지났을 때, 얼마 전 서거하신 미술품 컬렉터 가와노 야스오(河野保雄) 씨에게서 사이토 미쓰구(齋藤貢) 씨를 소개받았다. 그는 오다카 상업고등학교의 선생님이자 시인이라고 했다. 말수 적은 시인은, 근무하던 학교의 여학생이 바다로 떠내려갔다가 이튿날 해변으로 밀려 돌아왔다는 이야기를, 마치 부끄럽다는 듯이 머뭇거리며 말했다. 이와 같은 사건을 이런 태도로 말하는 사람이 있다니……. 숨이 멎는 듯한 느낌이었다.

"쓰나미에 휩쓸려. 한밤중의 바다를, 열다섯 시간, 떠다녔던 열여섯 살 소녀의. / 암야에. 떠밀려가는 바다의 무명(無明)을 생각한다. 바다의 공포를 생각한다."(「이날, 오다카에서」)

이 학생처럼 오랜 시간을 표류한 끝에 다시 육지로 밀려 올라온 예가 적지 않다고 한다. 하지만 경계 구역 내에 표착하는 경우에는 구하러 갈 수도 없었다.

"그런 식으로, 아직 구할 수 있던 목숨을 잃어버린 거죠……."

그렇게 말했을 때 딱딱한 덩어리라도 삼킨 것처럼 시인은 아주 조금 어조가 강해졌다.

시집의 제목이 된 「너는, 티끌이니(汝は、塵なれば)」라는 시는 사실 지진 전에 썼다고 한다. 시인의 예감이라 해야 마땅하리라. 시인은 눈앞에서 벌어지고 있는 참혹한 사건을, 신화적이라고도 할 수 있을 척도 속에서 감지한다. 창세기 이래 고향에서 추방당하여 울며 헤매는 사람들의 긴 줄이 눈에 떠온다. 시인에게는 눈앞의 사건이 그렇게 보이는 것이다. 세간에 흘러넘치는 언설이나 어조에 대해 시인은 고요한 분노를 토로한다. "꾸며낸 혓바닥으로 / 상냥하게, 희망을 노래하지 마라 / 거짓된 목소리로, 소리 높여, 사랑을 부르짖지 마라."(「목숨의 빛줄기가(いのちのひかりが)」)

지금 희망을 상냥하게 노래할 수 없다. 그것은 묵직한 의문형으로밖에 말할 수 없는 것이다.

"땅끝까지 떠돌 수밖에 없는 그대와 나라면 / 이 갈증은 언제나 채워지는 것일까요?"(「너는, 티끌이니」)

이 물음에 대답하려면 "꾸며낸 혓바닥", "거짓된 목소리"를 스스로 금하고, 하다못해 의문을 함께하며 헤매어야 마땅하지 않을까? 그것이 시인이 우리에게 꺼내놓은 의문형의 '희망'인 것이다.

너는 티끌이니   사이토 미쓰구
_____

부모처럼
생기를 불어넣었으니
나와 그대는 죽을 때까지 이 땅을 일구게 될 것이다.
설령, 그곳이 저주받은 땅이라 할지라도
일구어가며 나날의 양식을 얻을 것이다.

가시와 엉겅퀴여.
괴로움은 나누는 것입니까?
견딜 수 없는 고통은 나눠 가질 수 있는 것입니까?

아닙니다.
그대와 나는 땅에 뿌려진 씨앗 한 톨.
땅의 고통이 싹을 틔우는
목숨의 괴로움 바로 그것이니.

기쁨을 멀리하고.
열락을 멀리하고.
들풀을 뜯어가며 질박한 나날에 감사를 드리자.
"너는 티끌이니 티끌로 돌아갈지니라."°

_____

○ 『창세기』 3장 19절 '낙원추방'.

옛적 부모처럼
나와 그대는 낙원을 꿈꾸면서
하나의 화목한 씨앗이 되어 흙에 잠드는 것입니다.

나도. 그대도.
우리는 티끌이니. 티끌에 지나지 않으니.

부모가 그러하였듯이
마침내 언젠가는 흙으로 돌아가는 것이니.

낙원은 까마득한 옛날 잃어버렸고
잘못은 결코 용서받지 못한다.

들에는 눈이 내리고. 마음에도 눈은 내려 쌓인다.

땅끝까지 떠돌 수밖에 없는 그대와 나라면
이 갈증은 언제나 채워지는 것일까요?

2장

나는 왜 '글쟁이'가 되었는가?

이 글은 2011년 9월 14일, 숙명여자대학교 한국어문학부
에서 강연한 〈나의 글쓰기와 문학〉에 가필한 것이다.

먼저 이런 기회를 주신 권성우 교수님과 숙명여자대학교 여러분께 감사드린다.

권 교수님의 제안으로 강연 제목을 〈나의 글쓰기와 문학〉이라고 했지만 '글쓰기'는 일본어로 표현하기 어색한 단어이다. 굳이 번역하자면 '문장을 쓰는 일'이라는 사전적 설명이 될 것이다. 이처럼 한국과 일본은 지리적으로나 역사적으로 가깝고, 조선어와 일본어 역시 문법적으로 비슷하지만, 이 두 가지 언어를 정확하게 번역하여 의도를 전달한다는 것은 쉬운 일이 아니다. 번역의 어려움, 언어 내셔널리즘, 언어에서의 식민지주의라는 일련의 문제는 요즘 생각하고 있는 테마 중 하나이며 『언어의 감옥에서』(권혁태 옮김, 돌베개, 2011)라는 책에 바로 이 테마에 관한 글들을 담았다.

이제부터 내가 어쩌다가 '글쟁이'가 되었는지, 글을 쓰면서 어떤 점에 주의를 기울이는지, 자신이 쓰는 글의 특징은 무엇이라 생각하고 있는지 등에 관해 이야기하고자 한다.

재일조선인인 나에게 있어 '글을 쓴다'라는 것의 의미, 거꾸로 한국 국내 독자가 나와 같은 존재(일단 디아스포라=이산민이라고 정의해두자)의 작품을 읽는다는 것의 의미를 되새겨볼 수 있다면 다행이겠다.

어린 시절 - 첫 단편소설

내가 처음 쓴 것(도저히 '문학'이라 부를 수 없는 것이었는데)이 무엇이었나 돌이켜보니, 중학 2학년 때 교내 잡지에 투고했던 단편소설 비슷한 것이 떠오른다. 그 작품은 다행히도 지금은 남아 있지 않다. 만일 지금 그것을 다시 봐야 했다면 너무나 부끄러워 창밖으로 뛰어내리고 싶었을 것이다. 제목도 잊어버렸지만 거기 무엇을 썼는지, 어째서 그것을 썼는지는 또렷이 기억난다.

거기 썼던 것은 소학교 시절의 어두운 기억이었다. 거의 반세기가 지난 이제 고백하거니와 그 기억이란 다음과 같다.

내가 다니던 소학교는 교토 시 서부에 위치했는데, 저소득층, 재일조선인, 피차별 부락 사람 등, 가난한 이들이 많이 사는 마을에 있었다. 우리 집은 그 가난한 마을에서는 그나마 경제적으로 유복한 편에 속했다. 나는 공부도 그럭저럭 하는 편이어서 학급 위원에 임명되기도 했다. 아이들의 비행은 흔해빠진 일이었다. 술집 앞의 빈 병을 훔쳐다 다른 술집에 되팔아서 돈을 마련하거나, 지나가던 하급생이나 다른 학교 학생들을 협박해서 푼돈을 빼앗는 일이야 일상적 풍경이었다. 하지만 나 자신은 그런 일에 손을 댄 적이 없었다. 윤리 의식이 강해서가 아니라 겁쟁이였기 때문이다.

소소한 악행에 공범자로 가담하는 것은 가난한 비행소년들 사이에서는 동료 의식을 기르는 효과가 있는 법이다. 나는 그에 가담하지 않는 자신이 다른 아이들로부터 동떨어져 있는 듯했으며, 그들과 나

사이에 선을 그어놓고 그들을 멸시하고 있는 듯한 기묘한 죄책감을 느끼기도 했다.

어느 날 방과 후 교실에서 별생각 없이 다른 아이들의 책상을 둘러보고 있자니 한 학생(H 군이라 해두자)의 책상 밑에서 이과 실험에 쓰는 조그만 알전구가 보였다. H 군이 잊고 간 것이었다. 그걸 손에 들고 바라보는데 등 뒤에서 "너, 뭐하고 있는겨?" 하는 소리가 들렸다. 돌아보니 K 군이 서 있었다. 나와 친한 사이는 아니었다. 오히려 나는 전형적 비행소년인 그를 평소에 좀 멀리하고 있었다. K 군은 뭔가 의미를 담아 히죽히죽 웃어가며 차가운 눈으로 알전구를 든 내 손을 뚫어지게 바라보았다. 내가 그것을 훔치는 장면을 목격했다는 듯한 표정. 나는 무척 당황스러웠다.

"그거, 훔치는겨?" 하고 K 군은 물었고 대답도 하기 전에 "돈 바꿔서 과자나 사 묵자" 했다. 깨끗이 거절하면 그걸로 끝날 일이었지만, K 군이 내가 알전구를 훔치는 걸 보았다고 거짓 고자질을 할지도 모른다 싶어 마음이 흔들렸다. 순간적으로 나는 "그래, 재밌겠네" 하고 말했다. 하지만 그 알전구를 돈으로 바꾸는 방법 따위 내가 알 리 없었다.

자기만 믿으라는 듯이 K 군은 앞장서 걷기 시작했다.

이런 일에 익숙한 그는 알고 지내던 하급생을 불러내어 거의 윽박지르듯 그 알전구를 팔아넘겼다. 10엔 정도의 푼돈이었다. 나는 K 군에게 압도당하여 그의 뒤를 따라 싸구려 과자 가게로 들어갔고 과자를 나눠 먹고 말았다. 과자 맛 따위 느껴지지 않았다. 그것은 공범

관계를 확인하는 일종의 의식 같은 것이었다.

"재밌었지? 또 허자……"하고 내 얼굴을 들여다보며 K 군이 말했다. 나는 그들과 한패로 인정받았다는 묘한 뿌듯함과 뭐라 말할 수 없는 자기혐오를 동시에 느꼈다. 어쨌든 이 사실을 어머니나 형제들이 결코 알아선 안 된다, 끝까지 비밀로 해두어야만 한다, 그렇게 생각했다.

이튿날 학교에 가니 H 군이 울상이 되어 누가 알전구를 훔쳐 갔다고 하소연했다. H 군의 하소연을 들은 담임선생님도 우리를 모아놓고 누구 아는 사람이 있으면 말해달라고 했다.

K 군은 전혀 아무렇지도 않은 태연한 표정이었지만 나는 꽤나 겁을 먹었다. 뭐에 홀렸다고 할까, 가벼운 장난이 뜻밖의 중대한 결과를 불러온 것을 보고 안절부절못하고 있었다. 그런 낌새를 눈치챈 K 군은 내가 자수라도 할까 봐 계속 눈짓을 해댔다.

일은 그것으로 끝나지 않았다. 그 후 K 군은 학교에서 내가 보이면 언제나 히죽거리며 다가와서는 내 어깨에 무람없이 팔을 두르고 "재밌었지, 뽀록나면 끝이여" 하고 속닥거리는 것이었다. 아아, 탄로나면 어쩌지……? 그때마다 나는 움츠러들었고 절망에 빠졌다. 요컨대 K 군은 능숙하게 나를 협박했던 것이다. 나는 K 군의 강요대로 가끔 내 용돈으로 그에게 과자를 사주게 되었고, 거미줄에 걸린 벌레 같은 꼴이 되어갔다.

지금 생각해보면 아직 열 살 남짓이었던 K 군이 어쩌면 그리도 악행에 뛰어나고 직업적인 범죄자와 같은 품새가 몸에 배어 있었는지, 새삼 놀랍다. 가정에서, 지역에서, 학교에서, 그 정도로 나쁜 일들에 익숙해져 있던 것이 분명하다. 그렇게 살 수밖에 없는 상황이었으리라. 그것은 굳이 K 군에 한정된 일도 아니었다.

K 군과의 악연을 끊지 않으면 앞으로도 계속 공범자로 이용당하겠지. 어떻게든 탄로 나기 전에 이 상황에서 벗어나고 싶다. 소학교 생활 마지막 한 해 동안, 나는 항상 그 생각만 하면서 지내야 했다.

그런 생활이 줄곧 이어졌더라면(꼭 불행했으리라곤 못 하겠지만) 내 인생은 분명 지금과는 상당히 달라졌을 것이다. 하지만 나는 지역 공립 중학교가 아니라, 좀 떨어진 곳에 있는 국립 교육대학 부속 중학교에 진학하게 되었다. 그 중학교는 중산계급 자녀들이 다니는 학교였고 재일조선인은 전교에 나 하나뿐이었다. 소학교 시절엔 흔해빠진 존재였던 K 군 같은 비행소년은 한 사람도 없었다. 이것으로 이제 K 군을 만나지 않아도 되고 H 군을 보면서 께름칙한 기분을 느끼지 않아도 된다 싶어 나는 우울했던 나날로부터 해방된 듯한 기분이 들었다. 그러나 다른 한편으로는 어울리지 않는 장소에 와 있는 것 같은 불편한 느낌 역시 지울 수가 없었다.

중학교에 들어가고부터 일본, 혹은 세계의 문학작품들을 제법 읽게 되었지만, 그것은 소학교 때와는 달리 이른바 '문화적 소양'이 있는 아이들 사이에 던져진 까닭에 동경과 열등감, 그리고 경쟁심 따위가 작용한 탓도 있었다. 나는 어린 마음에도 오직 나 홀로 주위의 모든 사람과 대치하고 있는 듯한 긴장감 속에서 생활했다. 이것은 『소년의 눈물』(이목 옮김, 돌베개, 2004)이라는 책에도 쓴 적이 있다.

어렴풋한 기억을 더듬어보면, 중학교 2학년 때 나는 교내 잡지에 단편소설을 투고했다. 그런 짓을 했던 이유는 아마도 같은 학교 학생들, 특히 책 읽는 여학생들에게 내 작품을 읽히고 싶다는 굴절된 자기 과시욕 탓이었지 싶다. 그 작품으로 나라는 존재를 그녀들이 의식하게끔 하고 싶었고, 나아가 그녀들과는 다른 존재(요즘 말로 하자면 '타자')로 각인되고 싶었다. 요컨대 다른 재일조선인 소년이라면 공부나 운동, 아니면 주먹질을 통해 했을 자기주장을, 그런 능력이 없던 나는 글 쓰는 것으로 해보려 했던 것이다. 그때 테마로 삼았던 것이 앞서 말한 소학교 시절의 어두운 기억이다. 죄책감과 굴욕감을 끌어안고 있던 나는 그 죄를 누군가에게 어떤 식으로든 고백함으로써 어두운 과거에서 벗어나고 싶었다. 하지만 그것을 있는 그대로 자기 자신의 체험으로 고백할 용기는 없었기에 주인공의 이름이나 장면 설정을 바꾸어 허구로, 다시 말해 소설로 쓴 것이다.

학생들의 반응이 어땠는지는 잘 기억나지 않는다. 십중팔구 이렇다 할 만한 반응이 없었던 것이리라. 내 작품이 변변치 않았던 탓도 있을 테고, 다른 학생들이 너무 어렸기 때문이기도 할 것이다. 하지만 나는 '아아, 이 아이들은 이해 못해. 이 인간들은 나와는 다른 세상의 주민들이라고' 이렇게 생각하며 꽤나 실망했다.

이런 이야기를 길게 늘어놓은 이유는, 열세 살 무렵의 에피소드에 그 후 일생에 걸친 '나의 글'의 구조적 원형이 이미 드러나기 때문이다. 요컨대 나는 저소득층 피차별자의 세계로부터 중산층 주류들의 세계로 옮아갔고(비유하자면 식민지에서 종주국으로, 조선에서 일본으로 옮아갔고), 양자 사이의 경계에 서서 주위 사람들에게 '타자' 인식을 촉구하려는 동기로 글을 쓰기 시작했던 것이다. 그것은 물론 동시에, 이 두 세계 사이에서 온몸이 찢기는 자신을 객관적으로 파악하는 행위를 통한 자기 인식의 시도이기도 했다.

이 작품을 씀으로써 비굴한 죄책감을 씻어내지는 못했지만, 그것을 대상화할 수는 있었고 일시적이긴 하지만 정신적인 안정을 얻을 수도 있었다. 이렇게 자신을 객관화하는 것도 문학이 지닌 중요한 기능 중 하나라는 것은 말할 것도 없다.

그 무렵의 나는 일기장이라고 할까 잡기장이라고 할까, 읽은 책 가운데 마음에 드는 부분이나 개인적인 감상을 적어두는 노트를 만들어 들고 다녔다. 그 속에는 센티멘털한 사랑이나 로맨틱한 죽음에 대한 동경 따위를 써놓은 시 비슷한 것도 꽤 있었다. 혹시라도 그걸 형에게 들켜 놀림당하는 것만은 죽어도 싫다고 생각했건만, 아니나 다를까 형은 그 노트를 읽어버렸고 틈만 나면 "어이, 시인 선생……" 해가며 나를 실컷 놀려먹었다.

그 노트는 잘게 찢어 가모가와 강(加茂川)에 띄워 버렸으니 내용은 잘 기억나지 않는다. 이제 와 생각해보니 버렸기에 다행이다. 그런 게 남아 있었더라면……. 상상하는 것만으로도 창피해서 소름이 돋는다. 하지만 단 한 가지, 지금도 마음에 머물러 있는 시구가 있다. 틀릴지도 모르지만, 기억을 더듬어 적어보겠다. 열세 살 무렵의 내 심경을 잘 비춰주는 듯하니까. 라이너 마리아 릴케(Rainer Maria Rilke)의 시구이다.

이것이 나의 투쟁이다.

천만 줄기 뿌리를 뻗어, 저 멀리 인생 밖으로 성장해가는 것이.

저 멀리, 세상 밖으로.

시집 『8월』 - 고등학교 1학년, 조국과의 첫 만남

1966년, 중학교와 같은 교육대학 부속 고등학교로 진학했다. 한일조약 체결 이듬해였다. 1945년 일본 패전 이후에도 여전히 일본 땅에 남아 있던 조선인은 조국인 한반도의 남북 분단, 일본과 조국과의 국교 부재라는, 서로 깊이 연관된 두 가지 이유로 해방 후에도 일본 영토 안에 고립된 상태로 지냈다. 해방 20년 후에 가까스로 체결된 한일조약은, 문제가 많긴 했지만 어쨌든 '한국 국적'을 취득한 재일조선인이 조국의 남반부를 왕래할 수 있도록 해주었다. 우리 집에서도 할아버지가 1928년에 일본으로 건너온 이래 38년 만에 끊겼던 조국과의 끈이 다시 이어졌고, 고향의 친척들과도 왕래하게 되었다.

1966년 여름, 고등학교 1학년이던 나는 대학 4학년이었던 형 서승과 함께 '재일교포 학생 모국 방문단'에 참가하여 난생 처음으로 조국 땅을 밟았다. 이 방문단은 당시 박정희 정권과 재일 대한민국거류민단이 공동 주최한 단기 교육 프로그램이었는데, '한국 국적'에 막 편입된 참이던 재일조선인 청년들에게 애국심과 반공정신을 주입하는 것이 목적이었다. 그해 여름의 짧은 경험은 내게 결정적으로 각인되었다. '조국', '민족', '고향'이란 무엇인가 하는 중대한 난제가 열다섯 살짜리 나에게 한꺼번에 들이닥친 것이다.

나는 그 경험을 시로 적었고, 고등학교 3학년이 되고 나서『8월』이라는 시집을 자비 출판했다. 11편의 시를 담은 본문 33쪽짜리 소책자였다. 중학생 시절의 단편소설이 '나의 글'의 첫걸음이었다면, 시집『8월』은 중요한 두 번째 걸음이었던 셈이다. 이때는 박일호(朴日浩)라는 필명을 썼다.

지금의 입장에서 이러쿵저러쿵 말하기보다는 당시의 글을 직접 보도록 하겠다. 1968년 9월 30일이라는 날짜가 적힌 '후기'에서 인용해본다.

2년 전, 나의 첫 한국 여행은 '고향'의 모색이었다. 그때까지 나는 자신의 존재 기반으로서의 '고향' 혹은 '민족'을 리얼하게 떠올릴 수 없었다. 나는 '고향'의 실체를 움켜쥐고 싶었다.

한국의 8월은 둔기로 후려치는 듯한 더위였다. 나는 그 더위 속에서 마비될 듯한 의식에 피를 흘려 넣는 것 같은 방식으로 '고향'의 모습을 기록(다큐멘트)하려 했던 것이다. 나는 '목격자'이고자 했다. '목격자'는 방관자가 아니다. '목격자'는 언젠가 증언한다. 그리고 나는 '목격'으로부터 증언까지 2년이라는 세월이 필요했다. 하지만 (중략) 나의 언어는, 그대들의 뇌를 가격하기엔 너무 가벼울지도 모른다.

게다가 나는 약간 우울하다. 나는 누구를 향해 지껄이고 있는 것일까? 그대들 일본인에게 나의 시가 무엇이 될 수 있을까? 모르겠다. (중략) 그런데 아마도 이 책자는 나의 마지막 시집이 될 것이다. 나에겐 일본어로 '고향'을 쓴다는 것의 한계가 보이고, 모국어로 쓰기엔 난 너무 '일본인'이니.

자, 나는 증언했다. 내일이면 이미 나는 '목격자'에 머물러 있진 않으리라.

반세기 가까이 지나 나의 문장을 다시 읽으려니, 당연한 이야기지만 사고의 미숙함이 눈에 띈다. "난 너무 '일본인'이니" 하는 부분 등이 그렇다. '일본인'이었다면 애당초 이런 고민을 하거나 시를 쓰거나 하지 않았을 테니 말이다. 그런데도 이 글을 소개하는 것은 여기에 드러난 기본적인 문제의식이 현재까지 변함없이 이어지고 있다는 사실을 새삼 깨달았기 때문이다(참고로 시집 전문을 부록으로 이 책에 담았다).

'누구에게 말을 건네는가?', '독자는 누구인가?'라는 초조함과도 닮은 문제의식은 이미 중학교 시절 단편소설을 쓸 때 싹텄고, 그 후에도 성가시게 계속 이어지면서 점점 비대해지는 난제이다. 재일조선인인 내가 일본어로 일본인 독자에게 말을 건넨다는 행위의 복잡한 의미에 관하여, 나는 이때부터 지금까지 40년 이상을 생각해온 셈이다.

'증언'에 관해서는 『시대의 증언자 쁘리모 레비를 찾아서』(박광현 옮김, 창비, 2006)라는 책에서도 논했는데, 내 글의 중요한 콘셉트 중 하나다.

'목격자', '증언자(증인)', '행위자(실천자)'라는 역할 의식이 이미 싹텄던 모양이다. 나는 이때 이 작은 시집 한 권만을 남기고 '실천자'의 길에 들어서리라 벼르고 있었다. 이 시집은 사회변혁의 생생한 현장 주변에서 멈칫거리는 존재로 남는 것에서 벗어나, 태풍 같은 실천의 자리에 몸을 던지기 위한 비밀스러운 선언이기도 했다. 하지만 현실의 전개는 열일곱 살 소년의 몽상과는 달라서, 나는 이후에도 '주변' 혹은 '경계'에 머물렀고 '목격'과 '증언'이라는 역할을 가까스로 짊어지는 것으로 인생 대부분을 보내게 되었다.

젊은이들은 실감하기 어렵겠지만 이 시집에 반영된 것은 다름 아닌 당시, 즉 1960년대 한국의 모습이었다. 한국전쟁이 남긴 전쟁고아들과 가난 탓에 몸을 파는 여성들이 거리에 넘쳐났다.

우리 모국 방문단 일행은 신라시대의 고도(古都), 경주를 방문했다. 지금의 경주와 달리 고분들도 불국사도 황폐한 모습으로 방치되어 있었다. 버스가 멈출 때마다 가난한 어린아이들이 껌을 팔려고 우리에게 몰려들었다. 나와 그다지 나이 차이가 없는 그 아이들을 보면서 나는 자기 분열 감각에 휩싸였다. 그들은 나이고 나는 그들이다. 가난한 껌팔이인 나와 말쑥한 차림으로 버스 안에서 그들을 내려다보는 나, 이 두 가지 인격으로 분열된 것이다.

가난하고 소란스럽고 비위생적이며 게다가 군사독재의 공포에 짓눌린 곳. 그곳이 나의 '조국'이었다. '조국'에 돌아와 안심했다든가 편안한 느낌이 들었다든가 하지는 않았다. 열다섯 살 여름에 처음 한

2장 나는 왜 '글쟁이'가 되었는가?

국 땅을 밟았는데, 거기서 안주할 터전을 발견한 것이 아니라 자신이 분열된 존재라는 사실을 발견한 것이다. 하지만 이 시에도 썼듯이, 그랬기 때문에 오히려 이 땅이야말로 나의 '조국'이라고 스스로 타일 렀다.

여기서도 그 이후 '나의 글'에 이어지는, (요즘 말로 하자면) 디아스 포라적인 시점이 싹트고 있었다고 할 수 있으리라. 조국 땅이 남북으 로 분단되었을뿐더러 재일조선인과 조국의 관계 역시 지리적, 정치 적, 문화적(언어적)으로 분단된 이상, '나'라는 개인이 분열되는 것은 오히려 당연한 일이지만, 이렇게 생각할 수 있게 된 것은 한참 후였다.

그건 그렇고, 이 시집의 반향은 어땠을까?

문화제 날, 나는 교내 복도에 내놓은 책상 위에 이 시집을 쌓아두 고 앉아서 팔았다. 판매 가격은 잊어버렸지만, 100엔 정도 아니었을 까? 온종일 걸려 팔린 것은 두세 권이었던 듯하다.

얼굴을 알고 지내던 여학생 하나가 한 권을 사주더니, 쓱 훑어보 고는 심각한 얼굴로 내게 물었다.

"너, 일본인이 아니었던 거여?"

"어, 그려."

"전혀 몰랐구먼. 중국인일 줄은⋯⋯."

그녀는 조선과 중국의 구별조차 못했다. 그런 사람에게 식민지 지배의 역사, 더구나 재일조선인의 내적 갈등을 이해하라고 요구하 는 것이 무리일 것이다. 하지만 그녀는 결코 예외가 아니었고, 오히려 시집을 읽어주고 나에게 말을 걸어준 것만으로도 그나마 엄청나게 '나은' 존재였다고 해야 하리라.

당시는 학생운동의 영향이 고등학교까지 미쳤던 시절이었고 베트남 반전운동 등도 활발했다. 명문 진학고교를 자임하는 우리 학교에서는 교사들이 질서유지에 급급했고 나는 정체불명의 이단아로서 경계의 대상이었다. 그러니 내 시집의 표지만 보고 학생지도부 교사가 그것 보라는 듯이 이렇게 말했다고 한다.

"거봐, 내가 뭐랬어? 역시나 그놈은 아나키스트였잖여."

시집 표지가 새까맸던 까닭이다.

주위 사람들이 이해하리라곤 애당초 기대하지 않았기에 이런 반응에도 놀라진 않았다. 오히려 그런 사람들의 '뇌를 가격할 만한' 언어를 토해낼 수 없었다는 생각에 몹시 낙담했다.

그렇지만 누군가, 어딘가에서 이 시를 읽고 공감해줄 사람이 있는 건 아닐까, 분명 있을 거야, 하는 생각을 버릴 수는 없었다. 그것 역시 '문학 한다'라는 행위에 깊이 스며들어 있는 요소다. 문학을 하는 사람들은 끊임없이 눈앞에 보이는 독자뿐 아니라 어딘가에 있을 미지의 독자, 만나지도 못한 독자를 향하여 말을 건네는 법이니까. 그런 의미에서는 나는 이때 '문학 하는' 사람이 되었다고 할 수도 있으리라.

이 시집을 시 잡지라든가 이름만 알고 있는 시인들에게 보내보았지만, 반응은 신통치 않았다. 오직 한 사람, 어느 고등학교 국어 선생이었던 시인으로부터 감상을 적은 편지를 받았는데, 그 편지에 적힌 내용은 당시의 내게 난해하기만 해서 호평인지 악평인지, 기뻐해도 되는지 어떤지조차 판단하기 어려웠다. 나는 실의와 불만 덩어리가 되어 '됐어, 어차피 나는 이제 시 같은 것 안 쓰고 실천으로 뛰어들 테니까' 하고 스스로를 위로했다.

내가 고등학교 2학년이던 1967년, 나의 형 서준식이 한국으로 모국 유학을 갔고 일 년간의 어학연수 후 서울대 법학부에 진학했다. 이듬해 1968년, 또 다른 형인 서승 역시 도쿄 교육대학을 졸업하고 모국 유학으로 서울대 사회학과 대학원에 들어갔다. 나중에야 부모님의 경제적 부담이 엄청났을 거라는 데 생각이 미쳤지만, 부모님은 형들의 유학을 기뻐하셨다. 오랫동안 끊겼던 조국과의 인연이 회복되었고, 더구나 아들들의 앞날에 희망을 품을 수 있었기 때문이다. 그도 그럴 것이 당시 일본 사회는 민족차별의 벽이 높아서 재일조선인 젊은이들은 희망을 가질 수 없었다. 민간 기업에 취업하기는 지극히 힘들었고 일본 국적 보유자가 아닌 이상 공무원, 교사, 변호사, 인문계열 국립대학교원 등은 될 수 없었다.

그런 상황에서 내 진로는 고민거리였다. 이과계 공부를 해서 의사나 기술자 같은, 민족차별을 덜 받을 만한 분야로 나아가기를 부모님은 바랐지만, 나는 아주 이른 시기부터 그 길은 포기했다. 무엇보다도 형들과 마찬가지로 수학, 물리, 화학 같은 과목에 흥미를 느끼지 못했고 성적도 형편없었으니까. 한편, 나는 문학에 대한 막연한 희망(환상이라고 해야 할까?)이 있었다. 문학으로 밥벌이를 못할 것은 알고 있었지만, 어떻게든 문학과 관련된 분야에 끼어들어 살고 싶다고 생각했다. 아니, 솔직히 말하자면 그것 말고 다른 선택지는 없었다.

부모님은 문학부에 들어가고 싶다는 내 희망을 반쯤은 체념하는 기분으로 받아들여 주셨다. '어차피 차별 때문에 출세하긴 어려우니 그나마 자기가 하고 싶은 일을 하게 해주자'라는 것이 어머니의 마음이었다.

그런 부모님 마음에 기대어 와세다 대학 프랑스문학과에 입학했다. 프랑스 문학을 택한 이유는 우선 1960년대라는 학생운동과 민족해방 투쟁 시대의 공기를 나 역시 호흡하고 있었던 까닭이었다. 전 세계적으로 널리 읽히던 장 폴 사르트르(Jean Paul Sartre)의 영향, 특히 앙가주망(Engagement)° 사상의 영향을 나도 받고 있었다. 사르트르를 실마리 삼아 프란츠 파농(Frantz Fanon)이나 폴 니장(Paul Nizan)을 알게 되었다. 파농의 사상은 그 뒤 지금에 이르기까지 내게 좌표축과 같은 중요성을 지니게 되었다. 니장에 대해서는 대학 졸업논문에서도 다루었다. 졸업논문의 테마는 유럽에서의 반파시즘 통일전선과 지식인의 정치 참여에 관하여, 폴 니장의 경우를 중심으로 고찰한다는 것이었다. 파농에 관해서는 『소년의 눈물』에서, 니장에 대해서는 『사라지지 않는 사람들』(이목 옮김, 돌베개, 2007)에서 언급했다.

프랑스문학과에 진학한 또 한 가지 이유는 다음과 같은 생각 때문이었다. 이미 한국에서 유학하던 형 말로는 당시 한국에서는 사르트르의 저서가 그다지 읽히지 않았고, 파농이나 니장은 번역조차 되지 않은 모양이었다. 한국은 반공체제 탓에 일종의 지적 봉쇄 상태에 처했

° 현실 사회의 모든 문제에 비판적 관심을 보이는 사회참여. (지은이)

다. 그런 지적 봉쇄의 벽에 조그만 환기구를 뚫는 것이, 나처럼 국외에 있는 자들의 역할 아닐까. 언젠가 나도 형들처럼 한국으로 돌아가게 되겠지만, 빈손으로 돌아가 봤자 무슨 도움이 되겠는가. 일단 일본에서 새롭고 진보적인 프랑스 문학이나 사상을 익히고, 가능하면 프랑스에 유학까지 가서 지적 자원을 지닌 다음 한국으로 돌아가야지, 그렇게 생각했다.

이런 인생 계획은 유치할뿐더러 현실적이지도 못했다. 그 후 내 삶은 이때 세운 계획으로부터 크게 벗어났다.

대학 시절 – 현장도 없고, 독자도 없던

나는 1969년 대학에 들어갔다. 학생운동의 영향으로 도쿄 대학에서는 역사상 처음으로 입학시험이 중단되었던 해였다. 내가 들어간 와세다 대학에서도 학생들의 수업 거부와 전학(全學) 바리케이드 봉쇄가 이어져서 입학 후 첫 일 년간은 거의 수업을 듣지 못했다. 당시 일본 학생들이 좋아했던 구호는 '자기부정'이었다. 도쿄 대학 의학부 학생들이 쓰기 시작한 말인데, 초기 단계에는 사고방식부터 감수성에 이르기까지 특권층으로서의 자기를 근본적으로 부정하고 극복해야만 한다는 순진한 윤리성을 내포하고 있었다. 동시대 중국에서는 문화대혁명에 의해 구 도덕이나 부르주아 문화에 대한 격렬한 투쟁이 진행 중이었는데, 중요한 투쟁 목표 중 하나는 지적 노동과 육체노동의 차별을 철폐하는 것이었다.

'목격자'에서 '실천자'로 도약하려고 벼르던 나였지만, 대학에 들어가 보니 그건 그리 간단한 일이 아니었다.

구좌익부터 신좌익까지 온갖 일본인 학생조직이 있었지만 그들 대부분은 한국의 민주화, 조선의 평화통일이라는, 나에게 중요한 과제엔 관심이 없었을뿐더러 식민지 지배의 역사적 책임의식마저 희박했다. 헬멧을 쓰고 지금부터 데모하러 간다는 학생운동 리더가 진지한 얼굴로 "너, 왜 귀화를 안 하냐?"라고 물었을 때 "일본의 식민지 지배를 인정하고 싶지 않으니까"라고 대답했더니 상대방은 '뭔 소리야?' 하는 표정으로 입을 다물고 말았다. 십중팔구 나를 완고한 민족주의자 정도로 생각하고 저 혼자 납득했던 것이리라. 나는 진보적인 일본인 학생들 사이에서조차 고립된 존재라는 것을 깨달았다. 그들은 2~3년 후, 학생운동의 시대가 지나가자, 당연하다는 듯이 사회의 주류에 편입되었다. 대부분은 자신들이 한때 믿었던 이상을 깨끗이 던져버리고 생활 보수주의자가 되어 일본 사회의 지도적 위치를 차지했다. 한편 재일조선인 등 마이너리티의 지위는 근본적으로 개선되지 못한 채 방치되었다.

내가 다니던 대학에는 재일한국학생동맹(한학동)이라는 단체의 산하조직인 한국문화연구회(한문연)라는 서클이 있었다. 한학동은 주로 한국 국적의 재일조선인으로 구성된 학생단체인데, 박정희 정권의 어용조직이던 민단과는 달리, 1960년 이승만 대통령 정권을 타도했던 4·19 민주혁명 정신 계승을 표방하는 진보적 학생단체였다. 나는 이 단체에 가입하여 재일동포 학생들과 함께 일본 정부의 차별 정책에 반대하고 한국의 민주화를 촉구하는 운동에 참가했다.

당시 일본 정부는 출입국관리법을 개악(改惡)하여 재일조선인에 대한 압박을 강화하려 했기 때문에 재일조선인 사이에서는 항의 운동의 열기가 뜨거워지고 있었다. 나는 이 운동에 몰두해서 각지에서 열리는 집회와 데모에 참가하느라 오늘은 도쿄, 내일은 오사카, 하는 식으로 일본 각지를 뛰어다녔다. 그곳에서 일본 학생들 사이에서는 느낄 수 없던 연대감과 고양감을 맛보았고 많은 것을 배웠다. 하지만 무언가 여전히 불완전연소라고 할까, 납득하기 어렵다는 기분이 남아 있었다.

그해 여름, 두 번째 모국 방문 여행을 떠나 유학 중이었던 형들과 서울에서 만났다. 박정희 대통령의 장기 집권을 목적으로 한 개헌(3선개헌)에 반대하는 운동이 벌어지던 해여서 서울 거리는 밤 12시 이후 통행금지였다. 밤늦게 형네 하숙방에서 자다가, 갑자기 요란하고 괴상한 소리가 들려 깨어났다. 무슨 소리냐고 물었더니 형은 태연한 얼굴로 "탱크가 달리는 소리야" 하고 가르쳐주었다.

어떤 날은 하숙집으로 누가 형을 찾아왔다. 형은 나가서 그와 한참을 이야기하다 들어왔다. 그가 돌아가고 나서 형은 내뱉듯이 "종로 경찰서 형사야. 어제 대학에서 농성이 있었는데 거기 참가한 거 아니냐고 조사하러 왔어" 하고 말했다. "참가 안 했잖아, 나랑 같이 있었으니까" 하고 말하자 형은 쓸쓸한 얼굴로 "응" 하고 말았다. 그 표정을 보고 깨달았다. 형은 농성에 참가하지 않아서 안심하는 것이 아니라, 학우들이 연행당하는 중에 자기만 무사하다는 사실을 오히려 수치스러워했던 것이다.

여행을 마치고 일본으로 돌아오자 내 안의 의문은 눈덩이처럼 커져만 갔다. 도쿄의 대학 구내에 '박정희 정권 타도'라고 쓴 커다란 팻말이라도 세우고, 직접 그와 관련된 운동을 하면 떳떳하게 가슴을 펼 수 있을까? 응원석에서 깃발을 흔들며 자기만족에 빠져 있는 것과 뭐가 다른가? 그렇다면 어디서 무엇을 하면 좋을까? 게다가 격렬하고 잔혹한 투쟁, 고문이나 수감 생활을 과연 내가 견딜 수나 있을까?

마침내 충격적인 사건이 일어났다. 와세다 대학 제2문학부의 야마무라 마사아키(山村政明)라는 학생이 대학 앞의 아나하치만 신사(穴八幡神社)에서 분신자살한 것이다. 학생운동 내부의 당파 투쟁에 지쳐 자살한 것이라는 해석이 나오자 각 당파는 서로 책임을 떠넘기기 시작했다. 하지만 그는 본명이 양정명(梁政明)인 재일조선인으로, 그가 어릴 때 가난에 못 이겨 온 가족이 귀화했다고 한다. 그가 남긴 유서에는 일본 정부의 차별 정책에 항의하는 내용과 한국의 민주화, 조선의 평화통일을 지지한다는 말이 확실히 적혀 있었다. 재일조선인이면서 일본국적자였던 그는 어느 쪽에도 속하지 못하고 고립된 채 스스로 목숨을 끊었던 것이다. 그의 고뇌는 모든 재일조선인에게 공통된 것이었다. 적어도 나는 그렇게 직감했다. 하지만 그의 죽음이 던진 질문에 일본인 학생은 물론 우리 재일조선인 학생들도 제대로 대답할 수 없었다. 양정명에 관해서는 『사라지지 않는 사람들』에서 언급하였다.

　같은 시기, 유학 중이던 형들을 통해 당시 한국의 험악한 상황 속에서 최전선에 서서 싸우는 사람들의 이야기를 들었다. 서준식은 열악한 노동조건에 항의하면서 노동기본법 제정을 외치며 분신자살한 전태일과 그로 인해 각성한 학생들의 행동을, 동경과 존경의 마음을 담아 나에게 일러주었다.

　지배층의 부정부패를 규탄하는 김지하의 「오적」이라는 시는 일본의 잡지에도 소개되었으며, 이미 그의 이름은 일본에서도 널리 알려져 있었다. 나더러 늘 "어이, 시인" 하며 놀려대던 서승은 막 출간된 김지하의 시집 『황토』를 건네면서 아직 한글을 읽지 못하던 나에게 '후기' 내용을 설명해주었다.

　이 작은 반도는 원귀들의 아우성으로 가득 차 있다. 외침(外侵), 전쟁, 폭정, 반란, 악질과 굶주림으로 죽어간 숱한 인간들의 한에 가득 찬 곡성으로 가득 차 있다. 그 소리의 매체. 그 한의 전달자. 그 역사적 비극의 예리한 의식. 나는 나의 시가 그러한 것으로 되길 원해왔다. 강신(降神)의 시로.

　찬란한 빛 속에 살기를 원하지 않는 사람이 있는가? 없다. 미친 듯이 미친 듯이 나도 빛을 원한다. 원하지만 어찌할 것이냐? 이 어둠을 어찌할 것이냐? 어쩔 수도 없다. 다만 늪과도 같은 밤의 어느 피투성이의 포복. 나는 나의 시가 그러한 것으로 되길 원해왔다. 행동의 시로.

형은 나에게, 이왕 쓰려면 이런 시를 써봐, 안 그럴 바엔 너 따위 가짜 시인에 지나지 않아, 라고 말하고 싶었던 것일까?

나는 엄숙한 사념으로 가득 찼다. 나는 어디서 어떤 실천을 해야 할까? 한시바삐 '원귀들의 아우성으로 가득 찬 반도'로 건너가 그 땅의 사람들과 고락을 함께하며 싸워야 하는 것 아닐까? 참다운 현장에서 처절한 투쟁을 할 때 비로소 나의 문학도 존재할 수 있으리라. 일본이라는 허구의 현장에 얽매여 있으면서 도대체 무슨 문학을 할 수 있다는 건가?

겨울방학을 교토의 집에서 지내면서 전태일을 이야기하고 김지하를 가르쳐주던 형들은 새 학기를 맞아 서울로 돌아갔다. 1971년 봄이었다. 나도 대학 3학년이 되어 도쿄로 돌아왔다. 형들이 간첩 혐의로 육군보안사령부에 체포된 것은 그 무렵이었다. 이후의 긴 이야기는 이미 여기저기 썼으니 이 책에서는 생략하련다. 서승에겐 『서승의 옥중 19년』(김경자 옮김, 역사비평사, 1999), 서준식에게는 『서준식 옥중서한 1971-1988』(노사과연, 2015)이 있으니 참조하기 바란다.

형들은 각각 무기징역과 징역 7년을 선고받았고 유신독재체제 하에서 수감 생활을 하게 되었다. 어쩔 수 없이 그곳이 그들의 삶의 현장이 된 것이다.

이 사건으로 인해 내가 세워두었던 인생 계획은 뿌리부터 무너져 내렸다. 한국으로 유학 가는 것도 프랑스로 유학 가는 것도 불가능해진 것이다. 당시 한국 정부는 그들의 지배 체제인 '유신체제'에 지지를 표명한 자에게만 여권을 발급하는 방법으로 한국 국적을 지닌 재일조선인을 관리하고 통제했다. 이리하여 나는 스스로 '허구의 현장'이라 간주하던 일본에 갇혀버렸다.

　일 년을 더 다니고 대학을 졸업할 때 지도교수는 대학원에 진학하여 학업을 이어가라고 조언해주었지만, 나는 그럴 마음이 들지 않아 기껏 해주신 권유를 거절했다. 형들을 구하기 위한 활동을 해가면서 가업인 공장을 돕는다든가, 지방 도시의 파친코 업소, 찻집, 마작판 같은 곳에서 일하는 것이 내 삶이 되었다. 하지만 어떤 일에도 온 마음을 쏟을 수는 없었다. 실생활이라는 측면에서는 완전한 실격자였다.

　전혀 앞이 보이지 않는 나날이었다. 내게는 현장도 없고 독자도 없다는 느낌이 들었다. 무언가 쓰고 싶다는 기분만은 사라지지 않았지만, 그런 나날 속에서 무엇을 어떻게 써야 할지 전혀 알 수가 없었다.

'민족 문학'과의 만남

그러는 중에도 조금씩 일본에 번역되어 소개되는 동시대 한국 문학 작품을 읽었다.

　김지하의 시는 한국에서는 판매 금지를 당했지만, 일본에서는 널리 읽히고 있었다. 그의 수많은 시, 특히 「타는 목마름으로」를 나는 그야말로 목이 말라 애타는 사람처럼 되풀이해서 읽고 또 읽었다.

타는 목마름으로 김지하

신새벽 뒷골목에
네 이름을 쓴다 민주주의여
내 머리는 너를 잊은 지 오래
내 발길은 너를 잊은 지 너무도 너무도 오래
오직 한가닥 있어
타는 가슴 속 목마름의 기억이
네 이름을 남 몰래 쓴다 민주주의여

아직 동 트지 않는 뒷골목의 어딘가
발자욱소리 호르락소리 문 두드리는 소리
외마디 길고 긴 누군가의 비명소리
신음소리 통곡소리 탄식소리 그 속에 내 가슴팍 속에
깊이깊이 새겨지는 네 이름 위에
네 이름의 외로운 눈부심 위에
살아오는 삶의 아픔
살아오는 저 푸르른 자유의 추억
되살아오는 끌려가던 벗들의 피묻은 얼굴
떨리는 손 떨리는 가슴
떨리는 치떨리는 노여움으로 나무판자에

백묵으로 서툰 솜씨로
쓴다.

숨죽여 흐느끼며
네 이름을 남 몰래 쓴다.
타는 목마름으로
타는 목마름으로
민주주의여 만세

　이 시는 내게 폴 엘뤼아르(Paul Eluard)가 대독 레지스탕스를 노래
한 시 「자유(Liberté)」를 연상하게 했다. 이 시에는 한국인들뿐 아니라
나처럼 갇힌 상태에 있는 재일조선인, 나아가 해방을 갈구하며 몸부
림치는 전 세계 사람들의 심정에 사무치게 호소하는 빼어난 보편성
이 있다고 지금도 생각한다. 그런 만큼 『대설 남』(창비, 1982)°이후의
김지하에겐 솔직히 실망했다(p.140 참조).

　김지하 말고도 신동엽, 신경림, 양성우, 고은과 같은 시인들의 작
품을 나는 그야말로 숨 막힐 듯이 읽
었다. 여기 그려지는 세계는 얼마나
치열하고 처절하며 진실한 것인지.

　내가 일본에서 이러한 한국 시인
들을 알 수 있었던 것은, 계간《창작과
비평》을 거점으로 한 지도적 문예평

° 『대설 남』은 '남조선의 오만
가지 신비하고 이상한 전설'이라는
테마의 일종의 전기소설이다.
한국에서는 5·18 광주민주화운동
이후 1982년 판매 금지 처분을
받았으나 일본에서는 1983년, 당시
중앙공론사가 간행하던 문예 잡지
《우미(海)》4월호에 그 일부가
게재되었다. (지은이)

론가 백낙청 선생 등의 활동 덕분이었고, 그 활동의 의미를 이해하고 이를 잇달아 일본에 소개해준 소수 일본인과 재일조선인 덕분이라고 할 수 있다. 특히 시 번역과 소개에 애쓰신 김학현 선생의 그다지 보답받지 못하셨던 소중한 노력에 대해서는 여기 언급해두고 싶다.

김학현 선생이 지은 『황야에서 부르는 소리―한과 저항에 사는 한국 시인 군상(荒野に呼ぶ聲―恨と抵抗に生きる韓国詩人群像)』의 초판이 나온 것은 1980년 11월이다. 실린 글 가운데 11편은 각각 도쿄에서 간행되던 계간지 《삼천리》에 1976년부터 1979년에 걸쳐 연재된 것이었고, 마지막 한 편은 민주화를 요구하던 많은 시민이 계엄군에게 학살당한 1980년 5·18 광주민주화운동 이후에 쓰인 것이다.

이 책에서 소개하는 시인은 일본에서 나고 자란 내가 거의 그 존재조차 알지 못하던 사람들이었다. 얼마나 가혹한, 그러면서도 풍요로운 세계였던가? 그런 미지의 세계로 가는 입구까지 나를 데려가 준 것이 바로 이 책이었다.

이 책과 일본어로 번역된 백낙청 선생의 저작물을 통해 나는 '민족 문학'이라는 개념을 접하고 한용운, 이육사, 이상화, 윤동주 같은 식민지 시대 시인들의 존재를 알게 되었다. 이 시인들을 모른 채 살았더라면 나의 민족관, 조국관은 훨씬 빈곤했으리라.

한용운의 「당신을 보았습니다」(p.117 참조)에 묘사된, 있어야 할 '조국'의 이미지는 타인을 지배하는 강하고 용맹한 것이 아니라, 타인에 대한 분노가 자신을 향한 슬픔으로 승화되는 찰나에 보이는 '당신'이다. 얼마나 탁월한 상상력인가?

이상화의 「빼앗긴 들에도 봄은 오는가」에 표현된 정서는, 일본이라는 사회에 살며 해방 후까지도 식민지주의에 시달리는 재일조선인에게 깊은 공감을 불러일으켰다. 하지만 이 시에 대해서는 다른 기회에 이야기하기로 하자(p.122 참조).

윤동주의 「서시」(p.135 참조)가 보여주는 정갈함은 나에게(적지 않은 다른 재일조선인들에게도 역시) 동경과 감동의 대상이 되었다. 그리고 지금(즉 1970년대, 1980년대라는 민주화 투쟁 시대), 조국 사람들은 이처럼 '한 점 부끄럼' 없이 살고자 애쓰고 있으니 우리도 이를 본받아 부끄럽지 않은 삶을 살아야만 한다고 스스로 다짐하게 했다.

나는 지금까지 여러 글에서 몇 번이나 윤동주를 다루었고 1990년대 이후, 시인의 생가가 있던 간도°의 명동촌에도 두 번 다녀왔다. 특히 「별 헤는 밤」이라는 시를 좋아하고, 거기서 일종의 '디아스포라성'을 발견하기도 한다. 이에 관해서는 「모어라는 폭력」이라는 글(『언어의 감옥에서』)에서 이야기했다.

조국의 시인들 가운데 특히 김수영에게 친밀감을 느낀 것은 이유가 있을지도 모른다. 그 역시 경력으로 보아 '디아스포라적' 인간이 아니었을까 싶다.

1921년 서울에서 태어난 김수영은 병약함과 수험 실패가 겹친 사춘기를 보냈으며, 태평양전쟁 발발 이듬해인 1942년 일본으로 건너가 연극을 공부하기도 했다. 1944년 가족이 이주해 있던 만주로 가서

○ 현 중화인민공화국 지린 성 옌볜조선족자치주.

연극 활동을 하다가 1945년 해방과 함께 조선 북반부를 거쳐 서울로 돌아온 다음 시를 쓰기 시작했다. 한국전쟁 때 북조선 측 문화공작대로 동원된 김수영은 유엔군에게 잡혀 거제도 포로수용소에 수용되었다. 1953년 포로수용소에서 풀려나 서울로 돌아왔고 1960년 4·19 민주혁명이 일어나자 현실 사회의 문제들에 비판적인 관심을 드러내는 사회참여(앙가주망) 시를 왕성하게 써서 발표하였으나, 1968년 교통사고로 요절하였다.

어느 날 고궁을 나오면서   김수영

———————————

왜 나는 조그마한 일에만 분개하는가
저 왕궁 대신에 왕궁의 음탕 대신에
50원짜리 갈비가 기름덩어리만 나왔다고 분개하고
옹졸하게 분개하고 설렁탕집 돼지 같은 주인년한테
욕을 하고
옹졸하게 욕을 하고
한번 정정당당하게
붙잡혀 간 소설가를 위해서
언론의 자유를 요구하고 월남파병에 반대하는
자유를 이행하지 못하고
20원을 받으러 세 번씩 네 번씩

찾아오는 야경꾼들만 증오하고 있는가

(중략)

아무래도 나는 비켜서 있다 절정 위에는 서 있지 않고
암만해도 조금쯤 옆으로 비켜서 있다
그리고 조금쯤 옆에 서 있는 것이 조금쯤
비겁한 것이라고 알고 있다!

(중략)

모래야 나는 얼마큼 작으냐
바람아 먼지야 풀아 나는 얼마큼 작으냐
정말 얼마큼 작으냐……

내가 이 시를 알게 된 것은 형 서준식이 옥중편지에서 언급했기 때문이었다. 시를 읽는 순간 '조금쯤 비겁한 일이라는 것을 알면서 언제나 옆으로 비켜서 있는' 것은 바로 나 자신이라고 느꼈다. "나는 얼마큼 작으냐……"라는 후렴구가 뇌리에 박혀 떨어지지 않았다.

1970년대와 1980년대의 꽉 막힌 상황 속에서 이런 조국의 시인들을 알고 나는 몇 번이나 뼈저리게 느꼈다. 그들의 현장과 나의 현장은 얼마나 다른 것인지. 나도 그들과 같은 작품을 쓰고 싶다, 써야만 한다. 간절히 원했지만 그건 도저히 불가능해 보였다. 그들과 나는 지리적, 정치적으로뿐 아니라, 문화적(언어적)으로도 격리되어 있었다. 나는 번역을 통해서만 그들의 작품을 읽을 수 있었고, 설령 내가 뭔가를 이야기하거나 쓴다고 해봤자 그들은 이해할 수 없다.

답답한 일본의 일상 속에서 조국 시인들에 대한 짝사랑과도 같은 그리움을 쌓아가면서 나는 무엇을 어떻게 표현하면 좋을지를 발견하지 못한 채, 우울한 나날을 보냈다. 그러던 중, 백낙청 선생이 쓴 《창작과 비평》 창간사를 일본어 번역으로 읽은 나는, 거기서 제시한 몇 가지 콘셉트에 크게 자극받았으며 시사점을 얻었다. 백낙청 선생은 이 글에서, 동시대에 사르트르 등이 프랑스에서 간행하던 잡지 《현대(Les Temps Modernes)》를 지표 삼아 앙가주망의 정당성을 주장하면서, 자신들의 지적 영위를 동양 한구석이라는 개별성에 가두지 않고 '보편성으로 가는 통로'를 개척하겠다는 결의를 표명하였다. 또한, 일본 식민지 지배에 저항한 민족 문학의 전통을 재발견하면서 현대의 새로운 시대적 요구에 부응하는 새로운 민족 문학 수립의 필요성을 주장하고, 특히 (내 기억이 정확하다면) '독자'의 문제를 다루었다. 오늘날(분단 시대)의 민족 문학은 한국 국내 독자뿐 아니라, 언제나 휴전선 너머(북조선)에 있을 보이지 않는 독자도 상정해야 한다는 주장이었다.

이 주장을 내 나름의 언어로 바꾸어 말하자면, 분단 시대에 있어 인간 해방을 목적으로 하는 민족 문학은, 한국이라는 한 국가의 틀에 사로잡힌 '국민문학'이어서는 안 된다는 것이 아니었을까? 그렇다면, 당시 백낙청 선생의 의도가 어떠했는지와는 별개로, 그 '보이지 않는 독자'의 범주에는 나 같은 재일조선인, 코리안 디아스포라까지도 포함되어 마땅할 것이다. 실제로 이런 이들이 한국 내에서 행하는 문학적 영위가 지리적, 정치적, 문화적(언어적) 장벽을 뚫고 나에게까지 전해지고 있으니.

그렇다면 반대 방향, 즉 재일조선인인 나의 문학적 영위 또한, 한국 국내의 '보이지 않는 독자'에게 전해지지 않는다고 단언할 수 없다. 나의 '쓰이지 않은 작품'의 독자는 거기 있을 것이다. 분단된 반도의 남북뿐만 아니라, 일본, 중국, 러시아, 그 밖의 세계 각지에 흩어져 살게 된 코리안 디아스포라를 포함하는 조선 민족 구성원들은 모두, 크게 말하자면 일본 식민지 지배와 민족 분단이라는 근현대사를 각자의 장소에서 살아내고 있다. 뿔뿔이 흩어진 '우리'는 지리적, 정치적, 문화적 장벽으로 나뉘어 있지만, 식민지 지배와 분단의 역사에서 해방되기를 원한다는 점에서는 서로 만날 수 있지 않을까. 마치 꿈이라도 꾸듯이, 나는 그런 생각을 했다. 말하자면 코리안 디아스포라를 시야에 담는, 새로운 의미에서의 '민족 해방'의 꿈이라고도 할 수 있으리라. 물론 그때의 '민족'이라는 단어의 뜻은 그 이전과는 다르겠지만 말이다.

그런 생각을 하기는 했어도 그 후로 오랫동안 나는 구체적인 테마도 방법도 찾아내지 못한 채, 답답한 나날을 보내야 했다.

서양 미술 순례 – 미술과의 대화

전환의 실마리는 뜻밖의 방향에서 찾아들었다.

두 형이 아직 옥중에 있던 때인 1980년에는 어머니가, 1983년에는 아버지가 잇달아 세상을 떠나셨다. 하다못해 부모님 살아생전에 형들 가운데 한 명이라도 석방되게 하고 싶다는 목표를 잃어버린 나는 일종의 허탈감에 빠져버렸다. 이미 서른 살이 넘었는데 뭐 하나 이룬 것도, 이렇다 할 재능도 없다는 사실이 새삼스럽게 기가 막혔다. 이 모호한 폐색 상태가 이대로 평생 이어질지도 모른다고 생각한 나는, 아무런 구체적 목적도 없이 그저 '한 번 만이라도 좋아'라고 여기며 유럽 여행을 떠났다.

"뭐하러 그런 곳에 가는 거야?" 하고 사람들이 물어도, 그저 그것이 나한테 필요해서, 라고밖에 말할 수 없었다. 프랑스 문학을 만났던 젊은 날의 기억을 버리지 못해, 사르트르나 니장이 살던 파리의 카르티에 라탱(Quartier Latin)이라는 곳에 한 번쯤 서보고 싶다, 브뤼헐(Pieter Bruegel), 고야(Francisco José de Goya y Lucientes), 고흐(Vincent van Gogh), 르네상스 거장들의 작품을 내 눈으로 직접 보고 싶다는 욕구를 충족할 기회를 스스로 허락한 것이다.

유럽 각지를 석 달에 걸쳐 걸으며 홀린 듯이 미술 작품을 보고 다녔다.

예컨대 스페인의 프라도 미술관에서는 고야의 〈검은 그림(Las pinturas negras)〉 방에서 멍하니 긴 시간을 보냈다. 나도 고야처럼 괴로워하고, 고야처럼 싸우고, 고야처럼 죽어야겠다고 생각했다. 고야는 궁정화가였으나 자유주의를 신봉했으며, 나폴레옹군이 그 자유주의를 조국 스페인에 가져다줄 거라 믿었다. 그러나 나폴레옹군의 포악함을 눈앞에서 보면서 〈전쟁의 참화(Los Desastres de la Guerra)〉 시리즈를 남몰래 제작했다. '근대'로 가는 입구에 서서 그 명과 암을 지켜본 그는 스스로 마음이 찢겨 죽었다. 고야는 나에게 지하실의 조그만 '창'이었다. 작은 창은 벽 높은 곳에 있어 바깥 풍경이 보이지 않지만, 하늘의 변화나 공기가 흐르는 낌새를 느낄 수는 있다. 손이 닿지 않아 거기서 도망쳐버릴 수는 없지만 바로 그 작은 창이 있어서 살 수 있었다. 내가 지닌 동경이 곧 '창'이었다.

처음엔 그런 마음이 전혀 없었지만, 미술관에서 그림들과 무언의 대화를 거듭하다 보니, 이런 대화를 글로 적어두고 싶다는 욕구가 용솟음쳤다. 일본으로 돌아오고 나서 어딘가에 발표되리라는 희망도 없이 쓰기 시작했다.

그때 내가 쓴 것은 어떤 장르의 틀에도 맞지 않는 글이었다. 소설도 아니고, 평론도 아니고, 기행문의 형식에서도 벗어났다. 나는 그저 우연히 미술과의 대화라는 형식을 발견하여, 말하자면 미술이라는 거울에 비추어 봄으로써 가까스로 자신에 관해 이야기하는 방법을 찾아냈던 것이다. 어떤 독자가 어떻게 읽어줄 것인지 알 수 없었다. 어떤 의미에서는 그런 건 아무래도 좋았다고도 할 수 있다. 다른 누구를 위해서가 아닌, 바로 나 자신을 위해서 쓴 것이다. 중학생 때처럼 글을 쓰는 것으로 자신을 객관화하고, 그나마 마음의 안정을 얻었다. 나라는 존재에게 어떤 의미에서든 보편성이라는 것이 있다면, 미술이라는 거울에 비춘 나에게 공감해줄 독자가 어딘가에 있을지도 모른다는 실낱같은 기대도 있었다.

완성된 작품을 편집자 몇 사람에게 보여주었지만, 반응은 신통치 않았다. 딱 한 번, 어느 사회운동 정보지에 실으면 어떻겠냐는 제안이 있었지만 거절했다. 친절하게 제안해주었던 이는 나의 반응에 기분이 상한 모양이었다.

제안을 거절한 이유는 원고료 없이 실어야 해서가 아니다. 사회운동 정보지라는 점 때문이었다. 사회운동에 관심을 가진, 좁게 한정된 독자를 향해서만 말을 건네고 있다간 결국 언제까지나 현재의 폐색 상태에 머물 수밖에 없다고 생각했다. 잘 알려진 한국 정치범의 동생이 유럽에 기분 전환 여행을 다녀와 쓴 보고문. 만에 하나라도 그런 식으로 읽히는 것은 싫었다. 정치범의 동생이라는 것은 사실이고, 그 입장에서 벗어나기란 불가능하다. 그건 잘 알고 있지만 표현활동의 차원에서는 나의 독자성, 나만의 주체성을 발휘해야만 한다. 설령 비판받더라도 정치범 아무개의 동생으로서가 아니라, 서경식이라는 개인의 존재를 독자에게 아로새기고 싶다는 바람이 있었던 것이다.

다행스럽게도 정치사상학자인 후지타 쇼조(藤田省三)° 선생께서 미스즈서방(みすず書房)이라는 출판사에

° '천황제 국가의 지배원리' 비판을 출발점으로, 현대 문명을 심층적으로 비판하며 사상의 지평을 넓혀 '현대 일본의 마지막 사상가'로 불린다. 한국에는 『전체주의의 시대경험』(이순애 편, 이홍락 옮김, 창비, 2014), 『정신사적 고찰』(조성은 옮김, 돌베개, 2013) 등이 번역되었다.

추천(이라기보다 강매)해주셔서 『나의 서양 미술 순례』(박이엽 옮김, 창비, 2002)는 빛을 볼 수 있었다. 많은 독자를 얻었다고 할 순 없지만, 그래도 이 일로 나는 '글쟁이'로서 출발하게 되었다.

그 후 – 일본을 '현장' 삼아

1980년대 말에 한국의 군사독재 시대가 마침내 끝나고, 두 형도 살아서 출옥했다. 한국 국내의 많은 이들과 고난을 함께 겪고, 이제는 그 과실을 살아서 누릴 수 있게 된 것이다. 한 형은 한국에 머물면서 인권운동에 매진하고, 또 다른 형은 미국 유학을 다녀온 후 일본의 대학에서 교단에 서게 되었다.

이리하여 나는 가까스로 긴 폐색 상태로부터 해방을 맞이했지만, 형들의 구원 활동이라는 첫 번째 목표를 잃어버렸으니 이제부터 어떻게 살아갈 것인지 실은 몹시 혼란스러웠다. 이미 마흔에 가까운 나이였다. 아무리 생각해도 나의 현장은 인생 40년을 살아온 장소, 일찍이 '허구의 현장'이라고 생각했던 일본뿐이었다. 마음 불편한 이곳이야말로 나의 현장이라는 사실을 받아들일 수밖에 없었다.

그 후 대학에 자리를 얻은 나는, 집필과 교육이라는 일을 통해 일본에서 계속되고 있는 식민지주의에 대한 저항을 이어왔다.

대학 교단에 서면서 내가 염두에 두었던 것은 에드워드 사이드 (Edward Said)의 말이다. 그는 지식이 한없이 세분화되고 부품화된 현대 아카데미즘의 존재 방식을 통렬히 비판하면서 역사 서술이나 문학에 있어 지배층의 이야기(Master narrative)에 피지배자 측의 대항적인 이야기(Counter narrative)를 대치하는 것이 미래 인류의 '새로운 보편성'을 구축하기 위해서도 중요하다고 강조한다. 나는 일본 사회 속에서 살아가며 지배층의 이야기에 대한, 재일조선인이라는 마이너리티 입장의 대항적 이야기를 제시하는 것이 나의 역할이라고 생각했다.

팔레스타인 아랍 출신, 프로테스탄트 기독교도, 게다가 아버지 대부터 미합중국 국적 보유자인 사이드는 예루살렘, 베이루트, 카이로를 잇는 지역을 왕래하면서 성장하였고, 후반생을 미국에서 보냈다. 그는 그야말로 포스트 콜로니얼(Postcolonial) 시대의 복합적 아이덴티티의 대표적 예시 같은 존재이지만 1967년 제3차 중동전쟁과 그로 인한 이스라엘의 팔레스타인 지역 불법 점령을 계기로, '팔레스타인인'으로서의 자각이 더욱 강해졌다. 그것은 무엇보다 그가 자신의 복수 아이덴티티 가운데 '선택'한 것, 다시 말해 '선택된 아이덴티티'라고 할 수 있겠지만, 이를 자의적으로 선택한 것이라 오해해선 절대 안 된다. 미합중국 국민이라는 '아이덴티티'를 선택하여 학자라는 마음 편하고 쾌적한 삶의 방식을 관철하는 것도 가능했으나, '팔레스타인인'이라는 편하지도 쾌적하지도 않은 '아이덴티티'를 그는 선택한 것이다.

'선택된 아이덴티티'란, 이런저런 아이덴티티를 옷처럼 입었다가 벗었다가 하는 것이 아니다. 오히려 '강제된 아이덴티티'에 대립하는 개념이며, 자유로운 인간으로서 자신을 해방하기 위한 자유로운 선택을 함의하고 있다. 거기에 도덕이라는 기준선이 관통한 이상, 그 '선택'은 자의적인 것이 될 수 없다.

복수의 아이덴티티를 끌어안는 것은, 개인의 입장에서 말하자면 그야말로 분열된 상태다. 그 복수의 아이덴티티가 서로 대립하는 것일 때 자기 분열의 고통은 한층 심해질 것이 뻔하다. 구 식민지에서 시작된 디아스포라는 누구나 이러한 자기 분열의 고통에 시달리고 있다.

『펜과 칼』(에드워드 사이드·데이비드 버사미언 공저, 장호연 옮김, 마티, 2011)은 그의 저서 중 그다지 눈에 띄지 않는 작은 책이다. 그 안에 수록된 아르메니아 난민 출신 데이비드 버사미언(David Barsamian)과의 인터뷰에서 사이드는 다음과 같이 답한다.

우리가 지금 와 있는 곳이 마지막 변방, 마지막 하늘인 것 같고, 그 너머에는 아무것도 없어서 남은 것은 오직 파멸뿐이라는 생각이 듭니다. 그럼에도 우리는 이렇게 묻습니다. "이제 어디로 가지?" 우리는 또 다른 의사를 찾고 싶습니다. 사망 선고를 들었다고 그냥 체념할 수는 없습니다. 우리는 계속 앞으로 나아가고 싶습니다.

시와 같은 이 말을 읽으면서 깨달았다. 그렇다, 우리 재일조선인들도 얼마나 자주 사망 선고를 받아왔던가?

여기서 사이드가 우리에게 말하는 것은, 인간은 승리의 약속이 있기 때문에 싸우는 것이 아니라 부정의가 이기고 있기에 정의에 관해 묻고, 허위로 뒤덮여 있기에 진실을 말하려고 싸운다는 것이다. 현대를 살아가는 자로서 가져야 할 도덕(moral)의 이상적 모습이다.

그렇다곤 하지만 내가 일본으로 '현장'을 정했다는 것은 결코 나와 '조국' 사람들 사이의 절연을 의미하는 것은 아니다. 오히려 나는 내게 주어진 현장에서 그 임무를 다함으로써 '조국' 사람들은 물론 전 세계 코리안 디아스포라와 인간 해방이라는 과제를 공유하고, 언젠가 합류할 수 있으리라 믿는다. 그것은 물론 무척이나 어려운 일이긴 하겠지만.

'조국'이란 특정 지역이나 국가를 가리키는 것이 아니라 이러한 삶의 방식이며, 그것을 공유하는 사람들이다. 그렇게 생각하게 되었다.

천만다행으로 『나의 서양 미술 순례』가 한국에서 발행되었다. 이 책은 지금도 쇄를 거듭하고 있다. 2000년대 중반부터 『소년의 눈물』을 비롯하여 나의 다른 책들도 차례로 한국에서 번역·출판되고 있다. 내 책이 번역되어 조국에 살고 있는 '보이지 않는 독자'들 앞에 놓이게 된 것이다. 이런 일은 고등학교 시절의 나, 대학 시절의 나, 아니 1980년대의 나에게는 완전히 꿈같은 이야기였다.

물론 나는 성취감에 잠기지도 않았고 앞날을 낙관하지도 않는다. 한국에 사는 사람들과 대화하면서 일본과는 다르지만 어딘가 비슷하기도 한 답답한 벽을 느끼는 일이 간혹 있다. 나는 그것을 일단, 한국과 일본의 메이저리티(majority)에게 공통적으로 존재하는 '국민주의'라 부르고 있다. 내가 '국민주의'라고 부르는 것은 인간을 '국민'과 '비국민'으로 나누고 그 사이에 존재하는 부당한 차별에는 무관심하면서 자신이 '국민'으로서 국가의 비호 ― 그것은 동시에 구속이기도 하다 ― 를 받는 것을 당연시하며 의심치 않는 심성을 가리킨다. 이런 심성은 일본이나 한국이나 '국민' 대부분이 가지고 있다. 이 '국민주의'를 극복하기 위해 일한다는 과제가 이제부터 나의 활동에 부과된 셈이다.

정신을 차려보니 벌써 예순을 넘겼다. 맙소사! 중학교 시절에 최초의 작품을 쓰고부터 어느샌가 반세기나(일본이 조선을 식민 지배했던 기간보다도 훨씬 길다!) 세월이 흐른 것이다. 식민지주의는 여전히 진행 중이며 오히려 강화되고 있다. 조국의 분단과 민족의 이산이라는 현상 역시 계속되고 있다. 우리의 과제 또한 표면적으로는 변한 듯 보이지만, 근본적으로는 변함없이 이어지고 있다. 나에게 남은 시간이 얼마나 될지 예측할 수 없지만, '글을 쓴다'는 행위를 통해 내 역할을 완수하고 이 과제를 공유하는 이들과 연대하고 싶다.

시집
『8월』

박일호

저자가 고등학교 3학년생이던 1968년에 낸 개인 소장판 시집이다. '박일호'란 그때 단 한 번 사용했던 필명이다. 지금으로부터 47년쯤 전에 쓴 것이고, 지금의 눈으로 보면 수정해야 할 점도 적지 않지만, 1960년대 한 재일조선인의 정신사를 기록한 자료로 보아 전문을 그대로 싣기로 했다. 다만 현시점에서 필요한 최소한의 주석을 덧붙였다.

역사
___

여기는 일본
현해탄 너머 나라를 사랑하려는
나의 슬픔을
이 나라 사람들은 모른다

지금 이 땅에서
흙이니 물이니 하늘이니 구름,
혹은 어머니를 사랑하는 것처럼
나는 조국을 사랑할 순 없다

나에겐
조국을 이야기할 언어가 없다
나에겐
조국을 느낄 살갗이 없다

하지만 나는 언젠가 들었다
동양의 진창에서 피를 흘려가며 부르던
혼잣말처럼 나직한, 그러나 사라지지 않을
조상들의 노래

들이밀어진 칼날 앞에서
짓밟힌 군화 아래서
태어나 노래하는
내 아버지들 내 어머니들

어둠 속을 걷는 수많은
유민들처럼
눈물을 흘리면서 묵묵히
여기까지 온 조국의 역사

그리고 나는 알고 있다
나의 이 슬픔의 근원
남의 땅 일본에 나를 태어나게 한
고통스런 역사를 고통스런……

오늘도 내 밖에 있는 나의 조국을
사랑하고자 몸부림치는 것이다 사랑하고 싶어서
이제 두 번 다시 있어서는 안 된다 이런 슬픔은
이렇게 고통스런 역사는

그러니 살고 싶은 것이다
역사의 진창 속에 있어

이 슬픈 역사를 응시하면서
응시하면서 살고 싶은 것이다

부산항

발밑을 습격한 둔중한 충격이
감상을 지워버리고
900톤 배는 지금
현해탄을 건넜다

여기서 보인다……
말뚝을 썩게 하는 거무스레한 바다
녹슨 뱃머리 나무 없는 민둥산
산허리에 흩어진 희뿌연 하코방°들
모래바람이 휘몰아가고……
이곳 제1부두의 광경 무덤의 그것
사람 사는 무덤 부산
이 기묘한 어수선함은……?

짭조름한 바람을 타고 오는 것은
고향 냄새 고행의 소란
이 괴상한 고향의……

오오 사람들이여 동포여!

° 일본어로 상자를 뜻하는
'하코(箱)'처럼 작은 방이라는
의미로, 한국에서도 일상적으로
사용되었다.

(이 쓸쓸함은 도대체……?)
어슬렁거리는 여자들의 흰 옷이 빛나는
항구 부산 오전 9시
……서글픈 명랑함

장구

———

움직임을 멈춘 호남평야 바람도 숨을 죽이고
점점이 초가지붕 아지랑이 피어올라
울려오는 무채색 리듬
장구 소리는 토막토막 울리며
평야에 파문을 일으키는데
　　　무엇을 축하하는 것일까
　　　혹은 애도하는 것일까
파문은 연약하게 퍼져가고……

리듬은 단순해야 한다
아들이 보낸 편지도 못 읽는 백성의 악기
장구의 리듬은 단순해야만 한다
평야 바닥에 가라앉아 아지랑이와 함께 흔들리는 리듬
울려오는 무표정한 리듬
장구는 토막토막 가슴을 치고
나는 붉은 논고랑을 걷고
무언가를 찾아가며
나는 걷고……

하늘에 관하여

─────────

척박한 평야 논고랑에 서 있는 내 위로
깊은 하늘이다
현해탄을 건널 때 기름 냄새 풍기던 배 밑바닥에서
내가 마음에 그리던 대륙에 이어지는 깊은 하늘
남해 한라산에서 장백산맥 백두산을 지나
유라시아 대륙 깊숙이 이어지는 깊은 하늘이다
이 푸르름을 무어라 말하면 좋을까?
태양의 광휘마저 지워버리는
가슴 아픈 하늘의 푸르름이다

애처로운 푸름의 깊이를 헤매다가
끝내 어떤 피안에도 닿지 못하는 죽은 넋의
영겁의 표박(漂泊)이여
마음을 어둡게 하는 한없이 깊은 푸르름이다
대륙으로 이어지는 깊은 하늘 독기 어린 푸르름이다
그러니 이 나라 사람들은
날마다 고개 숙이고 산다

흙무덤을 부숴라

반짝반짝 흔들리는 포플러 가로수를 둘러싼
완만한 황토색 기복을 뒤덮은
저것이 흙무덤
(포플러는 '멸망'의 나무다)
길바닥에서 흙먼지를 뒤집어쓰고 속이는 조선 말(馬)의
연분홍색으로 벗겨진 등허리 너머로 잇달아 보이는
저것이 흙무덤
(저 말(馬)은 '멸망'을 나른다)
백성들은 오늘도 '멸망'을 경작하고 있다

오늘 어두운 마을에 곡성이 울리면
내일 아들들은 흙을 쌓아 올린다

통곡은 은은히 밤을 메아리치고
흰 옷 입은 아들들은 흙을 쌓는다 흙을 쌓는다
아아 면면한 사천 년 반도의 역사
흙을 쌓아 올려온 백성들의 역사여
무수한 무덤들은 언덕을 덮고 골짜기를 메워
그리고 풍화하고

풍화하고 풍화하여……

그러나 백성들이여
'피안'을 믿으며 죽어간 백성들이여
알고 있는가?
무덤 아래 그대들의 주검 속
썩어버린 창자를 밤이면
슬픈 짐승 늑대가
파내어 먹어대고 있다는 것을

보이는가 흙무덤
조가(弔歌)와 사취로 가득한 광기의 평야
아아, 면면한 사천 년 흉작의 세월이여
끊임없이 '멸망'을 이어온 세월이여
오로지 '멸망'을 경작해온 백성들의
저것이 흙무덤
사천 년 풍설로 이미 흙으로 돌아가버린
무수한 애비들이 보이는가, 자식들이여

이 땅에 태어난 맨발의 아이들
미간에 주름을 잡은 채 길바닥에 잠드는
동요를 부르지 않는 너희들

말라비틀어진 '멸망'의 화신들이여
애비들의 곡괭이를 들어라!
흙무덤에 곡괭이를 박아 넣어라
흉작의 사천 년의 종언을
너희들의 어두운 고함 소리로 물들이는 것이다

흙무덤을 부숴라!
묻혀 사라진 백성들의
무수한 검푸른 원한의 불꽃을
온 나라 방방곡곡 타오르게 하라!

종로4가

서울의 밤은 어둡다
쉰내 나는 길 밀감빛 가로등 아래서
내 소매를 잡아끌고
놀라서 잔걸음 치는 내 등 뒤에서
지금 히스테릭한 웃음을 쏟아내는 너
종로4가에 사는 여인아
조금만 더 기다려다오
차디찬 온돌방 구석에서
네가 늘어놓는 신세타령에
나도 귀를 기울이고 싶지만
종로4가의 여인아
조금만 더 기다려다오
나는 아직 열여섯도 못 되었으니
(서울의 밤은 어둡다)
지금은 그것으로
내 창백한 머릿속이 꽉 차 있다

시집 『8월』

가야금

―――――

서울시 북쪽 왕궁 터 연못가에서
하얀 목덜미의 소녀들은 가야금을 켠다
우리들을 위해–
정녕 우리는 저 멀리 일본에서
'모국 방문'을 하러 찾아왔으니
궁녀의 피를 이은 소녀들이 가야금을 켠다
곡조는 연못 위를 달려
미끄러지듯이 마음속으로 흘러든다.
'방문자'들은 셔터를 누른다
'유구한 곡조……'
'향기로운 민족문화……'
하지만 내 마음은 싸늘해져 버렸다
나의 네모난 파인더가
그 말간 눈동자 소녀의
살랑살랑 흔들리는 꽃 비녀 그늘에서
딱딱한 무표정을 보았던 것이다

임진강
———

하오의 군용도로
임진강 북안으로 가는 유일한 길 그것은
말라버린 숲을 자르고
불타버린 바위를 뚫고 꿈틀대는
한 마리 뱀 혹은
맨살 깊숙이 새겨진 손톱자국
벌거벗은 반도는 수치로 몸부림치고
통곡조차 마침내 잦아든다

　'버스를 타고 무얼 보러 가는 건가, 나는? 허덕허
　덕 무엇을 보러 가는 것일까? 방공호에서 눈만 내
　놓고 무엇을 보고자 하는 것일까?
　　땀을 닦고 또 닦으며 나는 둔하게 빛나는 투구를
　훔쳐본다'

번질대는 햇볕이
포신을 녹이고 병사를 녹이고
피를 말리고 눈물을 말리고
여기 있는 것은

썩은 긴장 너저분한 불안

하지만 임진강……
동방 일찍이 호랑이가 살던 산들에서
맥맥이 흘러내린 한 줄기 깊은 남색
임진강 흘러 흘러……
어울리지 않는
너무나 어울리지 않는 한 줄기 위안이여!

　　'그리고 다음에 이어지는 것은 울음이 터질 듯한
　　우스꽝스러움과 비굴한 도피의 욕구다. 하지만
　　도대체? 도대체 누가, 나를 책망할 수 있단 말인
　　가……?'

짭짤해져 버린 뇌수로 나는
겨울을 꿈꾼다
명동에서 고아들이 얼어 죽는 그 계절에
임진강은 얼어붙는다

경주에서

────────

8월이 거침없이 몸을 들이밀면
반도는 타오른다
이곳은 역사와 매음의 거리 '경주'
불꽃 속에서
서글픈 고분이 몸부림친다
벌거벗은 여름에 작은 그림자 하나 나타나더니
내민 손에는 껌이 쥐어져 있다.
껌을 사라는 것이냐?

반도는 좀먹어 썩어가고
짓밟힌 발아래…… 어떠냐 이
이 황폐는 어떠냐!

곰팡이 슬어버린 영화의
그 갈비뼈의 거리 '경주'
껌을 사라는 것이냐? 나에게
나 자신의 역사의 희뿌연 유골들을
버스 창문으로
'관광'하고 있는 이 나에게……

메마른 눈동자로 뜨거운 길 위에 서서
네가 눈물을 잃어버린 까닭을
너는 모르지만
역사와 매음의 거리 '경주'에서
너는 살아 있다

현기증이 날 듯한 반도의 한낮
너는 살아 있다
나는 껌을 사지 않으련다
그 대신 너의 눈동자를 보리라
그것이 내가 할 수 있는 사랑이다 가장 큰
이제 곧 이 버스는 출발한다
땀과 먼지의 여행
벗겨져 드러난 나의 반도 하지만 나 역시
눈물을 잃어버렸다

태어나 처음 보는 역사와 매음의 나라
'한국'
짓밟는 발 아래…… 어떠냐 이
이 황폐는 어떠냐!
이곳이 네가 사는 땅이다
그리고 내가 돌아와야 할 고향이다

이 감출 길 없는 황무지

이것이 전부다 너와 나의
나는 이 땅에서 빼앗긴 우리의
눈물을 찾으리라 우리는
죽을 수는 없는 것이니

돌부처

머리가 아파질 만큼 하늘이 깊은 날, 시골 마을 조그만 박물관, 기와가 무너져 내릴 듯한 일주문을 들어서니, 머리 하나 서늘하게 미소 짓고 있다. 그을린 돌단에 찡그리고 선 내 앞에서 머리만 남은 그대는 조용히 미소 짓고 있다. 비를 피할 처마도 없이, 위엄을 지킬 철책도 없다. 말라 시든 잡초 위에 머리만 남은 그대.
나는 그대를 무어라 불러야 할까?
매미도 울지 않는 여름, 눈부신 빛 속에서, 나는 그대에게 다가선다.

흉하게 비틀린 소나무 빈약한 그늘 속에서, 돌로 된 그대는 미소 짓고 있다.
긴 세월을 그대는 그렇게 미소 짓고 있었다. 볼 만한 논밭도 없는 산악지대, 경상북도의 가난하고 시꺼먼 백성들에게, 그대는 그렇게 미소 짓고 있었다. 하지만 세월의 풍파는 그대의 강건하고 부드럽던 몸을 앗아 갔다. 코마저 떨어져 나가고, 윤곽 여기저기엔 지저분한 이끼마저 들러붙어 있다.
그렇건만 그대의, 이 평안함은 어디서 오는 것일까?

세월이 흐르게 했던 백성의 눈물조차, 끝내는 마르게 하고야마는 경상북도의 여름에, 평화롭게 미소 짓고 있는 그대.
그대는 도대체 무엇인가?

나는 도대체 무엇인가?
나는 이국 일본 말을 하고, 그대의 이름을 이해하지 못한다. 나는 도시인의 손을 지녀, 그대를 흔들어대지 못한다. 나는 야간열차를 타고, 배를 타고, 일본에서 왔다. 그러니 이 거리에서, 때로 교토를 떠올리기도 한다. 불국사를 보고 다이토쿠지(大德寺)°를 떠올리기도 한다.
하지만 아마도 그대는, 일본을 알고 있음이 분명하다. 그대가 몸뚱이를 잃어버린 것도, 코가 떨어져 나간 것도, 그 나라와 관계가 없지는 않으리라. 그대의 눈으로, 그 나라 인간이 이 나라에서 무슨 짓을 했는지 보았으리라. 나는 바로 그 일본에서 온 나그네.
그대는 왜 책망하지 않는가? 젠 체하는 얼굴로 카메라를 들고, 그대를 동정하려조차 하는 나를……?

그대는 미소 짓고 있다. 정원석 같은 산들 사이에 벌레처럼 들러붙어 살고 있는 백성들에게 둘러싸여, 그대

° 1325년에 창건된 교토의 유명한 사찰.

시집 『8월』

는 미소 짓고 있다. 시골마을 박물관 마당 한쪽에서, 아무렇지도 않게 미소 짓고 있는 그대. 거뭇한 세월의 흔적, 돌로 된 그대. 그대를 금동 따위가 아닌 돌로 만든 조상의, 그 지혜가 너무도 애틋하여, 나는 그대 앞에서, 문득 무심결에 눈물을 쏟을 뻔한 것이다.

그러나 나는 이해할 수 없다. 밤의 해협을 건너, 처음이 내 나라에 발을 들인 것이니, 그렇기에 더구나, 나는 납득 못한다. 그대의 너그러운 입매가, 어째서 참지 못할 분노로 일그러지지 않는지. 그대의 부드러운 눈매는, 어째서 피눈물을 뿜어내지 않는지.

나는 무엇을 관광하고 있는 걸까. 나에게 보이는 것은, 그대의 온화한 미소. 하지만 나의 귀에는, 나의 '관광'에 들러붙어 살겠다는 껌팔이 아이들의, 웃자라고 쉬어버린 음성이 튀어 들어오는 것이다.

비굴한 동양의 지혜, 돌로 된 그대의, 애처로운 달관의 미소. 나에겐 그대의 그 미소가 너무나 슬퍼 견딜 수 없구나.

손바닥

구역질이 날 듯한 네온사인 사이로
불쑥
겹쳐서 내밀어진 양 손바닥
에 끌려나온
원숭이 같은 모습이 드러난다
비틀린 등허리 비틀린 눈길

여름이 지난 부산진 흔해빠진 고뇌를 고뇌가 중화하는 거리
김치 냄새와 뱃사람들의 몸 냄새에 절어 있는 거리
슬픈 사람들이여 막걸리 한 잔의
진흙탕 같은 퇴폐인가……
할멈처럼 거친 양손이
조금씩 조금씩 밀고 들어온다
찰박찰박 메마른 맨발 소리가
내 가슴을 무겁게 뒤덮는다
이 소녀 역시
눈치 보며 살고 있는 것이다

소녀는 기다린다

꿈까지 꾸면서
나그네의 노골적 혐오를
그것은 언제나
소녀에게 몇 푼의 돈을 쥐여주는 까닭에

내가 걷는다 양 손바닥이 따라온다
내가 걷는다 양 손바닥은 끈질기게 따라온다
(……이 도전을 견뎌낼 수 있을까?)

내가 멈춰 선다 양손바닥이 멈춰 선다
내가 돌아보고
"아버지 어디 갔어?"
소녀는 말이 없다
소녀는 귀가 없다 입이 없다
오직 두 손바닥과 잔혹한 인내를 지녔다
손바닥만이 소녀를 말한다

나는 걷기 시작한다 양 손바닥이 따라온다
김치 냄새와 뱃사람들의 몸 냄새 밴 거리에
찰박찰박하는 메마른 소리
(이 도전을 견뎌낼 수 있을까?
이 고통스런 도전을 참아낼 수 있을까?)

여행 가방을 둘러멘 이방인 나는
입술을 깨물며 걷는다

후기

2년 전, 나의 첫 한국 여행은 '고향'의 모색이었다. 그때까지 나는 자신의 존재 기반으로서의 '고향' 혹은 '민족'을 리얼하게 떠올릴 수 없었다. 나는 '고향'의 실체를 움켜쥐고 싶었다.

한국의 8월은 둔기로 후려치는 듯한 더위였다. 나는 그 더위 속에서 마비될 듯한 의식에 피를 흘려 넣는 것 같은 방식으로 '고향'의 모습을 기록(다큐멘트)하려 했던 것이다. 나는 '목격자'이고자 했다. '목격자'는 방관자가 아니다. '목격자'는 언젠가 증언한다. 그리고 나는 '목격'으로부터 증언까지 2년이라는 세월이 필요했다. 하지만 나의 무능은 나에게 '진실'의 증언을 허락하지 않을지도 모른다. 나의 말은 허공에 춤추고, 의미를 잃은 채 부질없이 붕괴하고 있는지도 모른다. 나의 언어는, 그대들의 뇌를 가격하기엔 너무 가벼울지도 모른다.

게다가 나는 약간 우울하다. 나는 누구를 향해 지껄이고 있는 것일까? 그대들 일본인에게 나의 시가 무엇이 될 수 있을까? 모르겠다. 나 역시 내년 봄 대입을 앞둔 고등학교 3학년, 평범한 초조감의 노예이니. 내가 이 시기에 이런 책자를 발행한다는 미친 짓을 굳이 벌이는 필연성이 무엇일까? 나는 통속적인 센티멘털리즘에 홀린 것일까? ……이러니 나는 우울하다. 대답은 유보해주었으면 하는 비굴한 기분으로 가득하다.

그런데 아마도 이 책자는 나의 마지막 시집이 될 것이다. 나에겐 일본어로 '고향'을 쓴다는 것의 한계가 보이고, 모국어로 쓰기엔 난 너무 '일본인'이니.

　자, 나는 증언했다. 내일이면 이미 나는 '목격자'에 머물러 있진 않으리라.

1968년 9월 30일

박일호

3장

시의 힘

이 글은 2012년 12월 8일, 도쿄 일본청년관에서 진행한 〈시인회의 창립 50주년 모임(詩人会議創立五十周年の集い)〉에서 한 강연에 대폭 가필한 것이다. 상당히 긴 글이어서 제1부 〈루쉰과 나카노 시게하루〉, 제2부 〈조선의 시인들-'동아시아' 근대사 속에서〉로 나누어 정리했다. 원래 하나의 강연이지만 두 개의 독립된 글로 읽어도 좋다.

제 1 부

루쉰과 나카노 시게하루

나는 시인이 아니다. 어쩌면 시인이 되다 만 인간이라고도 할 수 있으리라. 이런 나에게, 시인회의 창립 50주년이라는 기념할 만한 모임에서 이와 같은 발언 기회를 주신 것에 감사드리고 싶다.

　나에겐 너무 무거운 역할이라 생각하면서도 이 강연을 수락한이유는 한마디로 초조감이랄까, 절박함 때문이었다. 시인회의가 발족하고 50주년이라는데, 이 50년간을 되돌아보니 무척 중요한 무엇인가를 잃어버렸거나 혹은 잃어버렸다는 기억조차 잊으려 한다고통감한다. 전후 일본에 한때 평화주의가 널리 퍼진 것처럼 보이던 예외적인 짧은 기간이 있었다, 라는 식으로 회상되는 때가 조만간 오는것 아닐까?

　지금 동아시아의 평화는 크게 위협받고 있다. 위태로운 시기라해도 과언이 아닐 것이다. 일본과 주변 국가들(중국, 한국, 타이완, 조선민주주의인민공화국)과의 대립이 깊어지고, 일본에서는 헌법 제9조의폐지를 노리는 세력이 정권을 획득할 참이다.

　세간에서는 '반한', '반중'을 외쳐가며 정부 비판자를 '반일분자', '매국노'로 매도하는 세력이 시위를 되풀이하고 있다. 대중매체에도 국가주의적이고 호전적인 언사가 넘쳐난다. 하지만 이런 위기를 앞에 두고 대다수 일본 국민은 무관심하거나 무기력하다.

나는 도쿄 도심의 대학에서 교편을 잡고 '인권과 마이너리티'라는 과목명으로 재일외국인의 인권을 둘러싼 여러 문제와 나치 독일에 의한 유태인 등 마이너리티 박해에 관해 강의하고 있다. 교육 활동을 통해 많은 젊은이들과 일상적으로 만나며 느끼는 것은, 한 사람 한 사람은 선량하고 기특한 학생이지만, 사회와 정치 현상에 대해서는 너무나 무관심하다는 사실이다. 무관심이라기보다 관심을 가질 회로마저 단절당한 채 성장한 사람들로 보인다. 만약 전쟁이 일어난다면 그들은 타자를 해치고 자신도 해치게 될 것이다. 그런 일이 가까운 장래, 현실 정치 과정 속에서 일어날 수 있음에도 불구하고, 본인들은 그런 위기조차 느끼지 못하는 것이다.

동아시아 – 일본이 침략 전쟁 혹은 식민지 지배를 했던 지역

'동아시아'는 어떤 지역일까? 이는 아시아 동쪽이라는 의미가 아니다. 동아시아란 근현대 역사에서 일본이 침략 전쟁 혹은 식민지 지배를 했던 지역이다. 미얀마를 경계로 동쪽에 위치하는 아시아 국가 중일본의 침략이나 식민지 지배의 흔적이 없는 곳은 없다. 동아시아란그런 곳이다. 이 동아시아에서 그곳 사람들과 더불어 평화롭게 살아가야만 한다. 따라서 역사에 등을 돌린다는 것은 이 지역의 평화를 지키기 위한 기본적 전제를 잃어버린 태도라고 할 수 있다.

올해(2012년) 여름 이후, 이른바 '영토 문제'가 중일 간, 혹은 한일 간에 부상했다. 이 문제를 둘러싸고 일본 국내에서는 강경한 국가주의적 주장이 득세 중이다. 많은 국민이 사안의 역사적 경위를 모른채, 동아시아 평화 구축이라는 과제를 진지하게 성찰하지 않은 채, 국가주의적 주장을 지지하거나 묵인하는 것이다.

센카쿠 제도(尖閣諸島)는 청일전쟁 과정에서 일본에 '편입'되었다. 독도(다케시마·竹島)는 러일전쟁 와중에 '편입'된 것이다. 양쪽 모두 일본의 대외 침략 과정에서 벌어진 일이다. 따라서 이들 지역에 대한 일본의 영유권 주장은, 총체적 근대사를 현재 시점에서 일본 국민이 어떻게 파악하고 있는가 하는 문제와 궤를 같이한다. 근대사를 총체적으로 어떻게 파악할 것인가, 근대의 부(負)의 유산을 총체로서 어떻게 넘어설 것인가, 그러한 성찰적 시점이 점점 사라지고 있다.

가령 일본이 양 지역의 영유권을 주장하는 경우라도, 전전(戰前)의 대일본제국과 같은 논리로 주장해서는 안 된다. 이는 중국, 한국 등 주변 아시아 민족들이 보기에, 침략의 역사를 반성하기는커녕 이제 와서 정당화하려 한다는 표시일 수밖에 없다. 개헌 시도를 비롯하여 일본의 현 정부가 행하려는 것은 이런 일들이다. 더구나 이 안건을 후쿠시마(福島) 원전 사고 후의 어수선함을 틈타 단숨에 벼락치기로 해치우려 하고 있다.

일본의 전후헌법은 아시아 이천만 피해자의 주검 위에 성립된 것이다. 다시는 침략이나 식민지 지배 따위 하지 않겠다는 국제 공약이라고도 할 수 있다. 그럼에도 불구하고 일본의 현 정권은 일본이 오

3장 시의 힘

히려 주변국의 간섭이나 압력을 받고 있다는 피해의식과 국가주의
적 감정을 불러일으킴으로써 국민적 통합을 이루려 한다. 이는 너무
나 위험한 길이다. 피해 민족 측에서 보자면, 전후의 출발점이었던
약속을 지킬 생각이 없다는 메시지이기 때문이다.

탈원전운동도 평화운동

탈원전이 현재 일본 사회에 있어 가장 긴요한 과제라고 생각하지만,
이조차 이번 선거(2012년 12월 중의원선거)에서 진지하게 다루어졌는
지 의문이다.

　동아시아에서 탈원전을 실현하기 위해서는 이것이 평화운동이
라는 뚜렷한 인식이 필요하다. 원전이 안전성 면에서나 비용 면에서
나 도저히 맞지 않는 사업이라는 사실이 명백해졌음에도, 여전히 원
전 유지를 고집하는 사람들이 뿌리 깊이 존재하고 있다. 그 고집스러
움의 이유는 원전이 바로 잠재적 군사력이기 때문이다.

　중국, 한국, 러시아, 일본을 포함한 동아시아와 그 주변 지역 전
체가 핵으로 가득 차 있다. 미군과 각국의 핵무기뿐 아니라, 한국과
중국에도 수많은 원자력발전소가 있으며 지금도 건설 중이다. 주변
국의 핵으로 포위당한 북한은 생존을 걸고 큰 희생을 치르더라도 핵
개발을 진행하려 한다. 이 지역 전체가 핵의 위협에서 빠져나와 평화
를 실현하기 위해서는, 탈원전운동이 본질적으로 반전평화운동이며

동아시아 지역의 모든 이들에게 공통된 과제라는 사실을 깊이 자각해야만 한다.

　일본 국내에서는 거의 논의되지 않지만, 후쿠시마 원전 사고에 관해 잊어서는 안 될 시점(視點)은, 이번에 또다시 일본이 '가해자'가 되었다는 사실이다. 계속 누출되고 있는 방사능은 당연하게도 일본 국경을 넘어 전 세계(특히 인근 동아시아 지역)에 막대한 피해를 주고 있다. 하지만 일본 정부가 이에 관해 사죄한다거나 책임을 진다거나 보상한다는 발언을 들은 적이 없다.

　동아시아 민족들과의 대화와 화해는 일본이 가해자였던 근대사는 물론 이번 원전 사고에 의한 가해까지 포함하여 겸허한 자세를 취한다는 전제하에서만 성립할 수 있을 것이다. 오로지 생활의 안전과 안심을 추구하는 소박한 일본 시민 역시 마찬가지다. 이러한 관점을 잊고 자국이 주변에 가해와 위협을 행한다는 사실을 자각하지 못한다면, 자칫 배외주의에 이끌릴 수밖에 없을 것이다.

엇갈린 만남

동아시아의 근현대사를 돌아보면 일본인은 기본적으로 주변 아시아 민족들과 엇갈린 만남을 거듭해왔다. 그 결과가 현재다. 지금, 또 한 번 더없이 혹독한 엇갈린 만남이 벌어질 참이라고 나는 생각한다.

　내가 태어나 어린 시절을 보낸 교토 시에는, 마루타초(丸太町)라

는 헌책방이 잔뜩 늘어선 거리가 있었다. 하굣길에 그곳에 들러 온갖 책들을 읽는 것이 나의 큰 즐거움이었다. 열세 살짜리 중학생이던 나는, 그때 이시카와 다쿠보쿠(石川啄木)의 「코코아 한 스푼(ココアのひと匙)」이라는 시를 처음 알았다.

코코아 한 스푼   이시카와 다쿠보쿠
———————

나는 아네, 테러리스트의
슬픈 마음을
말과 행동을 나눌 수 없는
단 하나의 마음을,
빼앗겨버린 말 대신에
행동으로 말하려 하는 마음을, 나와 내 몸을 적에게
던져버리는 마음을
그리하여, 그것은 진지하고 열성 있는 사람이 늘 지닌
슬픔이리니

끝없는 논의 끝에
식어버린 코코아 한 스푼을 홀짝이며
그 쌉싸래한 혀끝에서
나는 아네, 테러리스트의

94

슬프고 슬픈 마음을.

이 시는 1911년, 다시 말해 '한국병합(조선 식민지화)' 이듬해 작품이다. 대역사건의 피고들을 생각하며 썼다는 설도 있고, 이토 히로부미(伊藤博文)를 사살한 안중근 의사를 기린 것이라는 해석도 있다.

1910년의 대역사건에서는 메이지 천황(明治天皇)의 암살을 계획했다는 이유로 고토쿠 슈스이(幸德秋水) 등 다수의 사회주의자, 무정부주의자들이 검거되었다. 26명이 체포, 기소되었고 그 가운데 24명이 사형 판결을 받아 이듬해 12월에는 고토쿠 등의 처형이 집행되었다. 고토쿠는《평민신문(平民新聞)》을 통해 러일전쟁 비전론(非戰論)을 주장하였고, 일본의 조선 식민지화에도 반대했다.

한편, 조선의 항일독립의병장이었던 안중근은 1909년 초대 한국 통감이었던 이토 히로부미를 중국 동북지방(만주)의 하얼빈에서 사살하여 뤼순 감옥으로 이송되었고, 1910년 3월에 처형당했다. 안중근은 옥중에서 『동양평화론』을 써서, 서양 세력이 동양을 향해 침략의 마수를 뻗쳐오는 지금, 동양인이 일치단결하여 이를 막아내는 것이 최선이건만, 일본은 이렇게 너무나도 당연한 형세를 무시하며 이웃나라를 치고 우정을 끊으며 서양 세력을 이롭게 하려는 것이냐고 역설했다. 하지만 그가 처형당하고 5개월 후, 일본은 '한국병합'을 단행했다.

'대역사건'의 희생자들인가, 아니면 조선독립투사 안중근인가? 다쿠보쿠의 이 시가 어느 쪽을 생각한 것인지 여러 설이 난무해 확정

할 수 없지만, 적어도 다쿠보쿠는 눈물에 젖어 그저 게들과 놀고나 있던 사람°은 아니었다는 사실만큼은 말할 수 있다. '시대 폐색의 상황'에 저항한 '테러리스트의 슬픈 마음'을 아는 사람이었던 것이다.

> 지도 위
> 조선국에 시커멓게
> 먹을 칠해가며 가을바람을 듣다

다쿠보쿠가 1910년 9월 9일, 즉 '한국병합'일로부터 13일 뒤에 읊은 노래이다.

오늘날의 시선으로 보자면 고토쿠 슈스이나 이시카와 다쿠보쿠는 동아시아 평화를 위해 타자인 조선 민족의 목소리에 진지하게 귀를 기울이고자 한 보기 드문 일본인이었다.

중학생 시절에 샀던 『다쿠보쿠 시집(啄木詩集)』을 소중히 지니고 있었지만, 형 서준식이 그것을 가지고 1968년 한국으로 유학을 가서 또 다른 형인 서승과 함께 정치범으로 체포, 투옥되면서 이 책은 한국 치안 당국에 압수당했고 영원히 분실되고 말았다. 형이 다쿠보쿠를 어떻게 읽었는지 상세히 확인한 적은 없다. 그러나 일본과 아시아와의 어긋난 만남의 역사 속에서 일본에도 고토쿠 슈스이, 이시카와 다쿠보쿠 같은 사람들의 계보가 실낱같이 가늘게나마 존재했다는 사실이 어떤 식

○ 이시카와 다쿠보쿠의 시집 『一握の砂(모래 한 줌)』에 수록된 유명한 단시(短詩), 「동해바다 작은 섬 바닷가 흰 모래밭, 나는 울면서 게와 놀고 있네(東海の小島の磯の白砂にわれ泣きぬれて蟹とたはむる)」에서 따온 말이다.

으로든 형의 사상 형성에 영향을 미쳤을지도 모른다. 내게도 마찬가지다. 1960년대라는 시대, 한 재일조선인 소년에게 무언가를 전해준 『다쿠보쿠 시집』이 한국 치안 당국이 압수한 증거물 중 하나라는 사실은 흥미로운 일이다. 동아시아 근현대사의 역동성, 그 한 측면을 엿보는 듯한 일화라 생각한다.

0과 1의 차이는 무한대다. 소수라 할지라도, 설령 단 한 사람이라도 그와 같은 존재가 있었다는 것은, 일본인에게 있어 커다란 재산이라고 생각한다. 내가 직접 만났던 전후 일본인 가운데 그러한 계보를 잇는 사람으로는 잡지 《세카이(世界)》의 편집장인 야스에 료스케(安江良介) 씨, 조선사 연구자인 야마다 쇼지(山田昭次) 씨, 한일연대운동에 헌신한 기독교인 쇼지 쓰토무(東海林勤) 씨 등을 들 수 있겠다. 그러나 이러한 계보를 떠올리는 일본인은 많지 않고, 이를 잇고자 하는 이는 더욱 적다. 고토쿠나 다쿠보쿠는 당시와 마찬가지로 지금도, 아니 지금 오히려 과거보다 더욱 고독한 것이다.

희망

1960년대 전반인 중학생 시절부터 지금에 이르기까지 루쉰은 변함없이 내게 무척이나 큰 존재다.

처음엔 학교 교과서에서 「고향(故郷)」을 배웠는데, 루쉰의 어린 친구 '룬투(閏土)'가 '사스마타(刺又)'°로 노리던 '차(猹)'°°라는 것이 어떤 동물일까 하는 식의 지극히 유치한 관심이었다. 하지만 이내 루쉰이 말하는 '희망'의 의미를 거듭하여 생각하게 되었고, 지금도 계속 생각하고 있다.

희망이라는 것에 생각이 미치자 덜컥 겁이 나기 시작했다. 룬투가 향로와 촛대를 갖겠다고 했을 때 나는 속으로 비웃었다. 아직도 우상을 숭배하며 언제까지 연연해할 거냐고. 지금 내가 말하는 희망이라는 것도 나 자신이 만들어낸 우상이 아닐까? 그의 소망은 비근한 것이고 내 소망은 아득한 것일 뿐. (중략) 생각해보니 희망이란 본시 있다고도 없다고도 할 수 없는 거였다. 이는 마치 땅 위의 길과 같은 것이다. 본시 땅 위엔 길이 없다. 걷는 이가 많아지면 거기가 곧 길이 되는 것이다.

비슷한 시기에 학교 수업 중에 다카무라 고타로(高村光太郎)의 「도정(道程)」을 배웠다. 거기에 "내 앞에 길은 없다 / 내 뒤에 길은 생긴다"라는 시구가 있다. 루쉰과 닮은 듯, 닮았지만 다른 듯한데, 어디가 어떻게 다른지 의문을 품었던 것을 지금도 또렷이 기억하고 있다.

이 차이를 이해하려면 앞서 말한 '동아시아' 근대사를 알아야만 하고, 그 속에서 루쉰과 다카무라 고타로가 서 있던 자리의 차이를 인식해야 한다.

1950년대에 이와나미서점(岩波書店)에서 신서판 전 13권의『루쉰 선집(魯迅選集)』이 출간되었다. 선집에는

ㅇ U자형 금속에 2~3미터짜리 손잡이가 달린 일종의 무기로, 비교적 몸집이 큰 동물의 목을 눌러 잡는 데 사용된다.
ㅇㅇ 중국의 상상 속 동물.

『루쉰 안내(魯迅案內)』라는 별책이 붙어 있다.

거기에는 방일한 루쉰 부인 쉬광핑(許廣平)과의 좌담회와, 다케우치 요시미(竹內好) 「역사에서의 루쉰(歷史における魯迅)」, 야마모토 겐키치(山本健吉) 「루쉰의 작품(魯迅の作品)」, 오가와 다마키(小川環樹) 「루쉰의 고전연구(魯迅の古典硏究)」 등 일본 전후문학의 대표 선수라 할 만한 이들이 쓴 루쉰에 관한 글들이 수록되어 있었다. 그만큼 이때 일본은 새로운 중국에 대한 관심이 높았고, 그 관심의 기점에 루쉰이라는 커다란 존재가 있었다.

어떤 측면 – 나카노 시게하루

바로 그 『루쉰 안내』에 나카노 시게하루가 「어떤 측면(ある側面)」이라는 글을 실었다.

처음 그 글을 읽었을 때, 눈앞이 환해지는 듯한 느낌이었다. 루쉰의 작품 가운데 어느 것이 최상이냐는 질문을 받으면 망설일 수밖에 없지만, 루쉰에 관해 쓴 문장 가운데 제일 좋은 것이 무엇이냐는 질문이라면 나는 망설임 없이 나카노의 이 글을 들 것이다.

고바야시 다키지(小林多喜二)가 1933년 2월에 살해됐을 때, 루쉰은 일본어로 이렇게 말했다.

"동지 고바야시 다키지의 죽음을 전해 듣고.

일본과 지나°의 대중은 원래부터 형제이다. 자산계급은 대중을 속여 그 피로 경계를 그었으며, 또한 지금도 긋고 있다.

그러나 무산계급과 그 선구자들은 피로 그것을 씻어내고 있다.

동지 고바야시의 죽음은 그 실증의 하나이다. 우리는 알고 있다, 우리는 잊지 않는다. 우리는 견고히 동지 고바야시의 혈로를 따라 전진하여 손을 맞잡을 것이다. 루쉰"

루쉰은 일본 말과 일본 글에 능했다. 하지만 이것은 그가 단순히 일본 말, 일본 글에 숙달됐기에 쓸 수 있던 글이 아니다. 많은 이들이 고바야시의 죽음에 말을 보탰다. 하지만 어떤 외국인도, 설령 그 사람의 모국어로라도 이 정도의 말을 하지는 않았다고 생각한다. 아마도 일본인 동포로부터도 이 정도의 말은 극히 소수에게서나 듣지 않았을까?

고바야시 다키지는 새삼 말할 것도 없이, 『1928년 3월 15일(一九二八年三月十五日)』(1928), 『게 가공선(蟹工船)』(1929) 등으로 알려진 일본의 대표적 프롤레타리아 작가이다. 1933년 2월 20일, 특별고등경찰에 체포된 그는 쓰키지 경찰서에서 잔혹한 고문을 당한 끝에 당일 숨지고 말았다. 침략 전쟁이 본격화되면서 반대 세력에 대한 가차 없는 탄압이 일어났는데, 이것이 대표적인 사건이었다.

나카노는 위와 같이 쓴 다음, 이어서 이 짧은 추도문을 쓸 당시 루쉰이 어떤 곤경에 처했었는지를 독자에게 상기시킨다. '만주사변'(중국

° 중국을 가리키는 일종의 차별어이지만 원문대로 두었다.

에서는 '918사변', 1931년), 괴뢰국가 '만주국' 설립(1932년), '제1차 상하이사변'(1932년) 하는 식으로 일본은 중국 침략을 급속히 본격화했다. 한편 반공·반혁명 노선을 택한 장제스(蔣介石) 정권은 중국의 진보 세력에 대한 공격을 강화하고 있었다. 작가인 딩링(丁玲, 여류 소설가, 정치가, 대표작『태양은 쌍간 강을 비추고(太陽照在桑乾河上)』) 등은 체포되었고, 양싱푸(楊杏佛, 애국적 정치범을 지원할 목적으로 쑹칭링(宋慶齡)을 주석으로 하여 1932년에 결성된 중국민권보장동맹의 총간사)는 암살당했다. 말하자면 루쉰과 같은 입장인 사람은 일본 제국주의와 장제스 세력 사이에서 압살당하고 있었던 것이다. 고바야시 다키지의 운명은 루쉰에게 자기 일처럼 느껴졌을 것이다. "그런 가운데 이런 말이 나왔다"라고 나카노는 적었다.

루쉰은 1902년부터 1909년까지 일본에 유학했는데, 1904년 러일전쟁이 발발한 해 센다이 의학교에 입학했다. 그때 '환등사건'이 일어났다.『외침(呐喊)』(공상철 옮김, 그린비, 2011) 서문에 따르면, 그는 교실에서 돌리던 환등 영상에서 러일전쟁의 전쟁터에서 '러탐(러시아 스파이)' 혐의를 받은 중국인 동포가 일본 군인에게 참수당하는 장면을 보았다. 여기서, 중요한 점이건만 항상 경시된다고 여겨지는 것이 다음의 말이다.

이 교실에서 나는 언제나 내 학우들의 박수와 환호에 동조하지 않으면 안 되었다.

이렇게 루쉰은 적었다. 전쟁의 열기와 아시아 멸시로 들떠 있는 교실에서, 자국 군인이 중국인 민중의 목을 베는 장면을 보면서 박수갈채하는 학우들 사이에서 루쉰 홀로 고립되어 있다.

일벌백계라는 듯, 목이 잘리기 직전인 동포를 수많은 중국 인민들이 둘러싸고 구경한다. 그들의 표정은 멍하니 풀려 있다. 이를 본 루쉰은 의학 따위 전혀 중요하지 않으며, "우약(愚弱)한 국민"의 "정신을 개조하는 일"이 자신의 임무라고 생각하여 의학교를 퇴학했다고 한다.

많은 일본인 연구자들은 이 언저리를 자국의 후진성을 자각하고 근대화와 개혁에 뜻을 둔 아시아의 근대 지식인 이야기로 파악하고, 그렇게 해설하는 것이 보통이다. 다케우치 요시미는 루쉰을 "반(半)봉건 반식민지사회가 낳은 인텔리의 전형"이라고 평하고 있다. 물론 맞는 말이지만, 여기서 놓쳐서는 안 되는 것이 그 과정에서 '일본'의 역할이다. 또한, 자국의 '역할'에 대해 개개의 일본인이 어떠한 위치에 서느냐를 물어야만 한다.

다른 아시아 국가들보다 앞서 근대화의 길을 걷기 시작했다는 점만 본다면, '일본'은 본받아야 할 모범이었다. 하지만 일본은 타이완과 조선을 식민지로 삼아 지배하고 '만주'의 패권을 러시아와 다투고 있다. 의학교 학생들, 다시 말해 일본의 근대화를 지고 나아갈 지식인 예비군들은 같은 교실에서 공부하고 있는 중국인 학생의 존재에도 개의치 않고, 참수 장면에 박수갈채하는 것이다. 중국인 루쉰이 '일본'을 탓하기 전에 자국의 '우약'을 탓하는 것도 당연하다. 하지만 정작 일본인은 자국이 저지른 침략을, 마치 천재지변이나 남의 일처럼 이야기해도 되는 것일까? 여기에 동아시아 근대사 출발점에 있어서의 엄청난 시각차가 존재한다.

러일전쟁기에 일본과 만났던(만날 뻔했던) 루쉰이 대략 30년 후 일본이 본격적으로 침략의 발소리를 높이는 가운데, 고바야시 다키지의 죽음을 애도했다. 그것에 깊은 질문과 의미가 있다.

1930년대 초반, '중일 15년 전쟁'이 시작되고, 마침내 태평양전쟁과 일본의 패전으로 귀결되는 시대. 고바야시 다키지와 같은 소수의 예외적 인물을 제외하고는 당시 보통 일본 국민이 이 침략 전쟁에 얼마나 비판적이었는지, 얼마나 저항했는지, 그것을 어떻게 평가했는지를 한마디로 말하기 어렵다. 하지만 적지 않은 국민이 무비판적으로 지배층이나 군부를 추종하였고, 심지어 적극적으로 전승 국민임을 자부하면서 '아시아의 지도자'를 자임했다는 사실은 부정할 수 없을 것이다. 그 사실에 루쉰이 무지하고 무감각했을 리 없다. "일본 대중은 이미 중국 대중의 불구대천의 원수다"라고 말했다 한들 이상하지 않다.

바로 그 루쉰이 "일본과 지나의 대중은 원래부터 형제이다"라고 단언하고 있다. 일본인 중 어느 누가 그 정신에 걸맞은 품새의 응답을 했단 말인가? 이 말의 무게에 어울리는 언어가 일본 측으로부터, 힘겨운 해방 운동을 수행하고 있는 중국 측으로 돌아간 일이 있던가? 21세기 현재, 다시 한 번 "자산계급은 대중을 속여 그 피로 경계를 그었으며 또한 지금도 긋고 있다", 중국의 대중과 "손을 맞잡을 것이다"라고 결의하고 그것을 실천할 일본인이 얼마나 있을까?

'환등사건'은 현재에 이르는 일본과 아시아의 어긋난 역사를 상징하는 한 장면이다. 확실히 기억하고 있는데, 『외침』 서문의 이 부분을, 나는 중학생 시절에 처음 읽었다. 그때, '아, 이건 바로 나야'라고 생각했다. 내가 루쉰처럼 훌륭하다는 의미가 아니다. 그가 겪은 고립이 나의 그것과 똑같았다는 말이다. 때는 1964년이었고, 마침 한일조약 교섭이 최종 국면을 맞고 있었다. 일본은 조선을 통치하며 조선에 좋은 일을 했다는 둥, 이것을 제국주의라고 한다면 영광스러운 제국주의라는 둥, 일본 측 정부 고관의 거듭되는 망언 때문에 조약 교섭은 몇 차례나 좌절되었고 체결까지는 14년이나 걸렸다. 게다가 최종적인 합의안에도 식민지 지배 사실을 일본 측이 인정한다는 기술은 없었다. 주변 학생들에게 이런 조약은 잘못된 것이라고 역설했지만, 역설하면 할수록 고립될 따름이었다. 식민지 지배를 적극적으로 긍정하는 주장을 펼치는 자는 그렇다 치더라도, 평화와 우호를 입에 담고 침략과 식민지 지배에 대해 도덕적인 반성의 몸짓을 보이는 이들 대부분도, 기껏해야 중일전쟁 때의 전쟁범죄 행위를 문제시하는 정도였을 뿐이었다. 메이지유신(明治維新) 이래 청일, 러일전쟁부터 이어진 자국의 총체적 침략사, 그로 인해 추진된 근대화 그 자체를 비판적으로 파악하는 시점은 없었다.

망각을 위한 기념

루쉰의 저작물 중 「망각을 위한 기념(为了忘却的纪念)」(『격동의 100년 중국』, 임대근 옮김, 일빛, 2005)이라는 글이 있다. 1933년 2월 7일부터 8일에 걸쳐, 즉 고바야시 다키지가 고문사(拷問死)를 당하기 열흘쯤 전에 쓴 것이다. 바로 2년 전에는 러우스(柔石, 본명은 자오핑푸·趙平復) 등 다섯 명의 청년 작가들이 비밀리에 총살당하여, 백색 테러(White Terror)°의 희생자가 되었다.

　　루쉰에게도 위험이 닥쳐 몸을 숨겨야만 하는 일이 있었다. 사건으로부터 2년 후에야 가까스로 루쉰은 젊은 후배를 애도하며 이 글을 썼다.

　　　　진작부터 그 젊은 작가들을 기념하기 위한 글을 쓰려고 했었다. 다름이 아니라 요 두 해 동안 분노가 내 마음을 엄습해와 아직도 멈추지 않고 있기 때문이다. 이번 기회를 빌려 툭툭 털어버리고 앞으로도 분노에서 벗어나 스스로 가벼워지고자 한다. 솔직하게 말하면 이번 기회에 그들을 잊고자 한다. (중략) 젊은이가 늙은이를 기념하기 위한 기록이 아니다. 30년 동안 나는 많은 젊은이들의 피를 목도했다. 그 피들은 켜켜이 쌓여 숨도 못 쉴 만큼 나를 매장했다. 나는 그저 붓과 먹만으로 몇 줄의 글을 쓸 수 있을 뿐이며 그것은 진흙 속에 조그마한 구멍을 내고 목숨을 부지하고자 거기서 계속 헐떡이려고 하는 바와 같다. 어떤 세상인가? 밤은

－－－－－－－
° 반혁명 측 혹은 보수파가 정치적 적대 세력에 행하는 테러 행위나 폭력적 탄압.

길고, 길은 멀다. 차라리 망각이 나을지도 모른다. 잊어버리고 말하지 않는 편이 좋을지도 모른다. 그러나 설령 내가 아니더라도 언젠가 반드시 그들을 기억하여 다시 그들을 이야기할 수 있는 날이 올 것임을 나는 안다…….

나카노 시게하루는 「어떤 측면」에서 "이것은 말 그대로, 문자 그대로 받아들여 마땅하다고 나는 생각한다"라고 말한다. 이것은 반어가 아니라, 진심으로 잊고 싶은 것이다. 루쉰은 진흙 속에서 코만이라도 내밀고 숨을 쉬고 싶을 만한 상황에 처했던 것이라고 나카노는 쓰고 있다.

나는 이 「망각을 위한 기념」을 20대 후반부터 30대에 걸쳐 문자 그대로 거듭 읽었다. 그때, 다시 말해 1970년대부터 1980년대에 걸친 시대, 일본은 탈정치에서 거품경제를 향해 달려가고 있었고 한국은 '유신체제'를 자칭하는 박정희 군사독재 시대였다. 야만적인 정치 폭력이 횡행하고 다수의 학생과 지식인이 투옥되어 학대와 고문에 시달렸다. 나의 두 형 역시 그러한 수난자였다. 그러한 때에 나는 형들이나 한국의 동포들이 맛보고 있는 고통을 '잊고 싶었다'. 잊고 싶어하는 자신을 어떻게 생각하면 좋을지 몰랐다. 그런 까닭에 루쉰의 이 글을 되풀이해서 읽었던 것이다.

이하는 루쉰이 인생에서 마지막으로 일본어로 쓴, 「나는 사람을 속이고 싶다(私は人をだましたい)」(『루쉰 문학 선집』, 송춘남 옮김, 박홍규 해

설, 고인돌, 2011)라는 문장의 끝 부분이다.

> 장자가 말했다.
>
> "말라가는 수레바퀴 자국 속의 붕어는 서로에게 침을 묻혀 습기를 나눈다."
>
> 그리고 또 말했다.
>
> "차라리 강호에서 서로를 잊고 사는 것이 나을 것이다."

말라가는 수레바퀴 자국에 남겨진 붕어들은 말라 죽지 않으려고 서로를 침으로 적신다. 하지만 오히려 넓은 호수에서 서로를 잊어버리는 편이 좋다는 말이다. 장자의 말로 중국인과 일본인의 관계를 비유하는 것이다. 루쉰은 이어서 말한다.

> 슬프게도 우리는 서로를 잊고 살 수 없다. 그런데 나는 마침내 닥치는대로 사람을 속이고 있다. 만약 사람을 속이는 이 학문을 그만두거나 중지하지 않는다면 아마 좋은 글을 쓸 수 없을 것이다. (중략) 하고 싶은 말은 많지만 아직은 '친선'이 더 증진될 날을 기다려야 할 것이다. 머지않아 지나에서 일본에 대한 배척 행위가 국적(國賊, 공산당이 배일이라는 구호를 이용하여 지나를 멸망시키려 든다면서)으로 치부되어 단두대마다 일장기가 휘날릴 정도의 친선이 되겠지만, 설사 그렇게 되더라도 여전히 진심을 볼 수는 없으리라. (중략) 글을 맺으면서 피로써 개인의 예감 몇 마디를 적어 답례로 삼는다.

일본어이니, 루쉰은 일본인이 읽을 것을 예상하고 쓴 것이다. 1936년 2월 23일이라는 날짜가 있다. 세상을 떠나기 8개월 전, 노구교 사건°으로 본격적인 중일전쟁이 시작되기 1년 5개월 전 일이다.

이것은 루쉰이 인생의 마지막에 이르러, 일본인을 향해 다시 한 번 발했던 경고였다고도 할 수 있다. 일본인 앞으로 쓴 유서라고도 할 수 있으리라. 하지만 지금 우리 눈앞에서 전개되고 있는 일본 사회의 풍경은 어떠한가? 교육 현장에서 '일장기·기미가요'가 강요되고, 대아시아 침략의 깃발이었던 일장기가 일본 사회 구석구석에서 휘날리고 있다. '여전히 진심'은 보이지 않고, '피의 예감'만이 날이면 날마다 온몸에 사무친다.

서정시 형태의 정치적 태도 결정

생각해보니 희망이란 본시 있다고도 없다고도 할 수 없는 거였다. 이는 마치 땅 위의 길과 같은 것이다. 본시 땅 위엔 길이 없다. 걷는 이가 많아지면 거기가 곧 길이 되는 것이다.

「고향」의 말미에 적어둔 루쉰의 이 말을 "명랑한 언설로 앞길의 광명을 생각하며 걷기 시작하는 자들의 구령처럼 인용하는" 예가 많다고 나카노 시게하루는 지적한다. 하지만 그것은 읽는 이에게 희망을 주고

° 1937년 중국의 노구교에서 중국과 일본의 군대가 충돌한 사건이다. 중일전쟁의 실마리가 되었다.

자 하는 말이 아니다. 희망은 없지만 걷는 수밖에 없다, 걸어야만 한다, 그것이야말로 '희망'이라는 이야기이다. 이처럼 루쉰은 희망을 말하는 것이 아니라 절망을 이야기한다. 암흑을 이야기한다.

하지만 나카노는 이어서 이렇게 말하고 있다.

견인불발의 중국 혁명가들 역시 우리와 마찬가지로 (중략) 여기서 희망이라고 하기엔 너무나 짙은 어둠과, 어둠 그 자체에 의해 필연적으로 날개를 퍼덕이기 시작한 실천적 희망과의 살아 있는 교착, 교체를 '문학적' 감동으로 받아들이고 있었던 것은 아니었을까?

루쉰의 정치와 문학의 결합을 나카노 시게하루는 "서정시 형태의 정치적 태도 결정"이라 부른다.

거기에 거의 서정시 형태로 된 그의 정치적 태도 결정이 있었다. (중략) 루쉰의 문학이 문학으로서 나를 사로잡은 것은, 이러한 형태의 정치적 태도 결정에 있다.

시란 무엇인가? "서정시 형태의 정치적 태도 결정"이란 무엇인가? 지금도 나는 '안다'고는 할 수 없지만 다음과 같이 생각하고 있다.

길이 그곳으로 뻗어 있다는 것을 알고 있어서 걷는 것이 아니라 아무 데로도 통하지 않을지도 모르지만 걷는다는 것. 그것은 다시 말하자면 승산이 없으면 싸우지 않는다는 태도가 아니다. 효율이라든가 유효성이라든가 하는 것과도 무관하다. 이 길을 걸으면 빨리 목적지에 닿을 테니 이 길을 간다는 이야기도 아니다. 요컨대 이것은 승산의 유무나 유효성, 효율성 같은 원리들과는 전혀 다른 원리에 관한 이야기라는 것이다. 그것은 시인의 언어이며 그것이 서정시다. 나는 그렇게 이해하고 있다.

'절망'을 말할 때도, "이런 짓을 해봤자 아무런 희망도 없어, 절망이라고" 하는 것과, 루쉰이 말하는 '절망'과는 같은 단어이지만 쓰임새가 전혀 다르다.

나카노 시게하루는 루쉰의 말에서 절망밖에 읽을 수 없건만, 그럼에도 읽을 때마다 이렇게 느낀다고 말한다.

나도 좋은 사람이 되어야지, 어떤 일이 있어도 올바른 인간이 되어야지, 하는 것 이상으로 (중략) 일신의 이해, 이기(利己)라는 것을 떨쳐버리고, 압박이나 곤란, 음모가들의 간계를 만나더라도 그것을 견뎌내며 어디까지나 나아가자, 고립되고 포위당하더라도 싸우자, 하는 마음이 저절로 생긴다. 그곳으로 간다.

생각하면 이것이 시의 힘이다. 말하자면 승산 유무를 넘어선 곳에서 사람이 사람에게 무언가를 전하고, 사람을 움직이는 힘이다.

그러한 시는 차곡차곡 겹쳐 쌓인 패배의 역사 속에서 태어나서 끊임없이 패자에게 힘을 준다. 승산 유무로 따지자면 소수자는 언제나 패한다. 효율성이니 유효성이라는 것으로는 자본에 진다. 기술이 없는 인간은 기술이 있는 인간에게 진다. 하지만 그것과는 별개의 원리로서 인간은 이러해야 한다거나, 이럴 수가 있다거나, 이렇게 되고 싶다고 말하는 것이며, 그것이 사람을 움직인다. 그것이 시의 작용이다.

루쉰이라는 중국의 시인을 만나, 한 사람의 일본 시인 나카노 시게하루가 감동을 받았다. 여기에 동아시아 근대사 속의 만남이 지닌 실낱같은 가능성이 엿보인다. 하지만 오늘날 일본 사회에 나카노가 루쉰으로부터 배운 것을 스스로 배우고자 하는 이가 존재할까? 큰 의문이다. 전후 한 시기에 보였던 그런 '가느다란 가능성'은 이제 소멸의 낭떠러지에 있다.

제 2 부

조선의 시인들 — '동아시아', 근대사 속에서

역사적 분기점

러일전쟁에서 승리한 일본은 1905년 포츠머스 강화조약으로 사할린 남반부와 조선 반도에서 일본의 우선권을 손에 넣었으며, 중국 동북부(만주)에서 러시아군을 철수시키는 등 많은 것을 얻었다. 그리고 러일전쟁이 끝나고 나서도 조선을 계속 군사 점령했고 대한제국에 보호조약을 강요하여 일본의 보호국으로 삼았다.

구미 열강의 반대가 없었던 이유는 러일전쟁 중에 미국의 필리핀 식민지 지배, 영국의 인도 식민지 지배, 프랑스의 베트남 식민지 지배를 인정하는 대신, 각각의 나라도 일본의 조선 지배를 인정하도록 했기 때문이다. 요컨대 아시아의 권익을 구미 열강과 나눠 먹었던 것이다.

러일전쟁은 일본과 조선이 완전히 다른 길을 걷게 되는 역사적 분기점이 되었고, 일본이 아시아 국가들이 아니라 구미 국가들 사이에 끼어들었다는 것, 즉 '탈아입구(脫亞入歐)'의 길을 선택했다는 사실이 명백해졌다. 이리하여 아시아인에게 근대적인 자기 인식은 일본에 대항하는 가운데 형성되어 갔다. 루쉰의 『외침』은 중국인뿐만 아니라 다른 아시아인에게도 근대적인 자기 인식의 중요한 출발점이 되었다.

일본의 침략에 조선인은 여러 가지 형태로 저항했다. 그 대표적인 예가 항일의병항쟁이었다.

청일전쟁이 한창일 때 일본은 조선 내정 간섭을 강화했다. 조선 반도 남서부에서 일어난 민중반란(동학농민운동)을 탄압하기 위해 파병하였고 일본군 최초의 제노사이드 작전을 펼쳐 오만여 명의 조선인을 학살했다고 한다. 1895년에는 왕비(명성황후, 민비)를 시해하는 사건을 일으켰다. 이때 시작된 것이 초기 의병항쟁이다.

1905년 제1차 한일협약이 체결되자 한국에서는 관민을 불문하고 국가의 존망에 관한 위기감이 높아졌고 이듬해부터 다시 의병항쟁이 본격화되었다. 나아가 제2차 한일협약으로 한국이 일본의 보호국이 되면서 한반도 각지에서 의병들이 일어났고 지식인층뿐 아니라 민중도 가세한 대규모 저항운동으로 발전했다. 이때는 일본의 군사력 앞에 일단 의병이 진압되었지만 1907년 일본이 헤이그 특사 사건의 책임을 물어 고종을 퇴위시키고 제3차 한일협약을 맺어 한국군을 강제로 해산하자, 해산 명령에 불복하는 한국군 부대가 여기저기서 봉기했다. 1909년 하얼빈 역 구내에서 일어난 안중근의 이토 히로부미 암살은 이러한 의병항쟁의 일환이었다.

하지만 일본군은 철저한 초토화나 포위 작전 등으로 저항운동을 진압하였다. 의병 쪽에 1만 7천 명(그 이상이라는 설도 있다)의 사망자가 나왔다고 한다. 살아남은 의병 중 일부는 만주(간도 지구 등)와 연해주 등으로 피신하여 조선 독립운동을 계속하였다.

일본에 의한 '한국병합'은 1910년이지만, 그보다 앞선 러일전쟁 때부터 대한제국은 실질적으로 일본이 통치하는 일본의 식민지가 되었다. 통치의 중심이 된 '통감부'의 초대 통감이 바로, 안중근이 사살한 이토 히로부미였다.

일본 지배 아래 있던 1909년, '조선민적령(朝鮮民籍令)'이 발령되었다. '민적'이란 '호적'의 전신이다. 새로 일본의 지배하에 들어간 수많은 조선인을 모두 파악하기 위해 민적을 만들어 등록한 것이다.

당시를 경험한 시인 한용운은 「당신을 보았습니다」라는 시를 남겼다.

당신을 보았습니다   한용운
_____

당신이 가신 뒤로 나는 당신을 잊을 수가 없습니다.
까닭은 당신을 위하느니보다 나를 위함이 많습니다.

나는 갈고 심을 땅이 없으므로 추수가 없습니다.
저녁거리가 없어서 조나 감자를 꾸러 이웃집에 갔더니,
주인은 "거지는 인격이 없다. 인격이 없는 사람은 생명이 없다. 너를 도와주는 것은 죄악이다."고 말하였습니다.
그 말을 듣고 돌아 나올 때에 쏟아지는 눈물 속에서 당신을 보았습니다.

나는 집도 없고 다른 까닭을 겸하여 민적이 없습니다.

"민적이 없는 자는 인권이 없다. 인권이 없는 너에게 무슨 정조냐"하고 능욕하려는 장군이 있었습니다.

그를 항거한 뒤에 남에게 대한 격분이 스스로의 슬픔으로 화하는 찰나에 당신을 보았습니다.

아아 온갖 윤리, 도덕, 법률은 칼과 황금을 제사지내는 연기인 줄을 알았습니다.

영원의 사랑을 받을까, 인간 역사의 첫 페이지에 잉크칠을 할까, 술을 마실까 망설일 때에 당신을 보았습니다.

한용운은 불교 승려이며 1919년 3·1독립운동 때 독립선언서에 이름을 올린 민족대표 중 한 사람이다.

조선인에게 민적제도를 강요한 것은 일본이 자기들 편하게 통치하기 위해서였다. 그것에 저항하는 사람들(예를 들어 의병)에겐 인권이 인정되지 않는다. "능욕하려는 장군"이란 무력으로 조선을 지배하려 드는 일본을 가리키는 것이리라. "민적이 없는 자는 인권이 없다". 이 시구에는 근대국가라는 반인간적 제도의 본질에 대한 천재적인 통찰이 드러난다.

그렇다면 그 장군에게 저항하여 타인에 대한 분노가 자신에 대한 슬픔이 되는 순간에 "당신을 보았습니다"라고 하는 "당신"이란 무엇을 가리키는 것일까? 그것은 누구도 지배하거나 지배당하지 않는

나라, 모두의 인권이 지켜지는 나라, 그런 이상을 가리키는 것이라고
나는 생각한다.

지금도 일본인에게 묻고 있는 '3·1독립선언'

후쿠자와 유키치(福澤諭吉)가 썼다고 하는 「탈아론(脫亞論)」은 당시
《시사신보(時事新報)》라는 신문(1885년 3월 16일 자)에 게재되었다.

> 금일 일을 도모함에 있어 아국은 인국(隣國)의 개명을 기다려 공히
> 아세아를 부흥케 할 여유가 없으니 오히려 그 대오에서 탈하여 서양 문
> 명국과 진퇴를 공히 하고, 지나 조선에 접하는 법도 인국인 연유로 특별
> 한 인사치례를 할 것 아니라, 정히 서양인이 이들을 접하는 풍을 따라 처
> 분하여 마땅할 뿐. 악우와 친한 자는 공히 악명을 면치 못하나니. 우리는
> 진심으로 아세아 동방의 악우를 사절하는 것이로다.

이것이 당시 일본이 아시아 제국을 보는 기본적인 시선이었다.
조선 민족의 저항은, 이 「탈아론」적 세계관에 대한 저항이었다고도
할 수 있다.

1919년, 일본이 조선을 병합한 지 9년 후 조선에서 3·1독립운동
이 일어났다. 이 선언은 무장투쟁으로 일본의 지배를 쳐부수고 독립
을 쟁취하겠다는 것이 아니라 일본인에게 평화를 위한 연대를 제안

하는 것이었다. 다음은 독립선언서의 일부이다.

스스로를 채찍질하기 바쁜 우리는 타인을 원망할 겨를이 없다. 현재를 준비하기에 급한 우리는 묵은 옛일을 응징하고 가릴 겨를도 없다. 오늘 우리의 할 일은 다만 자기 건설이 있을 뿐이오, 결코 남을 파괴하는 데 있지 않다. (중략) 용감하고 밝고 과감한 결단으로 지난날의 잘못을 바로잡고, 진정한 이해와 한뜻에 기반을 둔 우호적인 새 국면을 열어나가는 것이 피차간에 화를 멀리하고 복을 불러들이는 첩경임을 훤히 알 것 아닌가. 또 울분과 원한에 찬 이천만 인민을 위력으로써 구속하는 것은 다만 동양의 영구한 평화를 보장하는 길이 아닐 뿐 아니라, 이로 말미암아 동양의 안전과 위태를 좌우하는 사억만 중국 사람들의, 일본에 대한 두려움과 시기심을 갈수록 짙게 하여, 그 결과로 동양 전체가 함께 쓰러져 망하는 비참한 운명을 불러올 것이 분명하니, 오늘날 우리 조선 독립은 조선 사람으로 하여금 정당한 삶의 번영을 이루게 하는 동시에, 일본으로 하여금 그릇된 길에서 벗어나 동양을 지지하는 자의 무거운 책임을 다하게 하는 것이며, 중국으로 하여금 꿈에도 잊지 못하는 불안과 공포로부터 탈출하게 하는 것이며, 또 동양 평화로 그 중요한 일부를 삼는 세계 평화와 인류 행복에 필요한 계단이 되게 하는 것이다. 이 어찌 구구한 감정상의 문제이겠는가.

요컨대 조선의 독립은 일본 자신이 사도(邪道)에서 빠져나오기 위해 필요한 것이다, 그렇지 않으면 공멸밖에 없다고 말하는 것이다.

일본은 물론 이 독립운동도 가혹하게 탄압했다. 이 과정에서 조선인 약 7천 5백 명이 사망했고, 4만 6천 명이 검거되었다.

이때 조선 반도 내에서 평화적인 독립운동을 이어갈 수 없게 된 이들이 중국에서 대한민국임시정부를 만들어 항일독립투쟁을 계속했다. 1932년에 도쿄 사쿠라다몬(櫻田門)에서 천황에게 폭탄을 던진 이봉창이나 중국 상하이의 홍커우 공원(虹口公園)에서 일본군과 정부 요인에게 폭탄을 던진 윤봉길도 그 일원이었다. 이 대한민국임시정부가 현재 한국의 국가적 정통성의 원류로 여겨진다.

또한 3·1운동 후 중국 동북지방(만주)에서 공산주의자가 무장투쟁을 개시했는데, 그중 김일성이 이끌던 부대가 현재 조선민주주의인민공화국 건국의 중심이 되었다. 현재 조선 반도는 남북으로 분단되어 두 개의 정부가 존재하지만, 양쪽 모두가 항일독립운동의 역사적 흐름을 이어받고 있는 것이다.

이것이 사라지지 않는 과거이다. 옛날에 이런 일이 있었다는 식으로 넘어갈 수는 없다. 그 역사가 지금까지 계속되고 있고, 일본의 정치 지도자는 그 과거를 청산하려는 것이 아니라 그때로 돌아가자고 주장하고 있기 때문이다.

침략이나 식민지 지배에 저항하는 민중을 무력으로 진압하더라도 결코 평화를 불러올 수는 없다는 사실을 역사는 가르쳐준다. 21세기인 지금에 와서 백 년 가까이 전의 3·1운동 독립선언서를 다시 한 번 되돌아보아야 한다는 것은 하나의 비극이다. 하지만 넘어설 수 없었던 역사적 과제를 인식하고 동아시아에 평화를 구축하기 위해서는 반드시 필요한 일이다.

이상화의 「빼앗긴 들에도 봄은 오는가」라는 시가 있다.

빼앗긴 들에도 봄은 오는가   이상화
_____

지금은 남의 땅 — 빼앗긴 들에도 봄은 오는가?

나는 온몸에 햇살을 받고
푸른 하늘 푸른 들이 맞붙은 곳으로
가르마 같은 논길을 따라 꿈속을 가듯 걸어만 간다.

입술을 다문 하늘아 들아
내 맘에는 내 혼자 온 것 같지를 않구나
네가 끄을었느냐 누가 부르더냐 답답워라 말을 해 다오.

바람은 내 귀에 속삭이며
한 자욱도 섰지 마라 옷자락을 흔들고
종다리는 울타리 너머 아가씨같이 구름 뒤에서 반갑게 웃네.

고맙게 잘 자란 보리밭아

간밤 자정이 넘어 내리던 고운 비로
너는 삼단 같은 머리를 감았구나 내 머리조차 가뿐하다.

혼자라도 갑부게나 가자
마른 논을 안고 도는 착한 도랑이
젖먹이 달래는 노래를 하고 제 혼자 어깨춤만 추고 가네.

나비 제비야 깝치지 마라.
맨드라미 들마꽃에도 인사를 해야지
아주까리기름을 바른 이가 지심 매던 그들이라 다 보고 싶다.
내 손에 호미를 쥐여 다오
살찐 젖가슴과 같은 부드러운 이 흙을
팔목이 시도록 매고 좋은 땀조차 흘리고 싶다.

강가에 나온 아이와 같이,
짬도 모르고 끝도 없이 닫는 내 혼아
무엇을 찾느냐 어디로 가느냐 우스웁다 답을 하려무나.

나는 온몸에 풋내를 띠고
푸른 웃음 푸른 설움이 어우러진 사이로
다리를 절며 하루를 걷는다 아마도 봄 신령이 잡혔나 보다.
그러나 지금은 — 들을 빼앗겨 봄조차 빼앗기겠네.

이상화는 조선 반도 남동부인 대구 출신이다. 친가는 지주였고 비교적 유복하게 자라났다. 그가 열 살 때, 조선이 일본에 '병합'되어 나라를 잃어버렸다. 1919년의 3·1독립운동 때는 그도 무언가를 시도한 모양이지만 미리 발각되어 미수에 그쳤다.

그 후 일본에 유학하고 아테네 프랑세(Athénée Français)°에 적을 두었다. 일본에서 다시 프랑스로 유학할 생각을 했지만 이는 실현되지 못했다.

일본 유학 중 관동대지진이 일어났고 6천 명이나 되는 조선인이 학살당하는 현장을 목격했다. 그때까지 탐미적인 시를 쓰던 그는, 이를 계기로 사회적인 테마의 시를 쓰게 되었다. 조선으로 돌아가 1925년의 카프(Korea Artista Proleta Federatio, 조선 프롤레타리아 예술가 동맹) 창설에 참가했다. 이 시는 1926년 잡지《개벽》에 발표되었다. 1920년대는 조선총독부에 의한 농촌수탈정책(산미증식계획) 탓에 수만 명의 농민이 고향을 버리고 먹을 것을 찾아 유랑한 시기다. 그 가운데 일부는 북방의 '만주(중국 동북지방)'로 흘러갔고 다른 일부는 바다를 건너 일본으로 흘러들었다. 1928년 일본으로 온 나의 할아버지도 이러한 궁핍화로 유민이 된 조선인 중 한 사람이었다.

이상화는 1925년의 시「가장 비통한 기욕(祈慾) - 간도 이민을 보고」에서 이렇게 노래한다.

아, 가도다, 가도다,
쫓겨가도다

° 1913년 창립된 일본의 언어
전문학교. 프랑스어를 중심으로
그리스어, 영어 등을 교육한다.

잊음 속에 있는 간도(間島)와 요동(遼東)벌로

주린 목숨 움켜쥐고, 쫓아가도다

(중략)

인간을 만든 검아, 하루 일쩍

차라리 취한 목숨, 죽여버려라!

　　이상화는 1943년 식민지 지배로부터의 해방을 2년 앞두고 사망했다. 현재 대구에 있는 그의 생가가 기념관으로 보존되고 있다.

　　유산계급 지식인인 그는 농민 쪽에 서서 농민의 눈으로 이 시「빼앗긴 들에도 봄은 오는가」를 쓴 것이 아니었다. 처음과 끝의 두 줄을 제외하면, 이것은 그야말로 아름다운 전원시 그 자체이다. 하지만 그래서 더욱, 처음과 끝의 두 줄과 그 두 줄 사이에 끼어 있는 부분 사이의 날카로운 명암 대비에 의하여 고향을 빼앗긴 사무치는 상실감을 또렷이 드러내는 효과를 발휘한다.

　　이상화의 이 시는 우리들 조선인, 여기서 '우리들'은 한국에 있는 사람, 북조선 사람, 재일조선인인 나까지도 포함하는 것이지만, 모든 조선인에게 똑같이 사랑받고 있다. 마치 중국인에게 루쉰이 그러하듯, 조선인으로서의 근대적인 자아 형성에 깊은 영향을 주었다고 말할 수 있다. 통상 이런 것을 근대적인 '국민문학'이라 부르겠지만, 식민지 지배를 받는다는 형태로 근대를 경험한 조선인에게 있어서는 '국민'이 되는 것을 저지당한, 혹은 '국토'와 함께 '국민'이라는 사실 그 자체를 '빼앗겼다'는 고통의 자각이 그 핵을 이루는 것이다.

조선·오키나와·후쿠시마

실은 2004년 5월 3일, 오키나와에서 헌법기념일 기념 강연을 하면서도 이 시를 소개했다. 오키나와는 말 그대로 '빼앗긴 들'이기 때문이다. 강연 제목은 〈주변화된 자가 헌법의 가치를 알다(周緣化された者が憲法の価値を知る)〉였다.

오키나와에서 헌법기념일 행사를 처음 행한 것은 아직 미국의 통치하에 있던 1965년이라고 한다. 오키나와 사람들은 미군의 지배 아래에 있으면서 일본국 헌법에 담긴 민주주의 정신에 동경을 품고 그러한 평화와 민주주의로 복귀하고 싶다는 강한 바람으로 헌법기념일 행사를 시작했다. 그로부터 어언 반세기, 이 동안의 경위는 당시 오키나와 사람들 대다수의 바람을 모질게 배반하는 것이었다.

그때 강연에서 나는 다음과 같이 이야기했다.

재일조선인과 오키나와의 여러분, 그 각기 다른 입장에서 어떻게 일본의 헌법을 말할 수 있을지를 생각한다. 전후 일본국의 민주주의, 헌법 체제로부터 소외당하고 주변화된 우리야말로 이 헌법의 이념, 이상을 지키고 그것을 실질화할 역할을 지니고 있다. 그리고 무의식중에 그 헌법을 소비하고 누려온 일본국 중심주의 국민, 그 대다수는 헌법을 자신의 손으로 쟁취한 것도 아니고, 또한 일상에서 그 헌법이 부르짖는 이념을 실현해온 것도 아니다. 그런 까닭에 지금, 헌법이 파괴되려는 이때에 국민들은 그 위기를 자각하지 못하는 것이다.

우리처럼 주변화되고 소외당한 자가 그럼에도 불구하고, 어쩌면 그렇기에 더욱 이 헌법의 이념을 지키고자 하는 것은, 어떤 의미로 아이러니한 일이라고도 할 수 있다. 하지만 이것은 역사적으로 보아도 대부분 들어맞는 하나의 진실이기도 하다. (영미에 의한 이라크 침공을 염두에 두고) 지금 세계적으로 보아 유럽 보편주의가 내걸고 있는 이념을 위협하는 것이 미국 혹은 유럽이고, 그를 따라가는 것이 일본이다. 그런데 이 이념을 수호하고자 싸우고 있는 이들은, 이들의 주변으로 밀려나 있는 사람들 쪽이다.

2011년 3월 11일 동일본 대지진 이후, 한국의 정주하 씨라는 사진작가가 원전 사고 피해지를 촬영한 작품을 만들고 싶다는 희망을 밝혔다. 2011년 11월, 그를 안내하며 함께 피해지를 걸었다. 한국의 현대사 연구자인 한홍구 씨도 동행했다.

완성된 작품은 아름다운 후쿠시마 풍경이었다. 그러나 거기 사람은 거의 찍혀 있지 않다. 전형적인 '부재의 표상'이라고 불러 마땅한 사진이다. 작품들을 사진집으로 엮어 서울에서 전시회를 하면서 한홍구 씨의 제안으로, 그 타이틀을 이상화의 시에서 따와 〈빼앗긴 들에도 봄은 오는가〉라고 붙였다.

후쿠시마 원전 사고를 당한 이들은 피난을 갔든 현지에 남았든 국가와 자본의 폭력에 의한 피해자들이다. 명백한 사실은 그들의 '토지'가 국가와 자본에 오랫동안 빼앗겼다는 것이다. 빼앗겼다는 사실을 인식하고 받아들이는 것은 물론 힘든 일이다. 그러나 바로 그 '빼앗겼다'라는 고통으로부터 다시 한 번 출발하여 '빼앗은' 자들, 즉 국가나 자본과 싸워야만 한다. 이 사실을 중심에 두면 오키나와, 후쿠시마, 조선이라는 삼자는 서로 공감하고 연대할 수 있지 않을까? 이것이 정주하, 한홍구, 그리고 나, 세 사람의 일치된 생각이었다.

물론 이에 대해서는 여러 가지 이론이 존재하는 것이 사실이다. 일본이라는 국가가 조선을 식민지 지배하고 토지를 빼앗은 것과, 자국이 불러일으킨 원전 사고에 의해 대부분 일본 국민인 동북지방 주민들이 피해를 본 사실을 병치하여 논하는 것이 가능한가, 이를 병치하면 오히려 식민지 지배의 책임을 상대화하거나 가볍게 보게 되리라는 비판도 있다. 이는 진지하게 응답해야 할 중요한 비판이라고 생각한다.

다만, 무엇보다 이 질문에 응답할 책임이 있는 것은 일본 국민이다. 식민지 지배라는 사실을 상대화하고 그로부터 눈을 돌려버리는 것이 아니라, 거꾸로 자신들이 지금 강요당하고 있는 고통을 통해 자국이 식민지 지배를 하며 타자에게 강요해온 고통을 통감할 수 있다면, 동아시아 근대사에서 보기 드문 만남이 가능해지지 않을까? 이 시를 읽는 것은 식민지 지배를 했던 쪽이 당했던 쪽과의 공감대를 만들고 손을 맞잡는 길을 만드는 것으로 이어진다. 그 만남이 가능할지 어떨지는 일본 국민 쪽에 던져진 질문이며, 달리 말하면 이것은 만남을 위한 힘겨운 호기(好機)라고도 말할 수 있으리라.

생략해서는 안 되는 것

윤동주는 어쩌면 일본에서 가장 잘 알려진 조선 시인일지도 모른다. 시집이나 평전도 나와 있고 시인 이바라기 노리코(茨木のり子)가 그에 대해 쓴 에세이가 교과서에 실리기도 했다.

별 헤는 밤   윤동주
————————

계절이 지나가는 하늘에는
가을로 가득 차 있습니다.

나는 아무 걱정도 없이
가을 속의 별들을 다 헬 듯합니다.

가슴속에 하나 둘 새겨지는 별을
이제 다 못 헤는 것은
쉬이 아침이 오는 까닭이요
내일 밤이 남은 까닭이요
아직 나의 청춘이 다하지 않은 까닭입니다.

별 하나에 추억과

별 하나에 사랑과
별 하나에 쓸쓸함과
별 하나에 동경(憧憬)과
별 하나에 시와
별 하나에 어머니, 어머니,

어머님, 나는 별 하나에 아름다운 말 한 마디씩 불러봅
니다. 소학교 때 책상을 같이 했던 아이들의 이름과, 패,
경, 옥 이런 이국 소녀들의 이름과 벌써 아기 어머니 된 계
집애들의 이름과, 가난한 이웃 사람들의 이름과, 비둘기,
강아지, 토끼, 노새, 노루, '프랑시스 잠', '라이너 마리아
릴케' 이런 시인의 이름을 불러 봅니다.

이네들은 너무나 멀리 있습니다.
별이 아스라이 멀 듯이,

어머님,
그리고 당신은 멀리 북간도에 계십니다.

나는 무엇인지 그리워
이 많은 별빛이 내린 언덕 위에
내 이름자를 써 보고

흙으로 덮어 버리었습니다.
딴은 밤을 새워 우는 벌레는
부끄러운 이름을 슬퍼하는 까닭입니다.

그러나 겨울이 지나고 나의 별에도 봄이 오면
무덤 위에 파란 잔디가 피어나듯이
내 이름자 묻힌 언덕 우에도
자랑처럼 풀이 무성할게외다.

윤동주는 현재의 중국 동북지방, 당시의 만주에서 태어났다. 현재 이 지역은 수십만 명의 조선 민족이 사는 중화인민공화국 옌벤조선족자치주가 되었다. 이 지역은 두만강을 사이에 둔 조선의 북쪽이어서 19세기 말부터 많은 조선인이 이주하였다. 그리고 그곳이 조선 독립운동의 무대가 되기도 하고 일본의 중국 침략의 교두보가 되기도 했다.

1910년의 한국병합 결과, 모든 조선인은 자신의 의사와 상관없이 일본국 신민이 되었다. 이 원칙은 속인주의로 적용되었던 까닭에 윤동주와 같은 만주 태생의 조선인 역시 일본국 신민이 되어버렸고 일본의 법적 지배하에 놓이게 되었다.

현재의 연세대학교는 당시 연희전문학교라고 불렸다. 일본 식민지하의 조선에서는 민간 대학의 설립이 허용되지 않았고, 대학은 국립 경성제대뿐이었다. 이 대학은 식민지 관료 양성이 첫 번째 목적이었으며, 학생 대부분이 일본인이었고 조선인 학생의 비율은 3할 정도였다고 한다. 연희전문학교는 대학에 필적하는 교육 수준을 지닌 기독교 미션 스쿨이었지만 대학으로 인가받지 못하고 전문학교라 칭했다.

여기서 문학을 공부한 윤동주는 자작 시집을 출간하려 했으나 당시는 조선어로 문학 활동을 하는 것 자체가 위험한 상황이었기에 뜻을 이룰 수 없었다. 1941년, 태평양전쟁 발발로 앞당겨 졸업할 무렵, 그는 남몰래 써 모아두었던 시를 손 글씨 시집으로 엮었고 『하늘과 바람과 별과 시』라고 이름 붙여 이를 벗에게 맡겨두고 일본으로 유학을 떠났다. 그 손 글씨 시집이 식민지 해방(일본 패전)까지 벗에게 보관되었던 덕분에 지금 그의 시를 읽을 수 있는 것이다.

그는 크리스천이었기에 일본에 건너온 당시엔 릿쿄(立敎) 대학에 재적하였고 나중에 도시샤(同志社) 대학으로 옮겼다. 그리고 도시샤 대학 재학 중, 교토 대학 학생이었던 사촌 송몽규 등과 함께 '독립운동' 혐의로 특별고등경찰에 검거되었다.

당시 조선 독립운동은 치안유지법상 '국체변혁'에 해당하는 죄였다. 8개월간에 이르는 가혹한 취조 끝에 징역 2년을 선고받고 후쿠오카 형무소로 이송되었고, 결국 그곳에서 옥사했다. 1945년 2월의 일이다. 반년 후면 일본이 패전하고 그도 석방되었을 것을.

시 속의 '부끄러운 이름'이란 창씨개명을 가리키는 것이라 여겨진다. 일본은 당시 조선인에 대한 '황민화(皇民化)' 정책을 강행하고 있었는데, 창씨개명도 그 일환으로 행해진 정책이었다. 조선인에게

종래의 가족제도를 일본식 이에(家)제도로 바꾸게 하고, 성(姓)도 일본식으로 바꾸도록 압력을 가한 것이다. 형식상으로는 신고제였지만 사실상 모든 수단을 동원하여 이를 강제하였고 결과적으로 8할 이상의 조선인이 일본식 성으로 개명하게 되었다.

한때 수상이었던 아소 타로(麻生太郎)는 아소 재벌가의 도련님인데, 전쟁 중엔 아소 재벌이 소유하는 탄광에 수많은 조선인 노동자들이 끌려와 있었다. 아소 씨는 "창씨개명은 조선인들이 원해서 한 일이다. 기뻐하는 사람도 있었다"라는 발언을 자민당 총재 시절에 했는데, 일본 국민 다수는 이를 어떻게 받아들였을까? 아소는 한국으로부터도 재일조선인에게도 항의를 받았지만, 일본 사회에서는 그다지 문제시되지 않고 넘어갔다.

윤동주는 창씨개명을 했다. 이것은 당시 조선에 경성제대 이외에는 대학이 없었고, 일본 대학에서 공부하고 싶어도 창씨개명을 하지 않으면 일본으로 가는 도항(渡航)증명서를 받을 수 없었기 때문이다. 조선 독립운동을 담당하는 특별고등경찰 내선과에서 허가인을 받지 않으면 도항증명서를 받을 수 없는 구조였다. 창씨개명에 응하지 않는 조선인은 그 사실만으로 위험시했다. 그때까지 창씨개명을 거부해오던 윤동주 일가는 그 때문에 몹시 고심했지만 끝내 어쩔 수 없이 '히라누마(平沼)'라는 창씨명을 갖게 되었다. 현재도 도시샤 대학에 남아 있는 윤동주의 학적부에는 '히라누마 동주'라고 기록되어 있다. 그것은 고통과 고뇌와 굴욕으로 점철된 기록이다. 그러나 그 사실에 얼마나 많은 일본인의 생각이 미쳤을까. 다시 말해 이 시는 보편적인 어머니를 생각하는 시, 고향을 그리워하는 시라는 식으로만 읽어서는 안 된다.

일본에서 조선의 시인을 이해하고 그 시심을 맛보고자 한다면 이 사실이 생략되어서는 안 된다고 생각한다. 그런데 오히려 윤동주의 시는 일본 제국주의의 책임을 추궁하는 시가 아니라 감미로운 서정시라서 좋다는 식으로 일본인 다수에게 받아들여지고 있는 것은 아닐까?

또 한 가지, "패, 경, 옥, 이런 이국 소녀들"이란, 윤동주가 나고 자란 것이 만주국이었다는 사실을 잘 드러내준다. 그곳에는 여러 민족이 있었다. 그는 조선인이었지만 한족도 있고 만주족도 있었다. 그러한 상황 속에서 자랐다. 일본 제국주의에 의해 만들어진 다문화적인 상황 속에서 성장한 것이다. 그러한, 그야말로 변경이라고 부르기에 어울리는 토지에서, '프랑시스 잠(Francis Jammes)', '라이너 마리아 릴케' 등 서양 시인들에 대한 동경이 자라고 있었다. 그의 마음은 널따랗게 열려 있던 것이다. 그것을 협소한 곳에 가두려 들었던 것은 일본 제국주의 쪽이었다.

번역에서 보이는 식민지주의의 심성

「서시」라는 작품은, 앞서 이야기한 연희전문학교 졸업을 맞아 벗에게 손 글씨로 남긴 시집(『하늘과 바람과 별과 시』)의 서문으로 쓴 것이다.

서시 윤동주

———

죽는 날까지 하늘을 우러러
한 점 부끄럼이 없기를,
잎새에 이는 바람에도
나는 괴로워했다.
별을 노래하는 마음으로
모든 죽어가는 것을 사랑해야지.
그리고 나한테 주어진 길을
걸어가야겠다.

오늘 밤에도 별이 바람에 스치운다.

이 시는 1970년대 한국 민주화 투쟁 중에 당시의 젊은이, 즉 윤동주 사후 30년 이상 지난 시대의 젊은이들이 암호처럼 애송했다. 한국에서는 모르는 사람이 없다고 해도 좋을 것이다.

그런 시인데 일본에서 가장 많이 읽히고 있는 번역인 이부키 고 (伊吹鄉) 번역판에서는 "모든 죽어가는 것을"이라는 행을 "모든 살아 있는 것들을"이라고 옮겼다.

우선 이것은 원문에 충실한 번역이 아니다. 원문에서는 "죽어가는" 것들이 "살아 있는" 것들로 둔갑한 것이다. 뿐만 아니라 그 번역문에 대한 비판에 대해 옮긴이는 "죽어가는 것들과 모든 살아 있는 것은 같은 의미이니 문제없다"라고 반론하고 있다. 그리고 윤동주의 시는 보편적 사랑의 표백으로 읽어야 하며, 일본에 대한 저항이라는 문맥에 갇혀서는 안 된다고 주장한다.

이것은 단순히 번역 기술이나 언어능력이라는 문제를 넘어 아직도 끈질기게 남아 있는, 이른바 문화적 식민지주의 심성이 드러난 것이라고 나는 생각한다. 원문대로 충실히 이해한다는 것은 결코 편협한 것이 아니며, 오히려 서로를 상대화하고 제대로 만나기 위해서는 불가결한 일일 텐데, 네가 부드럽게 말하면 받아주겠지만 날카롭게 비판하는 건 못 들어주겠다는 식의 태도, 보편적인 서정이라면 받아들이지만 나를 향한 비판이라면 거부한다는 자세는 대화를 거절하는 것이라 여겨지기 때문이다.

지금 도시샤 대학 구내에는 이 시의 시비(詩碑)가 서 있지만 유감스럽게도 비문(碑文)은 여기서 비판한 이부키 고의 번역이다. 말하자면 어긋난 만남의 기념비가 되어버렸다는 이야기다.

안락사하는 일본 민주주의

김지하는 1970년대부터 1980년대 한국의 시인으로 일본에서도 유명하다.

「타는 목마름으로」라는 시(p.41 참조)는 1970년대에 쓰였고, 한국보다 일본에서 먼저 소개되었다. 한국 민주화 투쟁의 상징적 존재였던 그는 당시 투옥 중이었으며, 한국에서는 그 저작이 금서였기 때문이다. 한국에서 이 시를 담은 시집이 나온 것은 민주화 이후인 1982년이었다.

1970년대, 나는 일자리도 없고 앞이 전혀 보이지 않아 절망에 빠진 젊은이였다. 게다가 형 둘은 한국의 감옥에서 일상적으로 고문을 당하고 있었고 언제 죽을지 모르는 상태였다.

이런 상황 속에서 한국에서 전해오는 투쟁하는 이들의 음성, 그 중에서도 이 시를 접했다. '감명받았다'라는 말은 너무 가볍다. 문자 그대로 격렬하게 마음이 요동쳤다. 그야말로 '타는 목마름'을, 재일조선인인 나 역시 한국의 동세대인들에게 나누어 받은 느낌이었다.

생각해보면 예나 지금이나 아랍 세계, 라틴아메리카, 아시아 국가들, 온 세계의 젊은이들은 뒷골목에서 나무판자에 분필로 '민주주의'라고 쓰고 있으리라. 그러한 보편성을 지닌 시라고 생각한다. 그 보편성이 우리를 격려하고, 한국 사회를 민주화하는 힘이 되기도 했던 것이다.

1990년대 말쯤, 도쿄에서 기미가요·일장기 법제화에 반대하는 어느 시민 집회에서 이 시를 낭독하고 소개한 적이 있다. 그 집회에서 나는 다음과 같이 말했다.

우리 조선 민족은 민주주의, 사상과 이념의 자유, 언론·출판의 자유, 그런 권리를 옹호하기 위해 엄청난 희생을 치렀습니다. 그야말로 흐

느껴 울면서 뒷골목에서 나무판자에 분필로 쓰듯이 민주주의를 갈망해온 것입니다. 그런 민주주의가 지금, 내가 나고 자란 이 일본에서 죽어가고 있습니다. 더구나 저항하면서 죽임을 당하는 것도 아니고 너무나 간단히 안락사하고 있습니다.

나는 교토에서 태어난 재일조선인 2세입니다. 초등교육은 보통의 일본 공립학교에서 받았습니다. 제가 지금 떠올리는 것은 소학생 시절, 1950년대 말, 혹은 1960년대 초에 학교에서 선생님이 가르쳐준 주권재민이라는 단어, 남녀동권이라는 단어, 혹은 언론의 자유라는 단어, 이런 말들이 지니고 있던 눈이 부실 정도의 광채입니다.

하지만 또한 우리 재일조선인들은 그러한 일본의 전후 민주주의의 틀 밖에 놓여 있었습니다. 일본은 패전 이듬해인 1946년에 전후 최초의 보통선거를 치렀습니다. 그것은 많은 일본인에게 여성이 처음으로 선거권을 행사한, 빛나는 전후 민주주의의 출발점으로 기억되고 있겠지요.

그 선거에 앞서 일본 국내 거주 조선, 타이완 등 구 식민지 출신자의 참정권은 박탈당했습니다. 그들에게 선거권을 주었다간 천황제 폐지를 공공연히 주장할 염려가 있다는 것이 이유였다는 이야기가 정부에서 오갔다는 사실은 역사가들에 의해 증명되고 있습니다.

다시 말하자면, 우리 재일조선인에게 민주주의의 광휘를 가르쳐주었던 일본인 선생님들은 동시에 우리를 민주주의로부터 배제하고 있었던 셈입니다. 일본 전후 민주주의의 허망함, 기만성, 이중 잣대, 그것을 누구보다도 뼈저리게 알고 있는 것이 바로 우리입니다. 하지만 그러한 재일조선인인 저는, 지금 어쩌면 여러분 가운데 누구보다도 더욱 죽어가는 민주주의를 애도하고 있는 사람 중의 하나일지도 모릅니다.

이것이 1999년에 내가 했던 강연 일부이다. 그 후 국기·국가법이 제정되었다.

당시의 노나카 히로무(野中廣務) 관방장관은 국회에서, 결코 강요하지 않겠다고 답변했지만 예상대로 그 답변은 거짓이었다. 그 후 현재까지 벌어진 일은 그와는 정반대이다.

"천황제는 결국 없어질 거야. 그 할아범만 죽으면 말이야" 하고 소학교 시절 선생님이 말했던 것이 생각난다. '그 할아범'이란 쇼와 천황(昭和天皇)이었다. 그런데 어떻게 되었는가? 타는 목마름은 공유되었을까? 그들은 민주주의의 공식을 가르친다는 입장으로만 우리를 접했을 뿐이다.

집회에서 나는 이 시를 소개하면서 "우리에게 민주주의의 가치를 가르친 당신들이 목마름을 몰라서야 어쩌겠다는 것인가. 당신들은 자신이 목마르다는 사실조차 모른 채 죽어가는 것인가. 일본의 민주주의는 여기서 안락사하는 것인가?"라고 발언했다. 지금으로부터 12~13년 전 일이다. 안타깝게도 당시의 내 예감은 확실하게 현실이 되었다. 지금 공공연히 헌법 개정이 주장되고, 일본인 스스로 막대한 희생을 치러가며 획득한 민주주의적 모든 가치가 모조리 폐기될 위기에 처했다. 게다가 일본 국민의 대다수가 이러한 풍조에 그다지 저항하고 있지 않다. 그야말로 일본의 민주주의는 안락사할 참이다. 그 안락사의 결과는 일본 국민뿐 아니라, 또다시 일본 국내의 마이너리티와 주변 민족들에 대한 막대한 가해가 되어 나타날 것이다.

　참고로 노파심에서 말해두어야 할 것이 있다. 이 시를 썼던 김지하는 이후 어지러운 행보를 보이면서 1970년대, 1980년대에 자신이 발했던 보편적인 주장들을 스스로 완전히 배반하는 존재가 되고 말았다는 점이다. 이번 한국의 대통령 선거에서는 여당 쪽, 즉 김지하 자신을 비롯하여 민주화 세력을 무자비하게 탄압했던 독재자의 딸을 지원하고 있다고 한다. 일본의 민주주의는 무자각한 채로 단말마의 시기를 맞이하고, 한국에서는 일찍이 "타는 목마름으로"라고 노래했던 시인이 스스로 자신의 시를 배반하는 비참한 꼴을 드러내고 있다.

　당시 이 시를 알게 된 나는, 인간은 이렇게나 어두운 상황 속에서도 이처럼 자랑스레 빛날 수 있는 존재라는 것을 깨달았다. 나뿐 아니라 일본인을 포함하여 세계의 적지 않은 사람들이 그 감격을 공유했으며 한국 민주화 투쟁을 응원했다. 그런데 이제 그처럼 빛나던 시인이 이렇게 범용하고 어리석어질 수도 있다는 사실을 우리는 눈앞에서 보고 있는 것이다. 이것이 현재라는 시대의 암흑이다. 예전과 같은 폭력적인 모습을 취하고 있지 않더라도 인간 정신에 대한 소름 끼치는 실망과 냉소가 만연해 있다. 우리는 앞으로 이 냉소의 어둠 속을 살아가야만 한다.

　이미 1990년대 초부터 나는 수차례에 걸쳐 김지하를 비판한 적이 있다. 그는 어쩌다 그렇게 되어버린 것일까? 국내 지인들에게 물으니, 그들은 쓴웃음을 지으며 '김지하'라는 것은 한 개인의 이름이라기보다 하나의 집합명사이고, 암흑시대에 함께 싸웠던 이들의 정서가 집합적으로 김지하의 시에 결정되어 나타난 것이며, 그 책임도 명예도 김지하 개인에게 돌아갈 수 있는 것은 아니라고 대답했다. 그럴지도 모른다. 어떤 시대정신을 비추어낸 시의 가치가 그것을 쓴 시인 개인의 존재를 넘어서는 일이 있을지도 모른다. 이 문제는 시인과 시라는 것의 관계에 관해 보다 복잡하고 어려운 성찰로 우리를 이끈다.

하지만 그렇다면 김지하 개인이 보인 천박함 또한 그 사람 개인의 것이 아니라 한 시대를 살아온 한 무리의 사람들에게 공유되는 것 아니겠는가? 김지하라는 개인이 유별난 기인이고 어리석은 자였다면 문제는 간단하고 탄식할 필요조차 없다. 일본에서나 한국에서나, 나는 앞으로도 보고 싶지 않은 일들이 눈앞에서 벌어지는 것을 목격하게 될 것이다.

한국 민주화 투쟁·노동운동 속에서

1970년대와 1980년대, 한국은 군사정권 시대였고 정치 폭력의 한풍이 휘몰아치는 겨울이었다. 그런 만큼 그 시대는 또 다수의 잊을 수 없는 시인들을 배출해냈다. 그들 가운데 몇은 불운하게 세상을 떠났고, 많은 이들은 지금 평범하고 안정된 삶을 살고 있다. 몇 사람은 김지하와 도 긴 개 긴, 자신이 과거에 썼던 시에 부끄러운 삶을 살고 있다. 그렇지만 그 시를 다시 읽어보면, 한 시대를 온몸으로 살아낸 자의 숨결이 지금도 생생하게 되살아난다.

　많은 시인 가운데 한 사람만 더 소개해둔다. 긴 시여서 도중에 생략하며 발췌한다.

　　　겨울 공화국　　양성우
　　　────────

　　　여보게 우리들의 논과 밭이 눈을 뜨면서
　　　뜨겁게 뜨겁게 숨 쉬는 것을 보았는가
　　　여보게 우리들의 논과 밭이 가라앉으며
　　　누군가의 이름을 부르는 것을 들으면서
　　　불끈불끈 주먹을 쥐고
　　　으드득으드득 이빨을 갈고 헛웃음을
　　　껄껄껄 웃어대거나 웃다가 새하얗게 까무라쳐서
　　　한꺼번에 한꺼번에 죽어가는 것을
　　　보았는가

　　　총과 칼로 사납게 윽박지르고
　　　논과 밭에 자라나는 우리들의 뜻을
　　　군화발로 지근지근 짓밟아대고
　　　밟아대며 조상들을 비웃어대는
　　　지금은 겨울인가

한밤중인가

(중략)

삼천리는 여전히 살기 좋은가
삼천리는 여전히 비단 같은가
거짓말이다 거짓말이다
날마다 우리들은 모른 체하고
다소곳이 거짓말에 귀기울이며
뼈 가르는 채찍질을 견뎌내야 하는
노예다 머슴이다 허수아비다

(중략)

여보게 화약 냄새 풍기는 겨울 벌판에
잡초라도 한 줌씩 돋아나야 할 걸세

이런 때면 모두들 눈물을 닦고,
한강도 무등산도 말하게 하고,
산새도 한번쯤 말하게 하고
여보게
우리들이 만약 게으르기 때문에,

우리들의 낙인을 지우지 못한다면,
차라리 과녁으로 나란히 서서
사나운 자의 총 끝에 쓰러지거나
쓰러지며 쓰러지며 부르짖어야 할걸세
사랑하는 모국어로 부르짖으며
진달래 진달래 진달래들이 언 땅에도
싱싱하게 피어나게 하고,
논둑에도 밭둑에도 피어나게 하고,
여보게
우리들의 슬픈 겨울을
몇 번이고 몇 번이고 일컫게 하고,
묶인 팔다리로 봄을 기다리며 한사코 온몸을
버둥거려야 하지 않는가
여보게

양성우는 1943년 한국의 전라남도 함평에서 태어났다. 마침 박정희의 '유신체제'가 확립된 1971년에 전남대학교를 졸업했다. 그야말로 민주화 투쟁의 시대를, 더구나 전라남도 광주라는 한국 민주화운동에 있어 특별한 장소에서 살았던 시인이다. 전라도는 앞서 쓴 민중반란(동학농민운동, p.116 참조)의 근거지였을 뿐 아니라, 박정희 군사독재 시대에는 지역 차별의 표적이 되었던 만큼 전반적으로 야당정신, 반권력 정신이 왕성하다. 1980년에는 광주시에서 시민에 의한 반독재 민주화운동을 군이 대규모로 무력 탄압하는 사건도 있었다. 이 광주 사건은 현재 공식적으로 '광주민주화운동'이라 부르고 있다.

양성우는 1975년 《동아일보》에 「겨울공화국」을 발표하고, 광주 YMCA에서 열린 구국기도회에서 이 시를 낭독했는데, 그 때문에 광주중앙여자고등학교의 교직을 잃었다. 1977년에는 장시(長詩) 「노예수첩」이 일본으로 반출되어 잡지 《세카이》에 발표되면서 '국가모독죄'로 투옥당했다.

민주화 이후, 한때는 김대중이 이끄는 정당에 소속되어 국회의원을 지낸 적도 있다는 것은 기억하지만, 그 후 어떻게 지내는지는 잘 모른다.

다음으로 박노해의 「노동의 새벽」이라는 시를 소개한다.

노동의 새벽　박노해
─────────

전쟁 같은 밤일을 마치고 난
새벽 쓰린 가슴 위로
차거운 소주를 붓는다
아
이러다간 오래 못가지
이러다간 끝내 못가지

서른 세 그릇 짬밥으로
기름투성이 체력전을
전력을 다 짜내어 바둥치는
이 전쟁 같은 노동일을
오래 못가도
끝내 못가도
어쩔 수 없지

탈출할 수만 있다면,
진이 빠져, 허깨비 같은
스물아홉의 내 운명을 날아 빠질 수만 있다면
아 그러나
어쩔 수 없지 어쩔 수 없지
죽음이 아니라면 어쩔 수 없지
이 질긴 목숨을,
가난한 멍에를,
이 운명을 어쩔 수 없지

늘어처진 육신에
또다시 다가올 내일의 노동을 위하여
새벽 쓰린 가슴 위로
차거운 소주를 붓는다

소주보다 독한 깡다구를 오기를
분노와 슬픔을 붓는다

어쩔 수 없는 이 절망의 벽을
기어코 깨뜨려 솟구칠
거치른 땀방울, 피눈물 속에
새근새근 숨쉬며 자라는
우리들의 사랑
우리들의 분노
우리들의 희망과 단결을 위해
새벽 쓰린 가슴 위로
차거운 소주잔을
돌리며 돌리며 붓는다
노동자의 햇새벽이
솟아오를 때까지

군사독재에 일단 종지부가 찍히는 듯하던 1980년대 후반부터 한국은 노동운동의 시대를 맞았고, 더없이 격렬한 탄압과 저항이 교차하는 시대로 돌입하였다. 문학에서도, '민족 문학'의 시대에서 '노동해방 문학'의 시대로 전환했다고 일컬어진다. 이 전환기에 한국 노동자들의 심정을 사실적으로, 더구나 아름답게 표현하고 있는 것이 이 시라고 생각한다.

1984년에 시집 『노동의 새벽』이 출간되어 베스트셀러가 된 것은 시대를 상징하는 하나의 사건이었다. 거기서 노래하는 것은, '한강의 기적'이니 '아시아의 네 마리 용'이니 일컬어지던 한국 경제성장의 그늘에서 빈곤과 착취에 신음하는 노동자들의 현실이었다. 이 시는 노동운동 속에서 멜로디가 붙어 노래가 되었고, 퍼져나갔다. 노해라 는 이름은 노동해방에서 따온 펜네임으로, 그 정체가 불명이었던 까 닭에 '얼굴 없는 시인'이라 불렸다.

박노해의 본명은 박기평이라고 한다. 1955년 전라남도에서 빈 농의 자식으로 태어나 어릴 때부터 극도로 가난한 생활을 했다. 열다 섯 살에 서울로 올라와 야간 고등학교에서 공부하면서 노동자가 되 었고, 노동 현장의 밑바닥에서 신음하는 사람들을 만났다. 1985년 서 울시 구로 지역에서의 대규모 파업에 참가했다. 이때 무려 천이백 명 이 해고되었는데, 그 역시 해고와 함께 지명수배되었다. 이 같은 경 험에서 사회주의 혁명에 뜻을 두게 되었고 '자생적 사회주의'를 표방 하는 지하정당 '사노맹(남한사회주의노동자동맹)'의 조직화를 위해 노 력했으나, 1991년 체포당했다. 체포 후 24일간에 걸쳐 끔찍한 고문을 당한 사실도 잘 알려졌다.

박노해는 국가보안법에 의해 무기징역을 선고받았으나 8년간의 옥중 생활 후, 김대중 정부에 의해 가석방되었다. 이때 그는 정권 당 국의 요구를 받아들여 '준법서약서'를 제출했는데, 이것이 사실상의 '전향'이라 하여 비판받았다. 현재의 그는 급진적 주장에서 방향을 전환하여 평화 교육이라든가 이라크 어린이 지원 활동 등을 하고 있다고 한다.

최영미라는 여류시인의 시가 있다. 그녀는 서울대학 재학 중 학생운동에 참가했으나, 한국 사회의 민주화와 함께 "잔치는 끝났다"라는 공허함을 노래했다. 시집이 백만 부 가까이 팔린 베스트셀러가 되어 일종의 사회현상이 되었다고도 할 수 있다.

이것이 좋은 시인지 어떤지는 의견이 갈리겠지만, 큰 변화가 한국 사회에 찾아들었다는 것은 확실하다.

서른, 잔치는 끝났다 최영미

_____

물론 나는 알고 있다
내가 운동보다도 운동가를
술보다도 술 마시는 분위기를 더 좋아했다는 걸
그리고 외로울 땐 동지여!로 시작하는 투쟁가가 아니라
낮은 목소리로 사랑노래를 즐겼다는 걸
그러나 대체 무슨 상관이란 말인가

잔치는 끝났다
술 떨어지고, 사람들은 하나 둘 지갑을 챙기고 마침내
그도 갔지만

마지막 셈을 마치고 제각기 신발을 찾아 신고 떠났지만
어렴풋이 나는 알고 있다
여기 홀로 누군가 마지막까지 남아
주인 대신 상을 치우고
그 모든 걸 기억해내며 뜨거운 눈물 흘리리란 걸

그가 부르다만 노래를 마저 고쳐 부르리란 걸
어쩌면 나는 알고 있다
누군가 그 대신 상을 차리고, 새벽이 오기 전에
다시 사람들을 불러 모으리란 걸
환하게 불 밝히고 무대를 다시 꾸미리라

그러나 대체 무슨 상관이란 말인가

마지막으로 정희성이라는 시인을 소개하고 싶다. 정희성은
1945년 출생으로, 이해에 태어난 이들을 조선에서는 '해방둥이'라고
부른다. 나라가 식민지 지배로부터 해방된 해에 태어났다는 뜻이다.
다시 말하자면 해방 후의 역사 그 자체를 자신의 인생으로 걸어왔다
는 말이 된다.

그는 처음엔 우수한 국문학도로서 고전미 넘치는 시를 썼다고
한다. 대학원 시절에 심경의 변화를 일으켜 교사가 되었고, 이후에도
성실히 시를 써나갔다.

「돌」이라는 시는 정희성이 1970년대, 앞에서 김지하나 양성우의 시에서 소개했던 치열한 민주화 투쟁 시대에 썼던 것이다.

돌   정희성
—

돌을 손에 쥔다
고독하다는 건 단단하다는 것
법보다 굳고
혁명보다 차가운
돌을 손에 쥐고
가난이야 한낱 남루에 불과하다는
시를 보며 돌을 쥔다
배고프지, 내 사람아
어서 돌을 쥐어라
입술을 깨물며
손에 돌을 쥐고
청청한 하늘을 보며 내 사람아
돌밖에 쥘 것이 없어
돌을 손에 쥔다

"가난이야 한낱 남루에 불과하다"라는 구절은, 순문학 탐미파의 거장 시인인 서정주의 시에서 인용한 것이다.

그런데 이런 정희성이 2000년대가 되어 「세상이 달라졌다」라는
시를 썼다.

세상이 달라졌다   정희성
———————

세상이 달라졌다
저항은 영원히 우리들의 몫인 줄 알았는데
이제는 가진 자들이 저항을 하고 있다
세상이 많이 달라져서
저항은 어떤 이들에겐 밥이 되었고
또 어떤 사람들에게는 권력이 되었지만
우리 같은 얼간이들은 저항마저 빼앗겼다
세상은 확실히 달라졌다
이제는 벗들도 말수가 적어졌고
개들이 뼈다귀를 물고 나무 그늘로 사라진
뜨거운 여름 낮의 한때처럼
세상은 한결 고요해졌다

김지하, 박노해, 그리고 최영미까지 훑어 내려오다 보면 과연
"세상이 달라졌다"라고 느끼지 않을 수 없다. 정희성은 그 질박하고

겸허한 인품 그대로 세상의 변화를 조용히 탄식하면서 자신이 나아갈 새로운 방향을 진지하게 모색하고 있는 듯하다. 그는 나보다는 다섯 살쯤 많지만 뭉뚱그리자면 우리 세대 한국인의 감각을 이야기하는 것이리라.

그러나 폭압적인 시대현실이 나를 고전적인 안온함 속에 그대로 머물러 있게 가만 놓아두지 않았다. (중략) 유신에 반대하던 나의 벗들은 직장에서 쫓겨나고 감옥에 갇힌 바 되었다. 마침내 나는 고전적인 시인이 되기를 포기하고 현실적인 시인이 되려고 노력하게 되었다. (중략) 시인은 자기 시대의 사람들을 숨 막히게 하는 산소 결핍 징후를 남보다 먼저 감지하고, 아무도 말할 수 없는 것을 말해야 하며 모든 사람이 침묵할 때에도 침묵해서는 안 되는 사람이라는 인식이 널리 퍼져 있었다. 나도 이러한 시대적 요구에서 자유로울 수 없는 존재였다.

이것은 마지막에 소개한 정희성이 자신의 시를 돌아보며 쓴 문장 「시를 찾아나서며」에서 인용한 것이다. '유신'에 반대했다는 것은 일본의 '유신'이 아니라 한국의 박정희 군사독재 정권이 자칭했던 '유신체제'를 가리킨다. 메이지유신이 한국에서 박정희의 독재로 부활하고, 마찬가지로 지금 일본에서 되살아나려 하고 있다. '유신'에 반대한 친구가 연행되는 시대가 바로 이 일본에서도 다가오고 있다고 나는 생각한다.

일본의 근대국가 형성의 기점에 있는 메이지유신이라는 사건은 동시에 20세기 중엽까지 이어진 대외 침략과 전쟁의 출발점이었고, 21세기인 현재에 이르기까지 많은 일본 국민의 내면을 옭아매고 있는 천황제의 출발점이었다. 일본 국민은 이러한 메이지유신의 본질을 똑바로 바라보고 그것을 넘어서서 이와는 다른 근대를 향해 나아가야만 할 것이다. 하지만 현실에서는 메이지유신 상(像)이 유치한 자화자찬을 위한 자기중심적 이야기로 소비되고, 이를 위해 유신을 표방하여 대중을 미혹하려는 세력이 그 망령을 거듭하여 되살려내고 있다.

시인이란 침묵해선 안 되는 사람

그렇다면 시인이란 어떤 존재일까? 시인이란 어떤 경우에도 침묵해선 안 되는 사람을 가리킨다. 요컨대 이것은 승산이 있는지 없는지, 효율적인지 아닌지, 유효한지 어떤지 하는 이야기와는 다르다는 말이다.

내가 뭔가를 이야기하면 어떤 사람들은 "자네는 너무 올곧아. 그래가지곤 이길 수 없어"라든가 "네 주장을 받아들이게끔 하려면 좀 더 부드러운 말투를 써야 해"라고 조언을 해준다. 고맙긴 하지만 이는 틀린 말이다. 승산과 유효성에 관한 말이기 때문이다. 그런 게 아니라, 저 멀리 아득한 곳에 존재하는 루쉰에게는 미치지 못할지라도 '이렇게 살겠다', '이것이 진짜 삶이다'라는 무언가를 드러내야만 한다. 시인이 해야만 하는 일이다.

한국도 일본 못지않게 사회가 양극화되고 격차가 심해지는 까닭에, 일부 재벌이나 부유층은 기세가 등등하지만 대다수 국민은 고통받고 있다. 그리고 학생들은 경쟁 사회로 내몰리고 있다. 한국 인구는 일본의 절반 정도이지만 자살자 수는 일본을 웃돌 만큼 많다.

"상처 입고 소외된 사람들"은 정희성의 말이다. 한국에서도 "상처 입고 소외된 사람들"과 어떻게 연결될 것인가, 하는 것이 시인에게 부과된 커다란 과제다. 1970년대, 1980년대 같은 피투성이 잔치는 끝났을지도 모른다. (물론 그것이 언제 되살아날지 모르지만…….) 하지만 시인은 지금 눈앞에 있는 현실을 노래할 방법을 알아야만 할 것이다. 물론 옛날과 같은 가락으로 같은 노래를 불러야 한다는 것은 아니다. 그러나 지금 고통 받고 있는 사람들, 지금 이 상황 속에서 소외되고 있는 사람들의 마음을 노래해야만 한다. 그것이 시인의 소임이라고 나는 생각한다. 이것은 한국만의 이야기가 아니다. 일본도 똑같다.

시대가 변하고 세상이 바뀌었다 하더라도 이 사회에 소외되고 상처 입은 사람들이 존재하는 이상, 시인의 일은 끝나지 않는다. 지금 이 시대가 시인들에게 새로운 노래를 요구하고 있다.

4장

'한국문학'과 '세계문학'을 둘러싼 단상

'새로운 보편성'을 찾아서

이 글은 2010년 11월 5일, 서울에서 열린 한국작가회의 주최 심포지엄 발표문이다. 〈한국문학과 세계문학〉이라는 테마의 이 심포지엄에서 필자는 한국에서 볼 때 '해외'인 일본에 살고 있는 작가로서, 이 테마에 대해 견해를 밝혀달라는 요청을 받았다. 이 글은 이러한 요청에 대한 응답이다.

사단법인 한국작가회의는 한국의 대표적인 문학 단체로 '표현의 자유를 위해 헌신한 자유실천문인협회와 민족문학작가회의의 정신을 계승한다'라는 모토를 내걸고 있다. 2007년에 민족문학작가회의에서 한국작가회의로 명칭을 바꾸었다.

'한국문학'이란 무엇을 말하는가?

이번 회의의 테마와 관련하여 뭔가 책임 있는 발언을 하려면 우선 '한국문학'과 '세계문학'이라는 용어의 개념에 대해 내 나름의 입장을 밝혀두어야 한다.

'한국문학'이란 무엇을 가리키는 것일까? 이 말이 '민족 문학'을 대신하여 쓰인 것이라면 그 이유는 무엇일까?

나는 '한국문학'이라는 용어는 극히 한정되며 평범한 의미밖에 지닐 수 없다고 생각한다.

굳이 적는다면, '지구상의 한 국가인 대한민국에서 유통되는 한국어(이 역시 나는 '조선어'라고 불러야 한다고 생각하지만)로 쓰인 문학'이라고 할 수 있을 것이다. 나, 서경식이 그런 의미에서 '한국문학'을 어떻게 읽었는지를 묻는 것이라면 나는 그것을 거의 읽은 적이 없다고 고백할 수밖에 없다.

문학이 언어를 사용하는 예술 행위인 이상, 우선적으로 그것이 언어라는 장벽으로 둘러싸인 공간 안에서 유통되는 것이라 말할 수 있을 것이다. 그리고 그것이 국가라는 공간인 경우, 국가공용어(국어)라는 장벽을 의미하는데, 그 장벽은 교육이나 대중매체를 통해 끊임없이 강화된다. 이 장벽 안에서는 '같은 언어'를 공유하는 소비자에 의해 구성되는 시장이 존재하고, 문학 행위의 대부분은 이러한 시장을 무시하고는 성립되지 않는다. 그곳에서 자본이 문학을 간섭하거나 지배하는 일이 생겨난다. 문학에는 이 장벽을 뛰어넘는 역할이 있다고 생각하지만, 현실에서는 오히려 이 장벽을 강화하는 역할을 할 때가 많다.

만약 이와 같은 정의가 틀리지 않는다면, '한국문학'이라는 용어는 '민족 문학'이라는 용어보다도 협소한 개념을 의미할 것이다.

여기서 묻고 싶은 것이 있다. 일제 강점기, 즉 대한민국 성립 이전의 문학은 '한국문학'일까? 그것이 현재 한국에 계승되었다는 견해도 있겠지만, 그렇다면 유고 작가나 월북 작가, 디아스포라(이산민) 작가는 거기 포함되는 걸까? 혹은 재일조선인 허남기의 시나 김석범의 소설은 '한국문학'인가, 아니면 '일본 문학'인가? 아니 애당초 이 둘 중의 하나로 분류되어야만 하는 것일까?

시인 윤동주는 만주 간도에서 태어나 일제 강점기에 후쿠오카에서 옥사했다. 만약 그가 해방 후까지 살아남아 옌볜조선족자치주에서 생활했다면 그의 작품은 '한국문학'에 속할까, '중국 문학'에 속할까? 만약 "당연히 한국문학이지"라고 대답한다면 현재 옌볜에서 활동 중인 조선인 문학가들의 작품은 모두 '한국문학'에 속하는지 되물어야 할 것이다. 이 점만 보아도 이미 '한국문학'이라는 호칭에 모순과 한계가 있다고 생각한다. 바꾸어 말하자면, 분단과 이산이라는 현실을 살고 있는 조선 민족의 문학을 '한국'이라는 한 국가에 한정 지어 이야기하는 것은 불가능하다는 말이다.

윤동주의 시 「별 헤는 밤」은, 간도에서 책상을 마주했던 '이국의 소녀'들에 대한 추억이나 '라이너 마리아 릴케, 프랑시스 잠' 등 서양의 시인들에 대한 동경과 함께 일제에 강요당한 창씨개명에 대한 저항과 열린 세계를 향한 갈망을 노래한다.

윤동주가 한국에서 많이 읽힌다는 의미에서는 '한국문학'이지만, 동시에 '중국 문학'이기도 하고, '조선민주주의인민공화국 문학'이기도 하며, 생각하기에 따라서는 '일본 문학'일 수조차 있다고 나는 생각한다.

그렇다고 윤동주의 작품이, 근대 이후 경험한 식민지 지배, 분단, 이산이라는 우리 민족의 역사와 무관하다는 얘기는 아니다. 오히려 그러한 역사를 살아온 사람들의 고뇌와 동경을 잘 표현했다는 점은 더 말할 필요도 없다. 그렇다면 오히려 '한국'이라는 국가의 틀을 넘어선 조선 민족의 문학이라는 의미에서 '민족 문학'이라고 부르는 편이 적절할 것 같다. 요컨대 나는, 근대 이후 조선 민족의 경험에 뿌리내린 문학을 널리 시야에 담는다는 의미에서 '민족 문학'이라는 개념은 여전히 유효하다고 생각한다.

그것은 팔레스타인의 작가이자 해방운동 대변인이었던 갓산 카나파니(Ghassan Kanafani)라든가, 마찬가지로 팔레스타인의 위대한 저항 시인 마흐무드 다르위시(Mahmoud Darwish)의 문학을 '이스라엘 문학', '요르단 문학', '레바논 문학' 등으로 불러서는 안 되는 것과 같은 이유다.

근대 조선 민족의 경험은 한국이라는 한 나라에 수렴되는 것이
아니며, 수렴시켜서도 안 되기 때문이다.

나는 1970년대부터 1980년대에 걸쳐 김학현 선생의 일본어 번
역 덕분에 당시 한국의 '민족 문학론'을 접할 수 있었다. 그 가운데 잊
히지 않을 정도로 크게 영향을 받은 것은 백낙청 선생의 〈한국문학과
제3세계 문학의 사명〉이라는 강연(1979년)이다. 이 강연은 일본에서
발행된 『제삼세계와 민중문학(第三世界と民衆文学)』(社会評論社, 1981)이
라는 논집에도 들어 있다. 이를 실마리 삼아 읽었던 몇몇 작품으로 인
해 재일조선인 2세인 나, 즉 당시 조선어를 읽지 못하고 한국에 살고
있지 않으며 한국문학 시장과도 인연이 없던 내가, 자신의 민족적 아
이덴티티(identity)°에 관해 깊이 생각할 수 있는 중대한 단서를 얻은
것이다. 그것은 '한국문학'이 협소하게 닫힌 개념이 아니라, 오히려
'제삼세계적 자기 인식'에 의해 세계적 보편성을 향해 열려 있었기
때문에 가능했다.

물론 그 후 상황은 크게 변했다. 당시엔 한국이 제삼세계의 일원
이라는 인식이 꽤나 자연스러웠지만 지금은 그렇지 않을 것이다. 따
라서 '한국', '민족', '제삼세계'를 안이하게 등식으로 연결하는 식의
논법은 현재 시대착오적이고 위험하다고까지 할 수 있다.

나는 김지하 시인이나 일부 민중신학에서 보이는 이러한 경향을
졸저에서 비판한 적이 있다(「재일조선
인은 민중인가 - 한국 민중신학에 던지는 질

° '정체성'이라는 번역어는
부적절하다고 생각하여 영어 그대로
둔다. (지은이)

문」, 『난민과 국민 사이』, 이규수·임성모 옮김, 돌베개, 2006). 간략히 말하자면, 김지하의 「타는 목마름으로」는 세계적 보편성을 향해 열려 있으나 『대설 남』은 그렇지 않다고 생각한다.

하지만 위에서 말했듯 '한국', '민족', '제삼세계'라는 삼자를 연결하는 등식이 더 이상 성립하지 않는다고 하더라도, 그것이 당시 '민족 문학'이라는 용어가 담당하던 보편성에 대한 지향마저 버려 마땅하다는 이야기는 아니다. 더구나 '한국'이라는 한 국가로 수렴되어야 한다는 결론에 이르지도 않을 것이다. 오히려 그 후 무엇이 변했고 무엇이 변하지 않았는지를 엄밀하게 확인하는 과정을 거쳐 새로운 의미에서 오늘날의 실정에 맞는 '민족 문학' 개념을 구축해나가야 하지 않을까?

지금까지의 흐름을 보면 알 수 있듯 나는 '문학'을 특정 '국가'와 연결해서 논하는 것은 문제가 있다고 생각한다.

물론 근대라는 시대는 국민국가 형성의 시대이고 '문학'은 어쩔 수 없이 국가 형성과 불가분의 관계를 지녔다. 특히 '근대문학'은 '국민문학'으로서 국민의식의 형성과 함양, 많은 경우 그것의 강요에 커다란 역할을 감당해왔다.°

물론 근대 제국주의 국가에서의 '문학'과, 그에 저항하면서 해방과 독립을 희구하는 민족에 있어서의 문학을 일률적으로 논하고, 이들을 한꺼번에 부정하는 것은 반역사

° 이 사실을 더없이 알기 쉽게 나타내주는 것이 알퐁스 도데(Alphonse Daudet)의 「마지막 수업」이며, 일본에서 그것을 수용하는 과정이다. (지은이)

적인 우행(愚行)이리라. 또한 한 나라 안에서도 서로 다른 지향성을 지닌 문학이 존재한다. 예를 들어 일본에서 나쓰메 소세키(夏目漱石)의 문학은 국민의식 형성에 크게 기여했다고 생각하는데, 이시카와 다쿠보쿠의 시는 나쓰메와는 반대 벡터(vector)의 국민의식, 말하자면 주류 국민의식에 대한 저항으로서 기능했다. 영국이나 프랑스 안에서도 서로 다르면서 상극하는 복수의 지향성이 존재한다. 이처럼 서로 다른 지향성의 차이나 투쟁에 주목하지 않고, 그것을 '일본 문학'이라느니 '영국 문학'이니 하는 하나의 국가명 아래 묶어버리지 않도록 신중을 기해야 할 것이다.

개인적 취향으로 말하자면 한용운의 시는 조선 민족의 민족의식 형성에 커다란 역할을 한 대표적인 문학이라고 생각한다. 중요한 것은 그 시에서(특히 「당신을 보았습니다」, p.117 참조), 근대국가인 일본에 의해 부정되고 능욕당하고 비국민화된 주체에 대해 노래하고 있다는 점이다. 다시 말해, 제국주의 국가의 '국민문학'과는 다르고 '비국민문학'이라는 경로를 거쳐 제국주의적 국가나 국민을 넘어선 존재로서의 새로운 주체를 찾고 있는 문학이라고 할 수 있다.

이러한 (제국주의적 보편성이 아닌) '또 하나의 보편성'은 카나파니나 다르위시의 작품에도 마찬가지로 눈에 띄는 점이다.

이러한 문학의 '보편성'을 특정 국가에 묶어둘 수는 없다. 윤동주든 한용운이든, 그 고투는 모든 억압당한 조선 민중을 위한 것이지, 한국이라는 국가를 위한 것은 아니었으리라. 이러한 '또 하나의 보편성'이 오늘날에도 과거와 같은 모습으로 존재하지는 않겠지만,

그렇다고 무의미해졌다거나 사라져버렸을 리도 없다.

'한국문학'이라는 용어가 안이한 단어라면 '세계문학'이라는 용어에도 의심을 품을 필요가 있다.

'세계문학'이란 무엇인가? '한국문학' 이외엔 모두 '세계문학'인가?

나는 일본에서 나고 자라 일본어를 모어로 삼고 있어서 환갑을 맞이하는 지금까지 주로 '일본 문학'을 읽어왔다. 그렇다면 '일본 문학'은 모조리 한국에서 보면 '세계문학'이고, 나는 '세계문학'을 읽어온 것일까?

또한 일본어로 쓰인 재일조선인 문학은 모두 '일본 문학'으로 분류되어야 할까? 나, 서경식의 작품은 '일본 문학'이고, 한국 사람들이 보기에 '외국 문학'인가? 영어, 중국어, 러시아어, 독일어, 기타 이산 조선인들이 쓴 작품은 각각의 국민문학일 뿐일까?

동유럽 출신 유대인이자 나치즘의 희생자인 시인 파울 첼란(Paul Celan)이 독일어로 작품을 썼다는 이유만으로 '독일 시인'이라 분류해버리는 것은 비상식적인 폭력일 것이다. 이처럼 '분류'는 '언어 내셔널리즘', '국가주의', '상업주의'와 결탁한 폭력에 불과하다. 오늘날 보편적이고자 하는 문학은 이러한 장벽에 과감하게 싸움을 걸어야 한다. 우리는 자신이 서 있는 현장에서 '세계문학'을 생산하기 위한 노력과, 다른 현장에서 '세계문학'을 찾아내고 보급하려는 노력을 동시에 해야만 한다.

'문학'이 지닌 한계성과 보편성

'문학'이라는 것이 지닌 숙명적인 한계성(먼 미래에는 극복 가능하다고 생각하지만)이 바로 언어의 장벽이라는 것에 이견은 없을 것이다. 그렇다면 언어의 장벽을 넘어 여러 나라에서 널리 읽히는 작품이 '세계문학'일까? 그렇다면 현대의 대표적 '세계문학'은 『해리 포터』일 것이다. '세계문학'에도 무언가 보편성이 있다면, 그것은 글로벌한 상업주의의 보편성이리라. 하지만 이는 우리가 여기서 논의할 보편성과는 사뭇 다르다.

'프롤레타리아 국제주의'나 '민족 해방 투쟁'이라는 보편성이 이제 완전히 무의미해졌다고는 생각하지 않지만, 그렇다고 여전히 예전 그대로 통용된다고 여기는 것은 지나치게 순진한 발상이다. 현대 세계를 글로벌 자본주의가 석권하고 있는 와중에 인간 해방을 위한 대안이 없다면, 이러한 자본주의의 보편성에 저항하는 쪽의 세계적 보편성을 찾아야만 한다. 이는 반드시 존재할 것이다. 이것이야말로 현대의 세계문학에 요구해야 할 보편성이다.

내가 카나파니의 작품을 접한 것은 사실 1970년대 민주화운동에 앞장서 싸우던 이들 덕분이다. 처음 일본에 소개된 카나파니의 작품은 1974년에 도쿄에서 간행된 『현대 아랍 문학선(現代アラブ文學選)』(創樹社)이었다. 그 당시 나는 대학생이었으나 이 책을 몰랐다. 그로부터 7년 후인 1981년, 한국의 『제삼세계 민중문학』이라는 책이 일본에서 번역·발행되었는데, 여기 실린 백낙청 선생의 논문을 읽고 처음으

로 카나파니라는 문학가의 존재를 알게 되었다. 그 논문에 따르면 백낙청 선생 등은 당시 일본에서 발간된『현대 아랍 문학선』을 읽고 카나파니 등의 아랍 문학에 주목했다고 한다. 그 과정에서 한국의 민주화 투쟁과 팔레스타인 해방 투쟁의 보편적인 동시대성에 눈을 떴으며, 한국인들이 '제삼세계적 자기인식'을 갖는 것이 중요하다고 강조했다.

더없이 험악했던 한국의 유신독재시대에 일본 사회에서 지내던 나는, 한국 민주화 투쟁의 승리를 간절히 원하는 한편, 그 투쟁에 구체적으로 참여할 수 없다는 사실에 안타까워하고 있었다. 또한 힘든 투쟁에 참여하지 못하는 내가, 스스로 그들과 마찬가지로 '우리'의 일원이라 말할 자격이 있는지 고민하기도 했다. 그러한 내가 카나파니의 문학이라는 '제3항'을 설정함으로써 한국에서 투쟁하는 이들과 나 자신과의 관계에 대해서 나름의 안정된 시각을 얻을 수 있었던 것이다. 재일조선인인 나, 한국에서 민주화를 위해서 싸우는 이들, 팔레스타인 사람……. 우리는 서로 이렇게나 멀리 떨어져 있다. 쉽게 만나지는 못할 것이다. 하지만 우리를 격리하고 있는 것이 근대 식민지주의자들이 자의적으로 그어놓은 경계선인 이상, 식민지주의와의 부단한 투쟁 과정에서, 또한 그것을 통해서만 우리는 서로 만나고, 새로운 차원의 '우리'를 향해 자기의식을 발전시킬 수 있다. 여기서 '우리'라는 말은 '보편성'이라고 바꿔 말할 수 있을 것이다.

이러한 의미에서의 세계문학은, 물론『해리 포터』처럼 세계 각국에서 막대하게 보급된다는 의미는 아니다. 오히려 이런 작품을 쓰는 작가는 심심찮게 국가로부터 억압받으며, 그의 작품을 번역·출판해줄 출판사는 거의 없다. 요컨대 언어, 상업주의, 국가주의의 장벽이 그러한 세계문학의 보급을 저해하는 것이 현실이다.

하지만 참으로 뛰어난 세계문학, 즉 오늘날의 세계가 찾고 있는 새로운 보편성을 지닌 문학이라면, 이런 장벽을 넘어 타자에게 전달될 가능성이 있다. 일찍이 카나파니의 문학이 머나먼 동아시아에까지 와 닿아 큰 시사점과 자극을 주었던 것처럼.

그러기 위해 작가는 물론 번역자, 연구자, 출판인 등을 포함한 '문학에 관련된 이들'의 높은 뜻과 각별한 노력이 필요하다. 오늘날 문학가들은 과거의 '보편성'을 그대로 앵무새처럼 반복해서도, 자본의 세계화에 몸을 맡기고 떠내려가서도 안 된다. 자신이 몸담은 현장에서 '새로운 보편성'을 발견하고 문학작품으로 형상화해야 한다.

앞서 말했듯 나는 '한국문학'의 좋은 독자는 아니다. 따라서 오늘날의 '세계문학'이라 부를 만한 수준의 작품이 있는지에 대해 자신 있게 말할 수 없다. 하지만 조선 민족의 삶의 현장이 식민지 지배, 분단, 이산을 경험한 자들의 삶터라는 사실만으로도 '세계문학'이 나타날 잠재력은 충분하다고 본다. 왜냐하면 조선 민족의 경험은 20세기 이후의 인류적 경험이 집약된 것이기 때문이다. 이러한 현장에 철저하게 뿌리박고 인간 해방이라는 과제를 더욱 깊이 추구해나가다 보면 필연적으로 세계적 보편성을 띠게 될 것이다.

지금 '조선 민족의 삶의 현장'이라고 했는데, 나는 이를 굳이 지리적, 공간적인 의미에서 말한 것은 아니다. 조선 민족 가운데 오륙백만 명이나 되는 구성원이 디아스포라로서 이산되어 있다. 이산 조선인의 삶의 현장은 '한국'이 아니므로 그들의 문학은 좁은 의미에서 '한국문학'이 아니다. 드물지 않게 그들의 모어는 (나 자신이 그러하듯) 이미 한국어(조선어)가 아니다. 하지만 그들의 삶이 근대 조선 민족의 경험과 깊숙이 연결된 이상, 그들의 문학은 (종래와 같은 의미는 아닐지라도) '민족 문학'의 일부이며, 동시에 전 세계 디아스포라들의 경험과 통한다는 의미에서 '세계문학'으로서의 보편성을 띤다.

내가 시사하는 ('꿈꾸는'이라고 정직하게 말해야 할까?) '새로운 민족'이란 '디아스포라'를 평등한 구성원으로 맞이하는 열린 공동체이다.

여기서 사용하는 '민족'이라는 용어가 이미 사용 기한이 지나 그 용어를 쓰는 쪽의 폐해가 크다면, '우리'에 해당하는 다른 용어, 즉 새로운 시대 인식을 공유할 수 있는 용어를 찾아 더욱더 고민해야 한다. '민족 문학'을 통해 앞으로 나아가야지 '한국문학'으로 후퇴해서는 안 된다.

마지막으로 이와 같은 나의 비전('환상'이기도 하고 '전망'이기도 하다)을 전하기 위해서 졸저 『디아스포라 기행』(김혜신 옮김, 돌베개, 2006) 서문에서 짤막하게 인용함을 양해해주기 바란다.

디아스포라에게 '조국'은 향수 속에 있는 것이 아니다. '조국'이란 국경에 둘러싸인 영역이 아니다. '혈통'과 '문화'의 연속성이라는 관념으로 굳어버린 공동체가 아니다. 그것은 식민지배와 인종차별이 강요하는 모든 부조리가 일어나서는 안 되는 곳을 의미한다. 우리 디아스포라들은 근대 국민국가를 넘어선 저편에서 '진정한 조국'을 찾고 있는 것이다.

5장

경계를 넘은 자의 모어와 읽고 쓰기

어느 재일조선인 1세 여성의 경험에서

이 글은 원래 다나카 노조무(田中望) 등이 편저한 『살아갈 힘을 기르는 말 — 언어적 마이너리티가 '목소리를 갖기' 위하여(生きる力をつちかう言葉—言語的マイノリティが"聲を持つ"ために)』(大修館書店, 2012)에 수록된 인터뷰 「경계를 넘은 자의 모어와 읽고 쓰기(越境者にとっての母語と讀み書き)」(2003년 6월 19일, 릿쿄 대학)이다. 이를 대폭 가필하여 부산대학 인문학연구소 주최 학술강연회(2012년 6월 7일)의 강연 초고로 삼았다. 이번에 이 책에 담으면서 다시 한 번 가필했다.

어머니가 남긴 노트

재일조선인 1세 여성인 오기순(吳己順)을 예로 들어, 식민지주의와 언어 교육의 문제점을 살펴보기로 하자.

오기순은 1920년대 초반에 조선의 충청남도에서 태어나 1928년에 일본으로 건너왔다. 자녀들 가운데 둘은 훗날 한국에 모국 유학을 갔다가 정치범으로 투옥당해 각각 19년과 17년의 옥살이를 마친 서승과 서준식이다.

오기순은 아들들의 출옥을 보지 못한 채 1980년 일본 교토 시에서 세상을 떠났다. 그 후 추도문집간행위원회가 펴낸 『아침을 보지 못하고(朝を見ることなく)』(現代教養文庫, 1981)라는 책에 오기순의 넷째 아들인 나, 서경식이 쓴 「죽은 자의 짐을 풀어주기 위하여(死者の重荷を解くために)」라는 추도사가 실렸다. 거기에 이 글의 주제와 관련된 문장이 있어 소개한다.

여기 노트 한 권이 있다. 첫 페이지에는 '오기순'이라는 세 글자가, 다음 페이지에는 우리 집 주소가 한 면 가득 빼곡히 거듭 쓰였다. 힘차게 눌러쓴 진한 글자. 말 안 듣는 소학생 같은 글자. 어떤 페이지엔 히라

가나 50음, 다른 페이지엔 鯛, 鱈, 鰯, 鯖 등 고기 어(魚)가 붙는 온갖 한자. 또 다른 곳엔 〈꽃조개의 노래(さくら貝の歌)〉라든가 〈야자열매(椰子の實)〉 같은, 좋아하던 노래 가사. 온갖 것들이 빽빽하게 채워져 있다. 형들이 투옥되고 나서 어머니는 혼자 글자 연습을 시작했다. 쉰 살이었다. 그 나이까지 어머니가 글을 쓸 줄 몰랐던 것에는 충분한 배경과 이유가 있다. 그 나이가 되어 온 힘을 다해 글자를 익히기 시작한 것엔 더욱 사무치는, 더 큰 이유가 있다. 형들이 보고 싶어 한국을 한 번씩 왕래하려면, 공항 의 통관 절차, 호텔 투숙, 감옥의 면회 신청, 차입 등 최소한 이름과 주소 를 써야만 했기 때문이다. 갇혀 있는 아들들을 위한 어머니의 투쟁에는 이런 일까지 포함되어 있었다. 어머니의 투쟁은 이렇게 까마득하고 기 가 막힐 일에서부터 시작되었다.

나는 여기서 "그 나이까지 어머니가 글을 쓸 줄 몰랐던 것에는 충분한 배경과 이유가 있다"라고 지적하는 데 그쳤다. 그 후 오기순 은 어려운 상황 속에서 간단한 글자를 익히긴 했지만, 결국 마지막까 지 참으로 자기 생각을 스스로 '쓴다'고 하는 데까지는 다다르지 못 했다. 일반인은 이러한 '쓰기 능력'을 학교 교육을 통해 극히 자연스 럽게 익힌다. 오기순은 그녀 세대 대다수 조선인 여성들과 마찬가지 로, 정식으로 학교에서 공부할 기회를 평생 얻지 못했다.

또 하나 소개해두고 싶은 것은 서준식의 『서준식 옥중서한 1971-1988』의 한 부분이다. 서준식은 옥중에서 사촌에게 보낸 편지 에 이렇게 썼다.

내가 어렸을 때, 어머니께서 잠시 집 근처의 천주교회 야학에 나가신 일이 있었다. 그러나 5남매를 키우면서 집에서 하는 가내공업까지 꾸려야 했던 어머니께 야학은 너무 벅찼을 것이다. 며칠 나가시고는 중단하고, 또 며칠 나가시고 중단하고……. 그리하여 결국은 '가갸거겨'에서 한 발짝도 벗어나지 못하셨던 것이다. 야학에서 돌아오시면, 어머니께서는 노트를 펴놓고 복습을 하셨다. 몽당연필을 쥐던 그 큼직한 손이 나의 눈에 어찌나 어색했던지!

서울구치소에 있을 때 어머니께서는 혼자서 면회를 다니셨다. 다른 사람은 거의 면회가 허락되지 않았던 것이다. 하루는 메모를 못하는 어머니께 보고 싶은 책을 부탁할 수 없어 짜증을 낸 적이 있다. 그랬더니 어머니께서는 다음날 접견실에서 돋보기를 쓰신 다음 수첩을 펴고 어색하게 볼펜을 쥐시면서 어디 한번 보고 싶은 책 이름을 불러보라 하셨다. 나는 뭉클해지는 가슴을 누르고 여러 번 천천히 책명을 불렀고, 어머니께서는 생각 생각하며 그것을 적으려 하셨지만 결국 끝까지 못 적으신 채 면회시간이 끝나버렸다. 나는 죽고 싶은 마음으로 감방에 돌아와 시멘트 벽에다가 여러 번 대가리를 들이받았다. 얼마나 안타까우셨겠는가! 배우지 못한 것이 얼마나 서러우셨겠는가!

형무소 당국은 정치범을 전향시키려고 가족들을 압박했다. 오기순 역시 5분이나 10분 정도의 면회를 하기 전에 반드시 교무과장이니 교도관이 집요하게 늘어놓는 설교를 들어야만 했다.

"전향하라고 해요. 안 그럴 거면 면회 안 시킵니다. 왜 울지 않는 거야? 다른 엄마들은 다들 울던데. 울면서 아들한테 매달려서 전향을 시켜야지!"

오기순은 언제나 이렇게 대답했다.

"나는 학교엘 못 다녀서 전향이 뭔지도 잘 모릅니다."

그리고 면회 허가를 받으면 아들들에게 이렇게 말했다.

"이 사람들이 전향을 권하라고 하는데, 나는 모르니까 스스로 옳다고 생각하는 대로 하면 돼. 다만 다른 사람을 배신하는 더러운 인간이 되는 것만은 안 된다."

교육을 받았으며 물론 글을 읽고 쓸 수 있는 아들로서, 어머니에게 그런 일을 겪게 해버린 것을 서준식은 몹시 자책하고 있다. 나 역시 어머니에 관해 이야기하는 것, 어머니가 읽고 쓸 줄 몰랐다고 말하는 것은 어릴 때나 지금이나 변함없이 일종의 '고역'이다.

앞서 인용했던 「죽은 자의 짐을 풀어주기 위하여」와 형의 옥중 서한은 모두 한국 군사정권 시대에 형들이 정치범으로 투옥되었을 때 쓴 것이다. 그 속에는 일종의 내면적 갈등, 즉 어머니 세대를 딛고 서서 지식이나 언어라는 권력을 손에 넣었다는 의식에서 유래한 갈등이 있다. 내 딴에는 형들을 구출하기 위해 지식이나 언어를 구사한 것이지만 말이다. 이러한 갈등을 글에 적나라하게 드러내는 데 성공했는지에 관해서는 반성할 부분도 있으리라.

어머니가 쉰 살이 넘어 혼자서 글자(일본어)를 연습하기 위해 사용한 노트는 어머니 사후 30년 이상이 지난 지금도 내가 보관하고 있다. 이 노트를 처음 본 것은 어머니가 돌아가시기 몇 해 전이었다. 1970년대 중반부터 어머니는 조금씩 혼자서 글자 연습을 했으니, 어머니가 돌아가신 다음 발견한 것은 아니다. 나는 이부자리에 엎드린 어머니가 연필심에 침을 발라가며 노트에 뭔가를 쓰고 있을 때, 그 옆에서 시간을 보냈다.

어머니가 글을 읽고 쓰지 못한다는 사실을, 나는 소학교 때부터 눈치채고 있었다. 하지만 읽고 쓰지 못한다는 것을 당신 입으로 직접 들은 것은 훨씬 나중 일이었다. 어머니는 아들인 나조차도 모르도록 그 사실을 감추었다.

중학교 수험을 위한 조사서 비슷한 것에 '부모의 학력'이라는 칸이 있었다. 그걸 쓸 때, 아버지는 '고등소학교 중퇴'라고 썼지만 어머니 칸은 채우지 못했다. 다른 집이라면 이런 서류를 어머니가 작성하는 것이 보통이었지만, 우리 집에서는 어머니에게 물어가며 아이들 스스로 작성했다. 그럴 때 어머니는 당신이 서류에 기입하지 못하는 것은 노안 때문에 눈이 잘 보이지 않아서라고 말했다. 너희를 낳고 영양분을 전부 빼앗기는 바람에 이도 일찌감치 빠지고 눈도 잘 안 보이게 되었다, 그러니 너희가 써라, 하면서.

그래서 어머니에게 물어가며 쓰려고 해도, 우선 생년월일부터 "술년(戌年, 개띠 해)이야" 하고, '다이쇼(大正)° 몇 년······' 하는 그 '다이쇼' 쪽은 언제나 긴가민가하는 것이다. 물론 서력 따위 알 리가 없다. 술년

° 1912년부터 1926년까지의 일본 연호.

은 1922년이지만, 외국인 등록에는 1920년으로 기재되어 있으니 어느 쪽이 맞는지도 알 수 없었다.

그리고 '부모의 학력'에 이르면 "소학교라고 해두렴"이 되는 것이다.

"해두렴"이라는 게 무슨 말인가? 어딘지 수상쩍고 무언가 의심스러운 떨떠름한 느낌이었다.

소학교 시절에는 "다음 가정 시간엔 걸레를 만들 테니 헌 헝겊을 보내주십시오" 등의 여러 가지 통지가 부모님 앞으로 온다. 그것을 어머니는 못 읽는 것이다. 하지만 어머니는 "못 읽겠다"라고는 하지 않고 "거기 놔두렴" 한다. 그러니 나로서는 읽었으리라 생각하지만, 실은 읽지 않은 것이다. 그런 탓에 나는 늘 준비물을 잊어버리는 학생이었다. 급식비나 수학여행비 같은 것들의 기한도 못 지켰다. 어머니가 글을 몰라 통지 내용을 모르는 까닭에 제대로 챙기지 못했으니 말이다.

소학교 선생님에게 너는 왜 그렇게 만날 잊어버리느냐고 꾸중을 들었다. 아마도 나는 어머니가 글을 몰라서라는 사실을 이미 소학교 때 눈치챘으리라. 하지만 그 사실을 확인하는 것은 역시 두려웠다. 선생님에겐 아무 소리도 못 하고 고개를 떨군 채 울먹이던 경험이 있다. 단호하게 현실을 직시하고 어머니의 '학력' 칸에 '없음'이라고 쓸 수 있게 된 것은 중학교에 들어가고 나서였다.

어머니 앞을 막아선 네 개의 벽

이 문제를 생각할 때는 보조선을 적어도 한 줄 그어야만 한다. 여성 차별과 빈곤이라는 이유로 읽고 쓰지 못한다는 사실 말고도, 식민지 지배나 한일 관계 등 여러 층위의 이유가 있다는 뜻이다.

후자에 관해 말해보겠다. 1965년 한일조약이 체결되어 일본과 한국 사이를 오갈 수 있게 되었다. 그것이 마침 나의 중학 시절과 겹친다. 훗날 투옥당한 형들 역시 한국에 유학했다. 그러면서 자신들의 역사를 조금씩 알게 되었다. 어머니 세대의 재일조선인 여성들은 교육받을 기회가 없었다는 사실 또한, 시대 상황에 비추어 보면 일반적인 일이었으므로 이를 지나치게 수치스러워하는 정신 상태 자체가 잘못된 것 아닐까 하는 생각을 그 무렵부터 하게 되었다.

재일조선인 여성 사회학자 정영혜 씨는 도쿄에 사는 그녀의 할머니에게 도착하는 구청의 온갖 서류를 모두 읽어 드린다고 한다. 그리고 서류 중에서 필요 없다 싶은 것은 일단 전부 버린단다. 버리지 않고 그냥 두면 뭔가 중요한 것이 적혀 있지 않을까 싶어 나중에 걱정하시니, 일단 읽어드리고 당신에게 관계없다 싶은 것은 남겨두지 않고 모조리 그 자리에서 버린다는 것이다.

어린 시절 이야기를 하자면, 우리 집은 형제가 많은 데다가 나는 툭하면 아팠고 형은 꽤나 개구쟁이여서 병원 신세를 지는 일이 많았다. 당시, 즉 1950년대부터 1960년대 후반, 재일조선인은 일본 국민 건강보험에 가입할 수 없었으며, 진료비를 100퍼센트 자비 부담해야

했다. 게다가 병원에 가면 진료신청서를 써야만 한다. 그런데 어머니는 쓸 수 없는 것이다. 늘 어머니가 "눈이 잘 안 보이니 좀 써줘요" 하며 간호사에게 용지를 건네는 것을 보고 어린 나는 '왜 저러시지?' 하는 의문을 느끼곤 했다.

부모 자식 사이에서도 '아아, 그렇구나, 엄마는 읽고 쓸 줄 모르는구나' 하고 알아채기까지는 상당한 시간과 경험이 필요했고, 더 나아가 그 이유와 배경을 나름대로 이해하는 데는 한층 더 많은 시간과 경험이 필요했다.

나눔의 집에 계시는 일본군 '위안부' 할머니들은 한글을 제대로 쓰지 못하는 분이 많다. 그런데 나눔의 집에 서 있는, 돌아가신 강덕경 할머니의 추모비에는 다른 할머니(아마도 김순덕 씨)가 쓴, 강덕경 할머니를 추모하는 글이 새겨져 있다. 하지만 거기 쓰인 글자는 틀린 글자다. 글자의 획이 하나 모자란다. 틀린 상태 그대로 새겨놓은 것이다. 그것은 어떤 의미에서 멋진 일이라고 생각한다.

그분들이 교육을 받아야 할 시기에 계급적 의미에서 가난했다는 것, 게다가 여자는 학교 따위 안 가도 된다는 여성 차별이 당연한 시대였다는 사실 등을 웅변하는 비석인 것이다. 물론 교육받지 못하고 제대로 읽고 쓰지 못한다는 것은 어머니를 포함한 많은 여성들에게 평생의 회한이지만…….

일본이 조선을 식민지 지배하던 시대였기에 근대적인 학교 제도 또한 식민 통치의 일환으로 도입되었다. '국어'는 일본어였다. 조선어는 1930년대 중반까지 제2외국어 위치였다. 그러니 학교에 다녔다고 한들 한글을 배울 기회가 많지는 않았을 것이다. 더구나 일본에서는 잘 인식하지 못하고 있지만, 조선에서의 이른바 근대적 학교 제도는 의무교육이 아니었다. 꽤나 교육열이 높은 부모가 남자아이를 우선적으로 학교에 보내는 경우가 많았다. 남성이라도 취학률은 식민지 시대 마지막 무렵에도 2할에서 3할 정도였다. 여성의 취학률은 더욱 낮았을 것이다.

나아가 더욱 중요한 점은 이런 상황이 일본에서도 마찬가지였다는 사실이다. 요컨대 일본(내지)에서 생활하는 조선인도 의무교육 대상 밖에 있었던 것이다.

내 어머니의 아버지, 즉 나의 외할아버지는 1928년 홀로 일본에 왔다. 이후 외할머니가 아직 대여섯 살이었던 어머니를 데리고 일본으로 건너왔다. 일본에 오면 학교에 갈 수 있었느냐 하면, 그건 아니었다. 일본 아이들은 의무교육제였으니 취학 연령이 되면 구청에서 취학통지서가 오지만, 조선인은 그렇지 않다. 조선 반도에 있는 경우와 동일한 법적 취급을 받는다. 조선인의 경우엔 부모가 자식을 일부러 학교로 데려가 교장에게 부탁하여 허가를 받아야 학교에 다닐 수 있었다. 부모들 또한 평범한 조선 서민이다. 일본어도 잘 못한다. 굳이 학교까지 찾아가서 거들먹거리고 앉아 있는 일본인 교장에게 부탁을 하는 것은 무척 어려운 일이었을 것이다.

이처럼 젠더(가부장제), 경제(빈곤), 민족(식민지 지배), 정치 등 네 단계 정도의 장벽에 가로막혀 어머니 세대 조선인 여성은 교육의 기회로부터 멀리 떨어져 있을 수밖에 없었다.

이러한 구조와 이유를 이해하면서 어머니가 읽고 쓰지 못한다는 사실을 받아들일 수 있게 되었다. 개인의 능력 문제 등이 아니라, 커다란 역사나 사회구조의 반영임을 깨닫게 된 것이다.

하지만 일본 사회에서 평범하게 살다 보면 현실에선 오히려 구조적 문제를 깨닫기 힘들다. 주변 사람들 가운데 어머니에게 친절한 이들도 일종의 '연민'으로 접할 뿐이어서, 때로는 모욕적인 경험을 할 수밖에 없다. 나 역시 철이 들 무렵까지 깨닫지 못했다.

배움의 원동력

내가 진학한 중학교는 교토 교육대학 부속 중학교였다. 주변 학생들의 가정은 대부분 중산층 이상이었다. 대학교수, 의사, 혹은 몇 대를 이어온 상점 같은 가정의 아이들이 모인 학교에 다니게 된 것이다. 거기서 다시 이율배반적인 경험을 했다. 학부모 회의나 부모 모임에서 역시 우리 어머니 혼자 조금 다른 존재였다. 어머니는 그런 자리에 거의 얼굴을 내밀지 않았고, 어쩌다 오면 이질적 존재로 취급당했다. 다만 다행스러운 점은, 그런 자리에서 어머니 스스로 비굴한 태도를 보인 적은 전혀 없다는 사실이었다. 이것은 어머니가 지닌 훌륭한 개인적 자질이라 생각한다. 이것이 우리를 구했다.

실은 형들이 아직 옥중에 있을 때 어머니가 암에 걸렸고, 반년 정도의 시간이 남았다는 의사의 선고를 받았다. 나는 어머니가 세상을 떠나실 것을 각오하고, 추후 『아침을 보지 못하고』에 실린 어머니의 인터뷰를 계획했다. 잘 아는 신문기자에게 나는 인터뷰라는 형태로 기록을 남겨달라고 부탁했다. 그리고 인터뷰가 진행되는 동안 나도 내내 곁을 지켰다.

물론 옥중의 형들을 돕는 일에 보탬이 되고 싶다는 마음도 있었지만, 당신 인생에 관한 기록을 말이라는 형식으로밖에 남길 수 없는 어머니의, 바로 그 기록을 어떻게든 남기고 싶다는 확실한 의지가 있었다.

그 책에 쓴 것처럼 어머니는 스스로 글자 연습을 시작했다. 어머니는 젊은 시절, 성당에서 글자를 조금 배운 적이 있었다. 하지만 그것은 '아, 이, 우, 에, 오' 단계에 불과했고 생활에 쫓기느라 거기서 더 나아갈 수 없었다.

그런데 두 아들이 투옥되고 당신은 쉰 살을 넘긴 이 시기에는 스스로 이름과 주소를 쓸 수 있게 되었고, 최종적으로는 어린이용 책을 읽을 수 있는 수준까지 올라섰다. 물론 필요에 의해 어쩔 수 없이 했다지만, 학습에 대한 강한 동기가 있었기에 가능했다고 본다.

처음에 두 아들을 면회하고 물건을 차입하기 위해 한국에 다니면서 본인의 이름이나 주소를 쓸 수 없어 얼마나 답답하고 안타깝고 슬펐을까? 이는 쉽게 상상해볼 수 있다. 예를 들어 해외여행 중 입국 카드를 쓰라는 요구를 받았는데 못 쓴다거나, 호텔에서 숙박 카드를 못 쓴다거나, 청구서나 영수증을 읽지 못한다거나, 탈것들의 행선지를 읽을 수 없다거나, 표를 사지 못하는 상황을 상상해보면 된다.

나 역시 서승 형이 수감 중일 때 면회를 간 적이 있는데, 형무소라는 곳은 철두철미하게 관료주의라 무엇을 하든 신청서를 써야 했다. 고생해서 신청서를 써봤자 반나절을 기다리든, 온종일을 기다리든, 사흘간을 쫓아다니든, 어쨌든 안 된다면 안 되는 곳이다. 이런 처지에 처한 어머니는 정말로 슬프고 억울했을 것이다. 이 슬픔과 억울함이 분명 학습의 원동력이 되었으리라.

어머니를 떠올릴 때마다 훌륭한 분이었다고 느끼는 대목은, 실질적인 필요성을 넘어선 지점의 문턱 가까이까지 스스로 나아갔다는 점이다.

어린 시절, 부모님은 여하간 늘 책을 읽으라고 말씀하셨다. 어머니는 전혀 교육을 받지 못했고 아버지 역시 거의 받지 못했다. 그럼에도 불구하고, 혹은 그랬기에 더욱 아이들에게 독서를 요구했고, 책만 보고 있으면 기뻐하셨다. 마이너리티인 부모님은 다음 세대인 자식들이 조금이라도 나은 생활을 영위하기 위한 기틀을 마련해주고자 교육을 결심하셨으리라. 이는 재일조선인뿐 아니라 온 세상 마이너리티의 공통적인 현상이다. 게다가 전근대 과거제도의 전통이 좋든 싫든 영향을 미치고 있는 탓인지, 조선 민족은 글자를 알고, 읽고 쓸 줄 아는 인물에 대한 존경심이 과도할 정도로 강한 듯하다.

여러 가지 이유로 우리 집엔 책이 많았다. 어머니가 준 용돈으로 사들인 것인데, 아마 어머니도 거기 뭐가 쓰여 있는지 자못 흥미를 느꼈으리라. 당신이 읽진 못하지만 아이들이 읽는 것을 기뻐했고, 나아가 언젠가는 스스로 읽고 싶다는 어렴풋한 희망을 품기도 했을 것이다.

그런데 그런 책을 읽은 결과, 어머니가 처음 상상했던 것과는 다른 비극적인 사태가 벌어지고 말았다. 아들들이 한국으로 유학을 떠나 이른바 일류학교라는 서울대학 법학부와 사회학과 대학원에 들어갔으니, 이 살기 고달픈 일본이 아니라 조국인 한국에서 출세하는 게 아닐까 생각했을 것이다. 그러나 결과는 정반대였다. 아들들은 정치범이 되었으며 투옥된 뒤에도 국가에 결코 고개를 숙이지 않는 비전향 정치범으로 남아 고생을 자청했다. 어머니는 어쩌다 이런 일이 일어났느냐며 처음엔 무척 탄식했고, 아무래도 너희에게 공부하라고 잔소리를 해댄 것이 잘못이었다며 땅을 치며 운 적도 있다.

하지만 이렇게 비탄에 빠진 것과는 다른 측면도 있었던 듯하다. 면회하거나 물건을 차입하기 위해 한국에 다니면서 어머니는 같은 처지에 처한 한국 국내 분들을 알게 되었다. 참으로 존경할 만한 사람들을 만난 것이다. 어머니의 시선으로는 어떻게 봐도 이분들이 아들을 잡아두고 있는 검사나 형무관, 정부의 정보기관원 따위보다 인간적으로 좋은 사람들이었다.

그러다 보니 아들들이 도대체 무슨 책을 읽었으며 어떤 생각을 했는지 알고 싶다는 마음이 점차 강해졌던 듯하다. 자연스럽게 우리 형제들이 어린 시절 집에 쌓아두고 읽던 책들을 당신도 읽어보고 싶다는 마음이 커갔을 것이다.

'배우지 못한' 것의 강함과 괴로움

젊은 시절부터 평생에 걸쳐 어머니 인생에 영향을 끼친 사건이 있다. 교육이 지닌 양면성을 드러내는 에피소드다.

전쟁 중, 젊은 부부였던 부모님은 교토 교외의 소작농으로 일했다. 농사를 지으면 징용에 끌려갈 가능성이 줄어든다는 것이 그 이유였다. 농사는 주로 어머니가 짓고, 아버지는 일본 전국을 돌아다니며 섬유제품의 중개인 같은 일을 했다. 그렇게 대가족을 먹여 살리고 있는데, 아버지에게 징용 영장이 나와버렸다. 그대로 징용을 가면 남은 여덟, 아홉 가족은 굶어 죽는다. 그래서 아버지는 행방불명 비슷한 방식으로 어떻게든 거기서 벗어나려 했다. 이는 당시 일반적인 일본 서민이라면 생각할 수 없는 일이었을 터이고, 설령 생각한다 하더라도 실행에는 옮기지는 못했으리라. 당연히 어머니가 관청이나 경찰서에 불려갔다. 어머니는 "남편이 사도가시마(佐渡島) 섬에 가더니 돌아오질 않는다"라고 우겨댔다. 연락이 왔는지 물어도 "글씨를 모르니 편지가 와도 읽지 못한다"라거나 "일본어를 잘 모른다"라는 등 능치고, 끝내는 바닥을 뒹굴며 울부짖는 방식으로 곤경을 모면했다고 한다. 물론 전쟁이 더 길어졌다면 호되게 당했을지도 모르지만, 1945년 8월에 전쟁이 끝나면서 무사히 빠져나왔다.

나는 곧잘 학생들에게 "어떻게 이런 일을 할 수 있었다고 생각하나?"라고 묻곤 한다. 부모님이 무슨 이데올로기라든가 무슨 주의에 따라 반전사상이니 항일 정신 같은 것을 지녔던 건 아니었다. 부모님

186

이 일본 군국주의에 대해 소극적 반항, 이른바 불복종을 실행할 수 있던 이유는, 한마디로 말하자면 교육을 받지 않았기 때문이다.

교육이 갖는 부정적 측면, 다시 말해 인민을 '국민'으로 편성하고 국가를 위해 동원한다는 기능에 부모님은 연관되지 않았다. 아니, 그러지 못했다. 그 덕분에 자신의 판단에 따라 불복종을 실행할 수 있었다. 어떤 의미에서는 국가를 대상화할 수 있었던 것이다.

인터뷰 중 "일본이 전쟁에 질 것 같다는 예감이 들었습니까?" 하는 기자의 질문에 "무슨, 그런. 전혀 생각할 여유가 없었지. 그렇지만 두 우덜은 내 일이 아닝게" 하고 어머니는 대답했다. "내 일이 아닝게(親身になってへん)"라는 말은 간사이(關西) 방언인데, 일본이라는 나라가 전쟁에 이기든 지든, 그것을 자기 일이라 느끼는 마음이 없었다는 뜻이다. 왜냐하면 교육을 받지 않았기 때문이다. 교육을 통해 '충실한 국민'으로 길러지는 과정에서 소외되었기 때문인 것이다.

식민지 지배와 전쟁의 시대를 그렇게 살아온 어머니인데, 자식이 조국으로 유학을 떠나더니 정치범이 되고 말았다. 먼 길을 기껏 면회하러 갔더니 이번엔 한국 정부가 전향을 시키라는 둥, 사상 전향을 하면 석방해줄 테니 사죄하도록 아들을 타이르라는 둥 요구하는 것이다. 어머니는 그에 대해서도 역시, 당신은 글을 못 읽는다든가 어려운 건 잘 모른다고 하며 저항할 수 있었다.

두 아들더러 "전향해버려라"라고 말하면 마음이 편해질지도 모르지만, 애써 그런 마음을 눌렀다. 참기도 하고 울기도 했다. 물론 쉬운 일은 아니었다. 그러나 어머니는, 최종적으로는 자식들이 스스로 부끄럽지 않은 판단을 하면 되는 것이고, 그것을 언제까지나 응원해 주고 싶다는 원점을 놓치지 않았다. 물론 어머니가 처음부터 국가를 상대화하는 시점을 획득하고 있었느냐 하면, 그건 아니다.

양면적인 이야기이지만, '배우지 못했다'는 것이 어머니의 강함을 담보하는 것과 동시에, '배우지 못했다'는 것 때문에 겪어야만 했던 온갖 고난과 괴로움도 당연히 있었다. 그 고난과 괴로움은 단순히 표를 산다든가 갖가지 신청서를 쓴다든가 하는 실용적 차원에 그치는 것이 아니다. 더욱 넓은 세계, 지식의 세계, 로고스의 세계, 그런 세계에 대해 어머니처럼 교육받지 못한 사람들은 관심이 없을까? 결코 그렇지 않다. 그런 세계로 나아가고 싶다거나 그런 세계에서 누군가 타자와 연결되고 싶다는 소망, 보편적인 것을 향한 희구와 같은 것도 동시에 지니고 있다.

어머니는 결국 신문의 헤드라인 정도는 읽을 수 있게 되었지만, 기사의 자세한 내용을 이해하는 데까지는 이르지 못했다. 스스로 글을 쓰며 문장으로 자신의 참된 목소리를 표현하는 일도 끝내 할 수 없었다.

풍성한 이야기를 떠받쳤던 민중적 네트워크

어머니는 '자신이 살고 있는 현실에 뿌리박은 목소리'를 스스로 적지는 못했다. 하지만 이야기는 더없이 유창하고 재미있었다. 이것을 일본인과 조선인의 민족성의 차이라고 해석하는 이도 있지만, 그렇게 분류하는 것은 조금 억지스럽지 않나 싶다.

구전이나 전승의 세계 배후에는 그들(이른바 '민중') 나름의 생활 세계가 있다. 이는 학교 교육이나 신문, 국가 등 소위 공식적인 것들과는 거리를 두고 중층화된 형태로 독자적 세계를 형성하고 있다.

예를 들어 '다노모시코(賴母子講)'라는 것이 있었다. 말하자면 재일조선인의 민중적 네트워크이다. 소액의 돈을 모아서 매달 한 번씩 모여 친목을 도모하고 정보를 교환한다. 이 자리에서 아들이나 딸들의 혼담이 성사되기도 한다. 일종의 풀뿌리 네트워크이다. 지금이야 이런 모임도 없어졌겠지만, 부모님 세대엔 활발했다. 앞서 전쟁 중에 아버지가 징용을 피했던 이야기를 했는데, 이렇게 행동할 수 있었던 원인 중에는 일반 일본인들이 모르는 재일조선인 민중적 네트워크도 한몫했을 것이다.

전쟁 중 일본 사회에는 '도나리구미(隣組)'°가 있어서 우리 어머니도 '똑, 똑, 또르르, 도나리구미(トン,トン,トンカラリンと隣組)'라는 노래를 흥얼거린 적이 있다. 어머니와 같은 재일조선인은, 겉으로는 일본인 사회에서 '도나리구미' 교류를 하면서 실제로는 조선인 민중의 네트워크에 연결되어 있는 식으로 이중성을 요령껏 발휘했으리라. 예를 들어 어떤 광산이나 공사 현장에서 조선인이 도망쳤을 때, 동향 사람이 그를 숨겨주는 식으로 기능했던 듯하다. 해방 이후 조선으로 건너갔다가 한국전쟁이 시작되자 다
시 일본으로 밀항해 되돌아오는 사람

○ 한국의 반상회와 비슷한 주민
모임. 이웃끼리 구성하여 국민 동원
시스템의 최말단을 이루는 조직.

이 상당수 있었는데, 이런 사람을 돕기도 했다. '재일조선인의 지하은행'이라고 하면 부정적인 이미지로 받아들이는 사람이 많을 것이다. 하지만 꼭 그런 것만은 아니다. 예를 들어 우리 할아버지는 해방된 다음 조선의 고향(충청남도)으로 돌아갔고, 아버지는 일본에 남아 일하면서 생활비를 송금했다. 이때 일본은 패전 후의 허허벌판이었고 조선은 정부조차 없는 상황이었으니 어떻게 송금을 했는지 의문스럽겠지만, 동향 사람들의 네트워크를 활용하면 가능했다. 귀향하는 사람 편에 돈을 맡기거나, 당사자에게 돈을 건네진 않지만 저쪽에서 자기 친척에게 돈을 주는 대신 이쪽에서 그 사람의 친척에게 돈을 주는 것 같은 방식이었다. 국가는 그런 상호부조 네트워크를 '지하은행'이라며 적발했다.

'다노모시코'는 여성만의 민중적 네트워크였다. 어머니들이나 할머니들이 모여 와자지껄 떠드는 그곳에는 풍요로운 이야기가 가득 차 있었다.

그리고 그와 같이 중층화된 공적 세계와 민중적 세계라는 두 가지 생활 세계는 단절되어 있다. '바깥'세상에서는 공식적인 것들에 맞춰야 한다. '바깥'밖에 모르는 인간은 중층화된 밑바닥 세계 이야기에는 생각이 미치지 못한다. 그 양자를 오가면서 연결한다는 건 대부분의 사람에게 불가능한 일이지만 우리 어머니는 그것을 연결하고자 하는 의식이 약간은 있었을지도 모른다.

어머니는 형들이 투옥된 후, 한국을 오가면서 신문사 특파원이나 인권운동 관계자들, 그 밖에도 온갖 사람들, 이런 사건만 아니라면 평생 만날 일 없을 이들과 교류하게 되었다. 다시 말하자면 공적 세계와의 접점이 생긴 것이다. 놀라운 점은 그 속에서 어머니가 새로운 네트워크를 만들어나갔다는 사실이다. 이런 일이 가능했던 것은 역시 어머니가 지닌 '이야기의 힘' 덕분일 것이다. 어머니는 이런 재능을 타고난 듯하다. 지원해주는 쪽 사람들과 좋은 관계를 맺었을뿐더러 권력 쪽 사람들에게도 때로는 저항하고 때로는 비위를 맞추는 식으로 유연하게 관계를 맺을 수 있는 사람이었다.

사회 전체적으로 볼 때, 내 어머니 세대 여성들이 교육받지 못하는 일은 일본보다 한국에서 더 일반적이었을지도 모른다. 식민지 시대의 교육제도나 취학률, 남녀 차별 같은 것까지 감안한다면, 한국에서 어머니 세대 여성들이 교육을 못 받았다는 이유로 대놓고 멸시당하거나 배제되는 비율은 일본보다 낮지 않을까? 예를 들어 나이 많은 여성이 "나는 글을 못 쓰니까 네가 좀 써라" 하고 말하는 것도 한국에서는 일본만큼 부끄러워하지 않는 것 같다.

더구나 어머니가 한국 정치범 가족들과 알게 되고 보니, 어머니들은 대부분 글을 읽지 못했다. 정치범 가족의 모임이란 본디 무척이나 괴로운 자리이건만, 거기서 어머니는 김지하 시인의 어머니나, 분신자살로 노동기준법 제정을 외쳤던 전태일 씨 어머니이자 한국 노동운동의 대모라 일컬어지는 이소선 씨 등과도 알게 되었다. 그녀들 역시 학교엔 다니지 못했지만, 아들 세대는 일종의 경의의 눈으로 그들을 우러러보았고, 민주화운동 관련 활동가나 학생들도 그녀들을 존중했다. 그 '경의'에는 물론 여성을 비호의 대상으로 낮추어 보는 굴절된 여성 차별도 숨어 있겠지만, 어쨌든 어머니에겐 평생 처음으로 존중받은 경험이었을지 모른다.

'참된 목소리'를 어디까지 담아낼 수 있는가?

최종적으로, 어머니가 스스로 글을 쓰지는 못했지만, 누군가가 대변해야 할 존재가 아니라, 사회를 향해 자신의 의사를 표명하는 '목소리를 지닌' 존재가 되었다고 말할 수 있을까? 나는 대답을 유보하고 싶은 마음이다. 우선 나는 어머니가 말한 것을 듣고 옮긴다거나 여기저기 인용해왔지만, 어머니가 하고 싶은 말을 모두 정확하게 잡아냈는지에 대해 그다지 자신이 없다.

나아가 형들이 옥중에 있다는 대단히 정치성이 강한 상황 속에 놓였던 탓에, 그게 아니라면 그냥 드러낼 수 있던 것들마저 덮어버린 적도 있었다. 더구나 이제 와서는 무엇을 덮었는지조차 기억나지 않고, 덮고 넘어갔다는 사실만 생각나는 경우도 있다.

한편으로는 재일조선인 및 일본인을 포함한 많은 사람에게 '한국 비전향 정치범의 어머니'라는 이미지가 만들어지기도 했다. 내가 보기에 이 이미지는 실제 모습에서 약간 비껴나 있었는데, 그대로 고정되어버린 구석도 있다.

쉬운 예를 들자면 서승이 이야기한 이런 에피소드가 있다. 자궁암 수술을 받은 어머니는 그것이 재발해 세상을 떠났는데, 면회하러

온 어머니에게 서승이 "어머니는 다시 태어난다면 뭐가 되고 싶어요?" 하고 물었더니 어머니가 "글쎄, 몽골인이 좋겠네" 하더란다. 너무나 뜻밖이라 웃음이 나올 법한 대답이었다.

"왜 몽골인인데?" 하고 서승이 물었더니 "좋잖여? 들판을 말 타고 달리니께" 했다는 것이다. 그 당시 NHK 방송에서 〈실크로드(シルクロード)〉라는 인기 다큐멘터리가 방영 중이었고, 어머니는 그것을 즐겨 보았다. 대지와 하늘밖에 없는 듯한 초원에서 얼굴을 발갛게 물들인 소녀가 말을 타고 달리는 것을 보면서 저렇게 살고 싶다는 동경을 품었으리라. 그것은 여성 차별도 정치적 억압도 없는 광활한 천지에서 살고 싶다는, 어머니 나름의 꿈같은 소원의 표현일 것이다.

우리처럼 글자를 깨치고 교육에 '오염'된 인간에게는 생뚱맞은 대답이었다. 우리에게는 사회적으로 만들어진 어머니의 이미지를 무심결에 받아들이는 구석이 있어서, "고생은 했지만 조선인으로 태어난 인생에 후회는 없다"라는 식의 모범 답안이 돌아오지 않을까 예상했던 터라 허를 찔린 것이다. 이 이야기를 듣고 정말로 어머니답다고 나도 모르게 웃었지만, 그때 이미 어머니의 죽음이 다가와 있었던 것을 생각하면 새삼 가슴이 미어진다.

이런 어머니를 '비전향 정치범의 어머니', '재일조선인 여성의 전형'이라는 식으로, 교육받은 인간들이 멋대로 만들어낸 틀 속에 가둬온 것은 아닐까? 만약 어머니를 정말로 그려내고 싶다면, 이런 틀을 깨뜨리는 형식이 아니고서는 참된 목소리를 담아낼 수 없다고 생각한다.

어머니에 관해서조차 나처럼 교육받은 아들은, 말하자면 '해석'을 한다는 특권을 행사해왔는지도 모른다. 나는 어머니가 정말 하고 싶었던 이야기의 한 부분만을 해석했을 따름이고, 저 편한 것만 대변해온 것은 아닐까 하는 께름칙함이 남는다.

지식이라는 권력을 지닌 인간이 배우지 못한 이들의 말을 문자화, 혹은 언설화할 때, '해석'이라는 특권을 행사하게 된다. 게다가 해석을 당하는 쪽은 이를 교정하거나 비판할 수조차 없다.

서준식이 쓴 『서준식 옥중서한 1971-1988』에는 다음과 같은 내용이 나온다. 꿈속에 어머니가 나타나 버스 정류장에서 코가 빨개지도록 울고 있었다. 그래서 얼른 뛰어갔더니 어머니가 '너희들 잘되라고 교육시켰더니, 공부해서 훌륭해진 너희는 나를 바보 취급하는구나. 그러니 나는 없어져버릴게' 하더라는 것이다. 형은 너무나 슬퍼 울음을 터뜨리며 잠에서 깨었다고 편지에 썼다.

우리는 어떤 방식으로든 어머니와 같은 존재(교육받지 못한 민중)의 목소리를 해석하고 언설화할 수밖에 없지만, 그럼으로써 권력을 행사하고 있다는 '께름칙함'에 시달리게 된다. 거꾸로 생각하자면 어머니는 이러한 뼈아픈 반성을 촉구하는 힘을 갖고 있었다고 말할 수 있다. 교육받고 지식을 몸에 익힌 다음, 그 필터를 통해 해석하는 특권을 행사하는 상대에게, 특권을 지니고 있기에 갖게 된 권력을 자각하게 만들었달까, 나아가 그 특권을 지닌 인간이 있는 그대로를 겸허하게 응시하는 일이 중요하다는 것을 깨닫게 만드는 힘을 가진 어머니였다고도 할 수 있을 것이다.

앞서 말한 '몽골인'이라는 대답이 하나의 예다. 이 스위치를 누르면 저쪽 램프의 불이 들어올 거라 생각했는데 뜻밖의 램프가 켜진 것처럼, 돌이켜보면 내 생각이 단면적이었다고 깨닫게 만드는 일이 여러 번, 더구나 일상적으로 있었다. 어머니는 그런 분이었다. 물론 어머니는 비교적 그런 재능을 타고난 이였고 정치범의 어머니가 됨으로써 역설적으로 그 능력을 발휘할 기회를 얻었지만, 이런 능력은 어머니뿐 아니라 훨씬 많은 민중이 공통적으로 갖고 있지 않나 싶다.

역경이 불러온 만남, 언어의 획득

더없이 아이러니한 일이지만, 형들이 투옥된 후의 나날은 어머니에게 가장 괴로운 세월임과 동시에, 역경을 만난 덕분에 자기를 표출할 수 있게된 특별한 찬스였다. 어머니 세대의 대다수 사람, 즉 교육받지 못하고 글자를 쓰지 못하며 자신을 표현할 기회를 빼앗긴 채 살아가는 이들 대부분은 '말하기'의 세계 속에 갇힌 채, 메이저리티에 비해 압도적으로 불공평하고 불평등한 관계 속에서 점차 쇠락해간다.

그런데 어머니는 갇힌 세계의 외부와 어떻게든 관계를 맺을 수밖에 없었다. 예를 들어 신문기자에게 본인의 심정을 말해야만 하고, 변호사와 직접 교섭해야 한다. 형무소에 면회를 가면 형무관이나 교도관이 온갖 '논쟁'을 걸어오니 반론하지 않을 수 없다. 그 와중에 물론 끔찍한 경험도 많았지만, 거꾸로 자기 생각을 표현해야만 할 상황에 부닥친 덕분에 그 능력이 개발되었고, 그 일만 아니라면 접할 일도 없었을 세계와 연결되었다.

당시 S 씨라는 목사가 형을 구하기 위한 운동의 대표를 맡아주셨다. 지금도 건재한 그분은, 당시 30대 초반이었는데 대단히 품위 있는 신사였다. 그 S 씨와 여러 가지 용건으로 만나는 것을 어머니는 즐거워했다. 이런 일이 아니면 그렇게 고상한 사람을 만날 일이 없었겠지, 이런 사건이 아니면 너희 아버지 같은 인간들밖에 모르고 지냈을 텐데, 반쯤 농담이었지만 그런 소리를 했다.

S 목사는 무척이나 진지한 인품을 지녔으며 딱딱한 말투가 몸에 밴 분이었다. 신학대학원을 나온 분이 어려운 내용을 어려운 단어로 그냥 말해버리는 것이다. "그게 무슨 뜻인가요?" 하고 어머니가 물으면 골똘히 생각한다. 그러면 어머니 쪽에서도 그것에 흥미를 느낀다. 그런 관계를 갖게 된 어머니는 대다수 재일조선인 여성과는 다른 경험을 했다. 재일조선인 여성은 가정의 여성 차별과 일본 사회의 민족 차별로 협소하게 닫힌 공간에 고립되어 평생을 보내는 것이 일반적이기 때문이다.

글자를 모르는 이들과 접할 때는 눈높이를 맞추어(즉 눈높이를 낮추어서) 보라는 둥 하지만, S 목사와 어머니의 관계를 보면 굳이 그럴 필요는 없는 것 같다. S 목사가 사용하는 어렵고 관념적인 어휘에 어머니가 소박한 의문을 직설적으로 던짐으로써 어머니뿐 아니라 S 목사 쪽에서도 배운 것이 많았을 테니까 말이다.

또 다른 에피소드도 있다. 환경의 변화가 일어나면, 어머니의 언어 속에 느닷없이 '한자어'가 끼어든다. 예를 들어 "네가 하는 소리는 '근본적으로' 틀렸어"라고 말하는 것이다. 어머니는 이 단어를 물론 귀로 익혔으니 그것이 '뿌리부터'라는 뜻의 한자어라는 사실을 모른다. 나로서는 어머니 입에서 뜬금없이 그런 한자어가 튀어나오는 것이 괜스레 우습다. 그래서 무심결에 웃어버리면 어머니는 "부모를 바보로 알고"라며 화를 낸다. 하지만 화를 내면서도, 내가 '근본'이라는 한자의 뜻을 가르쳐드리면 주의 깊게 귀를 기울인다. 화를 내면서도 언어의 의미를 익히는 것이다. 다시 말해 그것은 개념을 얻어가는 기쁨이다. 어머니는 개념을 얻는 기쁨의 입구까지 나아갔다. 거기까지 나아가주셨다는 사실에 어쩐지 구원받은 느낌이 든다.

모국어를 일본인의 틀 밖까지 펼쳐내다

어머니에게 해석이라는 특권을 행사해버렸다고 했지만, 처지를 바꿔 나 자신에 관해 생각해보면 역시 '일본어'를 '모어'° 삼아 자라버린 탓에 '일본어'의 메이저리티에게 해석의 특권을 행사당한다고 느낀다. 그러한 마뜩잖음은 어린 시절부터 줄곧 이어져왔다. "네가 하고 싶은 말은 알겠어"라고 일방적으로 말하는 상대에 대해 '정말로 아는 걸까, 아아, 역시 이건 모르는 거야'라고 느끼는, 그런 답답함이다.

° 여기서 '모어(母語)'란 태어나면서부터 익힌 제1언어를 가리킨다. 한편 '모국어'란 국가가 정하고 교육이나 미디어를 통해 국민에게 주입하는 언어이다. (지은이)

예를 들어 소학교 시절 교과서에는 '우리나라의 4대 공업지대'라는 식으로, 반드시 '우리나라'라는 말이 나왔다. 수업 중에 선생님이 그 부분을 일어나 읽으라고 할 때면, '우리나라'라고 읽는 것이 정말 싫었다. 여긴 내 나라가 아니야, 어째서 '우리나라'라고 해야만 하는 거지? 소학교 4학년 무렵부터 그런 느낌이 들었다.

그러니 그 부분에서 말이 막힌다. 단어를 흐리거나, 때에 따라서는 마음먹고 '우리나라의'라고 하지 않고 '일본의'라고 읽기도 했다. 그러면 대개 주위 친구들은 물론 선생님이나 어른들조차 내가 왜 그런 것에 신경을 쓰는지 이해하지 못했다. 오히려 그런 것 때문에 시간 낭비하지 말라는 식으로 반응하는 것이다.

중학교에 들어가 처음 영어를 배울 때, 우선 'I am a boy'라는 문장을 익히고, 이어서 'I am a Japanese'라는 문장이 나온다. 수업 시간이면 보통 앞자리 학생부터 차례로 읽어나간다. 점점 나와 가까워진다. '어떡하지?' 생각한다. 나는 조선인이니 조선인이라고 하지 않으면 스스로 속이는 듯한 비굴한 기분이 든다. 하지만 '조선인'이라는 말을 영어로 뭐라고 하는지 모른다. 그러니 고개를 숙이고 잠자코 있을라치면 왜 입을 다물고 있는지 선생님은 모르니 반항적이라고 여긴다. 그런 탓에 중학교 때 영어 성적은 줄곧 '우'였다.

그런 감각을 주변에 설명할 수 있게 된 후에도, 제대로 이해해준다고 느낀 경우는 지금까지 거의 없었다. 더구나 그런 감각을 표현하는 수단이 내게는 '일본어'밖에 없다. 이런 판이니 나는 '일본어'라는 창살 없는 감옥에 갇힌 느낌이 든다. 이는 재일조선인 글쟁이라면 많든 적든 누구나 느끼는 감정이라 생각한다.

『화산도』(실천문학사, 1988)라는 장대한 소설을 쓴 김석범은 나보다 상당히 앞선 세대로, 조선어도 잘하니 일본어와 조선어 양쪽으로 글을 쓸 수 있다. 하지만 조선어로 쓰던 주제를 그대로 일본어로 쓰더라도 같은 이야기를 쓴다는 느낌이 들지 않는다고 한다. 일본어로 쓸 주제는 일본어로밖에 못 쓴다. 그런데 일본어로 쓰는 한 '일본어 문학'이라는 카테고리로 분류되는 것이다.

김석범은 그렇게 분류되는 것이 싫어서, 문장을 표현한다는 것은 보다 보편적인 존재에게 말을 건네는 무언가가 있을 것이라고 말한다. 다시 말하자면 일본어든, 조선어든, 영어든, 어떤 언어로 쓰든지 언어의 틀을 넘어서는 어떤 보편적인 것을 향한 말 건넴이 있으리라는 사실을 「언어의 주박(ことばの呪縛)」이라는 에세이에 썼다. 그것은 아직 '있을 것'이라는 고독한 외침으로 끝나지만 말이다.

국민(nation)의 틀을 넘어서는 언어교육을

마지막으로 두 가지 정도 이야기해두고 싶다.

하나는 '우리나라'라든가 '국어'라는 호칭의 문제다. 몇 년 전 시코쿠(四國)의 마쓰야마(松山)에서 강연한 적이 있다. 강연을 들으러 온 학교 선생님들에게 "'우리나라'나 '국어'라는 호칭을 그만두는 것부터 시작하면 어떨까요? '일본'이나 '일본어'라는 호칭으로 바꿔보면 어떻겠습니까?" 하고 제안해보았다. 일본이라는 나라에 살고 있는 사람은 일본어 사용자뿐만이 아니고, 일본어는 분명 메이저리티의 언어이긴 하지만 일본에서 사용되는 여러 언어 중 하나에 불과하며, 학교는 학생들이 살아가기 위해 필요로 하는 다양한 요구에 응해야 한다고 말하면서 말이다. 그랬더니 "아아, 그런 생각은 해보지도 못했습니다"라는 반응이 돌아왔다.

언젠가 히로시마(廣島)에 갔을 때는 이런 이야기도 들었다. 학생 중 일본계 브라질인 자녀가 있었다. 어느 날, 그 학생의 어머니가 학교에 와서 "선생님, 우리 아이에게도 '국어'를 가르쳐주세요"라고 했다. "아, 가르치고 있어요" 하고 교사가 대답했더니, "아니, 아니, 그 '국어' 말고, 우리 아이가 나중에 브라질에 돌아가서 제대로 생활할 수 있는 '국어' 말예요" 했다고 한다. 즉 포르투갈어를 말하는 것이었다.

학교는 학부모의 요청을 받아들여 시간표의 '국어'를 '일본어'로 고쳤다. 그런데 그 지역의 보수 계열 의원이 그것을 문제 삼았고, 국회에서도 문교 쪽 소속 의원이 이 건을 들어, 이런 것을 문부과학성(文部科學省)이 인정하고 있느냐, 언제부터 '국어'를 '일본어'라고 부르기로 한 거냐, 문부과학성의 지도를 위반하는 걸 그냥 내버려두는 거냐고 따지고 들었다고 한다.

또 한 가지 지적해두고 싶은 것이 있다. 고령의 재일조선인 여성이 일본어로 읽고 쓰기를 익힌다는 것의 의미를 둘러싼 문제다. NHK의 어느 프로그램에, 자기 이름을 쓰고 싶었다는 기타큐슈(北九州) 어머니들이 다니는 야간 중학교 다큐멘터리가 소개되었다. 자원

봉사자들의 노력으로 그녀들은 글씨를 쓸 수 있게 되었고, 전차의 행선지를 읽게 되었으며, 병원 신청서도 쓸 수 있게 되었다. 다행이라는 식으로 그 방송은 끝난다.

하지만 그녀들이 일본어를 쓸 수 있게 되어 다행이라는 이야기는, 공적인 세계에 접근할 수 있는 언어가 일본어밖에 없던 식민지 시대, 조선인 대부분이 일본어로 읽고 쓸 수 있게 되어 공적인 세계에 접근 가능해졌다며, 그것으로 다행이라고 말하는 것과 무엇이 다른가? 다시 말해 일본어만이 공적인 세계에 접근할 수 있는 언어라는 현실을 동시에 문제 삼지 않으면, 그것은 제국주의자들의 가짜 보편주의로 연결될 것이다. 대동아공영권의 공통어로서 일본어가 타민족의 언어보다 우수하다, 이렇게 '니즈'가 높은 언어를 사용하는 한편 후진적인 조선어는 쓰지 않는 것이 옳다는 식민지 시대의 어용 언어학자의 사상과도 연결되는 것 아닐까?

반대로 한국의 대학 어학당에서 자민족의 언어인 조선어를 배우려는 재일조선인은 다음과 같은 경험을 한다. 그곳의 교과서나 교재에 '한국인이면 한국어를 할 줄 알아야 한다'라는 식의 구문이 나오곤 하는 것이다. 다시 말해 "너는 이 민족의 정당한 일원이 아니다"라는 선고를 받는 거나 마찬가지다. 게다가 어쩌다 발음이라도 틀렸다가는 주위 사람들에게 "한국인인데 어째서?"라는 소리를 듣거나 "넌 일본인이니까 어쩔 수 없지"라는 엉뚱한 위로를 받거나 하는 바람에 조선어를 배우는 것에 거부감을 갖게 된다. 일본어를 모어로 삼고 자라난 재일조선인들에게, 아무리 애써봤자 본국 사람들에 비해 자신들의 언어가 열등하고 불충분한 것이라고 생각하게 만들어버리는 것이다.

어떤 언어를 사용할 수 있는 자들만이 그 나라의 국민이라고 승인된다. 해당 언어를 쓰지 못하는 자는 국민이 아니다. 제대로 쓰지 못하는 자는 2등 국민이나 동정해야 할 소수자로서 열등한 지위에 놓인다. 이렇게 언어와 국민(nation)을 의심 없이 연결하고, 오히려 언어 내셔널리즘을 강화하는 듯한 분위기가 언어 교육 현장을 지배하고 있다. 그러니 그런 생각은 당연하지 않다고 깨닫게 만드는 교과서나 부교재를 우선 사용해야 한다. 다언어, 이중 표기, 삼중 표기처럼 얼핏 보기에 성가신 일이더라도 귀찮아하지 말고 해야만 한다. 본래 언어 상호 간에는 우열 관계가 없다. 더불어 어떤 언어를 쓰느냐에 따라 인간 상호 간의 우열 관계가 생겨서는 안 된다. 이처럼 당연한 사실을 일상적으로 실천하는 자세가 필요한 것이다.

6장

'증언 불가능성'의 현재

아우슈비츠와 후쿠시마를 잇는 상상력

이 글은 2012년 7월 23일, 광주시 전남대학교에서 했던 강연 원고에 가필한 것이다. 이 대학이 주최한 제6회 후광 김대중 학술상을 필자가 받게 되었고, 그 시상식에서 한 기념 강연이 이 글이다. 필자가 근무하는 도쿄게이자이 대학이 발행한 정기 간행물《현대법학(現代法学)》(2013년 2월 27일, 통권 23·24 합병호)에 게재되었다.

처음 이 원고를 구상한 것은 2010년 여름이었다. 그 무렵 나는 '제노사이드 문학'이란 무엇이며 그것을 어떻게 정의하면 좋을지 최근 상황에 비추어 정리해보자는 생각을 하고 있었다. 일반적으로 '아우슈비츠(Auschwitz)의 표상 불가능성' 혹은 그 '증언 불가능성'이라 불리는 문제들이 있는데 이는 특히 1990년대 이후 거듭 논의되었다.°

이 문제들을 '아우슈비츠'라는 특정 공간적 개념이나 20세기 전반이라는 시간표 속에 가둬버리지 말고, 공간적으로나 시간적으로나 보다 확장된 문맥 속에서, 말하자면 '지금, 여기'와 연결하여 재검토해보자는 것이 애초 나의 문제의식이었다. 다른 말로 하자면 '표상 불가능성' 혹은 '증언 불가능성'이라는 개념을 현대사회와 인간을 고찰하기 위한 보다 보편적인 개념으로 이용할 가능성을, 그 윤리적 타당성까지를 염두에 두고 검토해보자는 것이었다.

그런데 2011년 3월 11일 동일본 대지진이 일어났고, 이어서 도쿄전력 후쿠시마 제1원자력발전소에서 끔찍한 사고가 일어났다. 일본 정부는 2011년 말, 사고 원전이 '냉온 정지 상태'에 달했다면서 '수습 선언'을 했지만, 이것이 사태를 정직하게 반영한 것이 아니라는 사실은 더

° 이 문제에 관한 참고문헌으로 다음의 두 도서를 추천한다. 『Probing the limits of representation』, Saul Friedlander, Harvard University Press, 1992. 『가라앉은 자와 구조된 자』, 프리모 레비, 이소영 옮김, 돌베개, 2014. (지은이)

말할 것도 없다. 대지진 피해도 원전 사고도 '수습'은커녕, 이 원고를 집필 중인 지금까지도 여전히 진행 중이다.

이 글에서는 후쿠시마 제1원전 사고와 그에 이어지는 사태를 '후쿠시마'라 약칭하기로 하자. '후쿠시마'라고 작은따옴표°로 표기하는 것은 후쿠시마 현이라는 특정 지명을 넘어 거기서 일어난 원전 사고와 이를 둘러싼 일련의 사태를 포괄적으로 나타내기 위해서다. '후쿠시마'는 동일본 대지진이라는 거대한 자연재해의 일환이기도 하지만, 동시에 여타 방사능 재해와는 구별되는 중대한 특징을 포함하고 있다. 또 다른 한편에서는 이를 계기로 드러난 일본 사회의 정치, 경제, 학술, 보도, 사상 등 각 분야의 파국적일 정도의 기능 부전 상태까지를 포함한다.

'후쿠시마' 사건에 직면하면서 애초의 문제의식에, 이를 표상하고 증언하는 것이 가능한지, 그 증언을 주의 깊게 들어줄 수는 있는지 등의 문제가 추가되었다. 바꿔 말하면 '아우슈비츠'와 '후쿠시마'를 '증언 불가능성'이라는 문제의식으로 연결하여 고찰해보고자 하는 시도였다. '증언 불가능성'이라는 문제가 '아우슈비츠' 재현이라는 위험이 되어 우리를 계속 위협하고 있다면 '후쿠시마'에 관해서도 마찬가지 이야기를 할 수 있을 것이다. 증언할 수 없다면, 또는 증언을 들을 수 없다면, '후쿠시마'는 몇 번이고 재현될 것이다. 그 징후는 이미 여기저기서 나타나고 있다.

° 원서에서는 이 부분을 가타가나(カタカナ)로 표기했다.

「지상의 유력자들이여, 새로운 독의 주인이여」

2011년 6월과 11월, 나는 두 번에 걸쳐 후쿠시마 원전 사고 피해지를 찾아갔다. 그러면서 새삼 생각한 것은 상상력이 시험받고 있다는 사실이었다.

11월에 후쿠시마를 방문한 뒤, 교토의 리쓰메이칸(立命館) 대학 국제평화박물관에서 시 한 편을 만났다.

폼페이의 소녀   프리모 레비

─────────

인간의 고뇌란 모두 나의 것이니
아직도 생생하게 체험할 수 있다, 너의 고뇌를,
말라빠진 소녀여,
너는 부들부들 떨며 어머니에게 매달려 있구나
다시 그 몸속으로 들어가버리고 싶다는 듯이
한낮에 하늘이 암흑이 되었던 때 말이다.
기막힌 일이었어, 공기가 독으로 변하더니
닫아건 창에서 너를 찾아내, 스며들었지
단단한 벽으로 둘러싸인 너의 조용한 집으로
네 노랫소리 울리고, 수줍은 웃음으로 넘치던 그 집으로
기나긴 세월이 흐르고 화산재는 돌이 되고

너의 어여쁜 사지는 영원히 갇혀버렸다.

이렇게 너는 여기 있다, 비틀린 석고 주형이 되어

끝이 없는 단말마의 고통, 우리의 자랑스러운 씨앗이

신들에겐 아무런 가치도 없다고 하는, 끔찍한 증언이 되어.

그러나 너의 먼 누이동생 것은 아무것도 남아 있지 않구나

네덜란드의 소녀란다, 벽 속에 갇혀버렸으나

그래도 내일 없는 청춘을 적어 남겼다.

그녀의 말없는 재는 바람에 흩날리고

그 짧은 목숨은 먼지투성이 노트에 갇혀 있다.

히로시마의 여학생 것도 아무것도 없다.

천 개의 태양 빛이 벽에 아로새긴 그림자, 공포의 제단에

바쳐진 희생자.

지상의 유력자들이여, 새로운 독의 주인이여,

치명적인 천둥의, 은폐되고 방자한 관리인들이여,

하늘의 재앙만으로 충분하다.

손가락을 누르기 전에 멈추어 생각하는 것이 좋을 거야.

(1978년 11월 20일)

'네덜란드의 소녀'란 안네 프랑크(Anne Frank)를 가리킨다. 하지만 이것은 후쿠시마를 노래한 시가 아닐까? 프리모 레비(Primo Michele Levi)는 이미 25년도 더 전에 세상을 떠났건만, 마지막 4행은 '후쿠시마'를 말한다고 생각할 수밖에 없다. 시간과 공간을 초월하여 고대

화산 폭발의 피해자, 홀로코스트의 희생자, 원폭 피해자까지 삼자를 연결하고 핵의 위협에까지 이르는 상상력. 레비의 상상력은 그 자신의 사후 까마득한 '후쿠시마'에까지 닿아 있다.

프리모 레비는 유대계 이탈리아인으로 나치 강제수용소의 생존자이다. 수용소 체험을 기록한 그의 저서 『이것이 인간인가』(이현경 옮김, 돌베개, 2007)는 일본에서 『아우슈비츠는 끝나지 않는다(アウシュビッツは終わらない)』(竹山博英, 朝日新聞社出版局, 1980)로 알려졌다. 생존자로서의 증언을 문학작품으로 승화해 전후 이탈리아 문학을 대표하는 작가가 되기도 했던 그였으나, 결국 1987년 토리노의 자택 계단에서 몸을 던져 자살했다.

『이것이 인간인가』에는 수용소에서 밤마다 꾸었던 악몽에 관한 글이 나온다. 석방되어 돌아온 후 자신이 경험했던 일을 열심히 이야기하지만, 알고 보니 가족들조차 무관심하고 누이동생은 슬쩍 일어나 옆방으로 가버린다는 악몽이었다. 한 40년 후, 죽기 바로 전해에 출간한 에세이집 『가라앉은 자와 구조된 자』에는, 아무리 증언해봤자 제대로 전해지지 않는 데 대한 허탈감이 배어 있다.

프리모 레비는 아우슈비츠에서 실제로 일어난 일의 증언자에 그치지 않는다. 그 증언이 얼마나 힘든지, 얼마나 전해지지 않는지, 말하자면 '증언 불가능성'의 증언자이기도 하다. 바꿔 말하자면 인간이 타자의 고난에 상상력을 발휘한다는 일이 얼마나 어려운지를 몸소 드러내는 인물이다.

제노사이드 문학의 '불가능성'

우선 '제노사이드(genocide)'라는 용어에 대해 간단히 살펴보기로 하자.

> '제노사이드'란 고대 그리스어에서 씨앗을 뜻하는 'genos'와 라틴
> 어에서 유래하여 살해를 의미하는 'cide'를 합해 만든 말로, 일반적으로
> '집단 학살'이라고 번역되고 있다.[°] (「比較ジェノサイド研究の課題と射程」, 石田
> 勇治, 『季刊 戰爭責任研究』, 2008 年春号)

이 용어는 폴란드 출신 국제법학자 라파엘 렘킨(Raphael Lemkin)
이 1944년 발행한 저서에서 처음 썼는데, 제2차 세계대전 종전 후
1948년 유엔총회에서 채택된 '제노사이드 금지조약(집단살해 방지 및
처벌에 관한 조약)'에 의해 국제법상의 중대 범죄로 규정되었다.

제노사이드의 사례로 가장 잘 알려진 사건은 나치 독일에 의한
유대인 학살(홀로코스트)[°°]이다. 또한 독일에 의한 남서아프리카(현
나미비아) 현지인 학살, 오스만튀르크에 의한 아르메니아인 학살, 유
고슬라비아 내전 시 보스니아에서 벌어진 스레브레니차(Srebrenica)
학살, 르완다 내전 중 투치족 학살, 과테말라 내전 중 선주민 학살 등
을 들 수 있다. 이시다 유지(石田勇治)는 '일본이 관여한 세 가지 사례'
로 일본군에 의한 1937년의 '난징 대학살', 1942년 싱가포르와 말레
이시아에서 일어난 '화교 학살', 그리
고 1923년 관동대지진 때 일본 일반

[°] 한국에서는 일반적으로 '종족
말살' 혹은 '인종 청소'라는 번역어를
사용한다.

민중까지 가담했던 조선인 학살을 든다.

'제노사이드'를 주제로 하는 증언 문학의 성립에는 몇 단계의 어려움이 따른다.

첫 번째로 일차적인 증언자 대다수가 문자 그대로 학살당해 부재하다는 사실이다.

두 번째, 생존자 대부분은 차라리 입을 닫고 기억을 억압하고자 하는 경향이 강하다는 것이다.

세 번째, 설령 증언이 이루어지더라도 그 메시지가 그대로 독자에게 전달되지 않고 왜곡되어 소비되는 경우가 많다.

네 번째로 아우슈비츠처럼, 사실을 표상하는 것이 애당초 가능한 것인지, 그것을 표상하고자 하는 행위는 불가피하게 실제 일어난 사실을 왜소화하거나 진부화, 혹은 상품화하는 것은 아닌지 하는 문제가 있다. 이 같은 의문은 테오도어 아도르노(Theodor Adorno)°°°의 "아우슈비츠 이후, 시를 쓰는 것은 야만이다"라는 선언 이후, 거듭 표명되었다(『프리즘』, 홍승용 옮김, 문학동네,

○○ 나치에 의한 유대인 학살을, 유대교 색채가 짙은 홀로코스트(holocaust)라는 용어로 부르는 것에는 많은 이론이 제기되고 있다. 예를 들자면 브루노 베텔하임(Bruno Bettelheim)은 다음과 같이 말한다. "홀로코스트의 바른 뜻은 '번제(燔祭)'이다. (중략) 홀로코스트라는 단어를 사용함으로써 대량 살육이라는 더없이 수치스러운 행위와, 심오하고 종교적인 성격의 고대 의식 사이의 의식적 그리고 무의식적인 연결을 통하여, 완전히 잘못된 연상이 형성돼버린다. (중략) 가장 냉혹하고, 야만적이고, 끔찍한, 가장 비인도적인 대량 살육을 번제라고 부르는 것은 모독이다. 신과 인간을 모독하는 일이다."(「홀로코스트 - 그 한 세대 후(ホロコースト-その一世代後)」, 『살아남기(生き残ること)』, 法政大学出版局, 1992) 하지만 이런 이론에 유의하면서 여기서는 이미 관용적으로 사용되고 있는 이 용어를 쓰기로 한다. (지은이)

2004). 아도르노의 선언이 함의하는 것은 시라는 예술 형식이 야만이라는 것이 아니라, 광의의 '문화'('야만'에 대비되는 '문명'일 수도 있다) 그 자체가 이미 야만이라는 것이다. '문명 그 자체의 야만성'의 극단적 발현이 홀로코스트였다면, 핵은 군사적 이용이든 원자력발전소 등 소위 '평화적 이용'이든 과학만능주의, 효율주의, 이윤 제일주의 등의 궁극적 집약체라는 의미에서, '문명의 야만성'의 또 다른 발현 형태라 할 수 있다.

이런 문제들이 복합적으로 작용하여 제노사이드 사건을 표상하고 증언하기 곤란하게 만든다. 이를 개괄하여 (아우슈비츠의) '표상 불가능성' 혹은 '증언 불가능성'이라 부를 수도 있으리라.

표상의 한계

제노사이드 사건은 일반적으로, 이를 경험한 생존자에게조차 '믿을 수 없는' 일이고 '도저히 말로 표현 못 할' 경험이다. 이해 가능성, 표상 가능성의 한계를 넘는 일인 것이다. 프랑스 철학자 장 프랑수아 리오타르(Jean-François Lyotard)의 비유에 따르면 그것은 "더없이 강력하여 모든 측정기기를 모조리 파괴해버린 지진"이다.

지진이 생물이나 건물, 기타 온 갖 물체뿐 아니라, 지진을 직접 혹은

ㅇㅇㅇ 독일의 철학자이자 사회학자이자 작곡가. 나치 독일 때 영국과 미국으로 망명했으며 전후에는 프랑크푸르트 대학 사회연구소장으로 지냈다. (지은이)

간접적으로 측정하는 데 사용하는 기구까지 파괴해버렸다고 가정하자. 이럴 때 피해를 양적으로 측정하는 것이 불가능하다는 사실은, 대지엔 엄청나게 거대한 힘이 있다는 관념을, 살아남은 자들의 마음속에서 압살하기는커녕 오히려 증폭시키는 것이다. ……아우슈비츠와 함께 뭔가 새로운 일이 역사 속에서 발생했다(무엇인가의 징후일 수밖에 없고, 사실일 수 없는 무엇이 말이다). 즉 오만가지 사실, 지금 그리고 여기라는 흔적을 지닌 증언, 각각의 사실의 의미를 보여주던 기록 자료, 이름, 그리고 마지막으로 온갖 종류의 문언(文言)이 서로 연결되어 현실을 만들어낼 가능성, 이러한 것 일체가 가능한 한도 내에서 모조리 파괴된 것이다. ……아우슈비츠라는 이름은, 역사 인식이 자신의 권능에 대한 이의 신청과 맞닥뜨리는 경계를 표시한다.(『Le differend』, Editions de Minuit, 1983)

여기서 리오타르가 '지진'을 비유로 든 것은 우연이지만, 3·11과 '후쿠시마'는 그야말로 여기서 비유하는 것과 같은 사건이었다고 할 수 있으리라. "역사가는 손해뿐 아니라, 부당한 피해(즉 '손해를 입증할 수단의 상실을 동반하는 손해')까지를 고려해야 하는가?"라는 질문은 말 그대로, 지금 여기 던져져 있는 것이다. 그렇다면 '아우슈비츠의 증언 불가능성'이라는 문제를 참조하는 것은, '후쿠시마'의 증언 가능성(불가능성)이라는 문제를 들여다보는 데 도움을 줄 것이다.

1990년 4월, UCLA에서 〈최종 해결과 표상의 한계〉를 테마로 연구회의가 열려, 헤이든 화이트(Hayden White), 카를로 긴즈부르그(Carlo Ginzburg) 등 19명의 연구자가 보고했다.『아우슈비츠와 표상의 한계(Probing the limits of representation)』라는 제목으로 출간된 보고문은 이 문제를 생각할 때 참고가 된다. 이 책의 편저자인 솔 프리들랜더(Saul Friedländer)는 서론에서 다음과 같이 말한다.

> 유럽 유대인의 멸절이라는 사건이 애당초 이론적 논의의 대상으로 삼을 수 있을 만한 것이었을까? 이렇게 파국적인 사건을 두고 형식적이고 추상적인 문제를 논한다는 것은 용서받지 못할 일이 아닐까? 이런 의문이 솟아날 것이 분명하다. (중략) 유럽 유대인의 멸절이라는 사건 역시, 여타의 역사적 사건을 다룰 때와 마찬가지로 표상과 해석이 가능하다. 다만 우리가 다루는 것은 우리들이 온갖 사건을 표상하고자 할 때 사용해왔던 전통적인 카테고리를 검증하는 듯한 사건, 어떤 하나의 '한계에 위치하는 사건'인 것이다.

"한계에 위치하는 사건"을 문학적으로 표상하고자 하는 행위는, '문학'이라는 '전통적인 카테고리' 그 자체에 대한 물음을 내포한다. 제노사이드를 다룬 빼어난 문학작품은 그 자체가 '표상의 한계'에 위치하는 것이며, 그것을 읽는 이는 스스로 '상상력의 한계'를 시험당한다.

제노사이드를 다룬 문학작품 가운데 가장 수가 많은 것은 '홀로코스트' 관련 작품일 것이다. 그것은 이 사건의 규모나 성격에도 기인하지만, 더불어 고려할 점은 '홀로코스트'가 유럽 사회의 '내적 타자'인 '유대인'을 주된 표적으로 삼았다는 점이다. 때문에 피해자 다수는 교육 수준이 높고 유럽 언어들을 읽고 쓸 수 있는 이들이었다. 따라서 피해자의 총 숫자로 보자면 미미한 비율이긴 하지만, 적지 않은 사람들이 이 사건에 관한 증언이나 문학을 남길 수 있었고, 이것이 서구의 문학, 미디어, 교육 같은 제도에 반영되어 세계 각지로 파급된 것이다.

이에 비해 비유럽권에서 일어난 '외적 타자'에 대한 제노사이드, 특히 아프리카나 남북아메리카 선주민을 표적으로 삼았던 제노사이드에 관한 문학작품의 수는 많지 않다. 이는 피해자 대부분이 사건을 표상할 만한 기초적 조건마저 빼앗긴 존재였을뿐더러, 설령 표상할 수 있었다 하더라도 언어, 아카데미즘, 출판 시장 등의 여러 제도나 '외적 타자'에 대한 무관심, 자기중심주의 등이 장벽이 되어 작품의 출현을 방해했기 때문이다. 따라서 '홀로코스트' 관련 증언이나 문학을 '홀로코스트'라는 특정한 사건에 갇힌 것으로 읽을 것인가, 아니면 보다 보편적인 물음으로 읽을 것인가는 독자의 상상력에 대한 또 하나의 도전이라고도 할 수 있다.

이 점에 관하여 상기해야 할 것은 에드워드 사이드의 다음과 같은 말이다.

지식인의 과업은 명확한 어조로 위기를 보편화하고 특정 인종이나 민족의 고통에 더 큰 인간적 관점을 부여하며, 그러한 경험을 타자들의 경험과 연계시키는 데 있다고 나는 믿습니다. (중략) 이것이 역사적 특수성의 상실을 의미하는 것은 결코 아닙니다. 오히려 이는 한 장소에서 이루어진 억압으로부터 얻은 교훈이 다른 장소와 시간에서 잊혀지거나 무시될 가능성을 방지하는 것입니다.(『지식인의 표상』, 최유준 옮김, 마티, 2012)

요컨대 '홀로코스트' 경험을 '유대인의 경험'으로서 점유하는 것이 아니라, 팔레스타인 사람 등의 '다른 고난'과 연결하여 상상할 수 있는지를 묻고 있다. '자신의 고난'을 철저하게 응시하는 것이 '타자의 고난'을 향한 상상으로 열릴 수 있는가. 바로 이것이야말로 그 작품이 '세계문학'으로서의 보편성을 지니는지 판단하는 분기점이리라.

『안네의 일기』의 교훈

'홀로코스트' 관련 문학 중 세계적으로 가장 널리 알려진 것은『안네의 일기(Het Achterhuis)』일 것이다. 안네 프랑크 일가는 1933년의 히틀러(Adolf Hitler) 정권 발족과 함께 박해를 피해서 프랑크푸르트에서 네덜란드의 암스테르담으로 이주했다. 그러나 1940년 5월에 네덜란드 역시 나치 독일에 점령당해 1942년 5월부터 독일 비밀경찰에 체포되는 1944년 8월까지 숨어 지냈다. 체포 후 일가족은 아우슈비츠 수용소로 보내졌고, 안네와 언니는 거기서 다시 1944년 말 베르겐-벨젠(Bergen-Belsen) 수용소로 이송되었으나, 1945년 2월 말부터 3월 초 사이에 잇달아 티푸스로 사망했다.

은신처에서 25개월에 이르는 잠복 생활을 하는 동안, 안네가 써

내려간 일기가 바로 이 책이다. 기적적으로 압수 및 분실을 피한 일기는 전쟁이 끝난 후 가족 중 유일하게 살아남은 아버지 오토 프랑크(Otto Heinrich Frank)에게 전달되었다. 이 책의 초판은 1947년 오토의 편집으로 간행되어 전 세계에 보급되었고, 오토가 사망한 1980년 이후, 일기의 자필 원문에 대한 조사·연구가 진행되어 각국에서 신판이 간행되고 있다.

하지만 이 책을 읽는 이는 브루노 베텔하임°의 다음과 같은 지적에도 함께 귀를 기울여야 할 것이다.

『안네의 일기』라는 저작, 연극, 영화가 세계적 규모의 성공을 거둔 사실이 암시하는 것은, 강제수용소의 그 인간성을 파괴하는 살인적 성격의 인식에 대항하고 싶다는 바람이다. (중략) 그녀(안네 프랑크)의 이야기에 쏟아진 찬사는, 다음 사실을 인정하지 않는 한 설명할 수 없다고 본다. 즉 그 속에 가스실을 잊어버리고 싶다는 우리의 바람을 인정하지 않는 한, 또한 — 언제라도 그들을 집어삼킬 수 있는 대참사에 둘러싸여 있더라도 — 극도로 사적이고 상냥하며 섬세한 세계로 도망쳐 일상적인 태도와 활동에 가능한 한 들러붙어 있으려는 능력을 찬미함으로써, 가스실을 잊으려는 우리의 노력을 인정하지 않는 한, 말이다. (『Surviving and Other Essays』, Vintage, 1980)

베텔하임은 「안네 프랑크의 무시

° 1903년 오스트리아 빈에서 태어난 유대인이며 부헨빌트 수용소 생존자이다. 미국으로 망명 후 발달심리학 권위자로 시카고 대학에서 교수 생활을 하는 한편 강제수용소 체험에 관한 글을 남기기도 했다. 1990년 자살로 생을 마감했다. (지은이)

당한 경고(Ignored Lesson of Anne Frank)」라는 제목의 논고에서, 죽음의 강제수용소에 관해 처음 알았을 때, 믿기지 않는다고 느꼈던 '문명인'이 사용한 심리적 메커니즘으로 다음 세 가지를 든다.

첫째, 이러한 학대와 대량 학살은 소수의 제정신이 아닌 사람들 집단에 의해 행해졌다고 주장함.

둘째, 그 사건에 관한 보고는 과장된 것이며 선동이라고 부정함.

그리고 셋째, 보고는 믿는다고 하더라도, '공포에 관한 지식은 가능한 한 빨리 억압'함.

『안네의 일기』를 소재로 하는 연극이나 영화가 대성공한 것은 이러한 '허구의 결말' 덕분이었다고 베텔하임은 주장한다.

끝으로, 어딘가 허공에서 안네의 음성이 들려온다. "이 모든 일에도 불구하고, 나는 아직 인간이란 마음속 깊은 곳에서는 실은 좋은 존재라고 믿고 있어요"라고. 이 있을 수 없는 감정이, 굶어 죽은 한 소녀, 자신이 같은 운명에 처하기 전에 친언니가 살해당하는 것을 목격한 소녀, 자기 어머니가 살해당하는 것을 알았고, 그 밖에도 몇천 명이나 되는 이들이 살해당하는 것을 목격한 소녀의 입으로 말해졌다는 것이다. 이러한 말은 안네가 일기 속에 남긴 어떤 말로도 정당화할 수 없다.

(중략) 인간의 선량함에 관한 그녀의 감동적인 말을 통해 그녀가 마치 살아남은 듯이 여기게 만드는 것은, 아우슈비츠가 제기하는 문제에 관여하려는 이들을 지극히 효과적으로 해방시킨다. 이런 까닭에 우리는 그녀의 말에 의해 더없이 마음이 편해지는 것이다. 그래서 몇백만이나

되는 사람들이 그 연극이나 영화를 사랑한다. 왜냐하면 이것들이 아우슈비츠가 존재한다는 사실을 직면하게는 하지만, 동시에 그 의미를 모조리 무시하도록 부추기기 때문이다. 만약 만인의 마음이 정말 선량하다면, 아우슈비츠는 결코 존재하지 않았을 것이며, 이런 일이 다시 일어날 가능성은 전혀 없기 때문이다.(브루노 베텔하임, 앞의 책)

베텔하임의 이 지적은 일반인인 우리에게는 너무 엄격하게 느껴지기도 한다. 그러나 오히려 '가스실을 잊고 싶다'라는 방어적 부인과 억압의 심리적 메커니즘 때문에 『안네의 일기』 그 자체(즉 생존자가 남긴 기록 그 자체)가 수용 과정에서 얼마나 왜곡되었는지에 관한 지적으로서 마음에 새겨 마땅한 경고이다.

프랑클과 레비

강제수용소의 생존자가 해방 후 기술한 작품 중 대표적인 것은 빅터 프랑클(Victor E. Frankl)의 『밤과 안개』(서석연 옮김, 종합출판범우, 2008. 원제는 『강제수용소에서의 한 심리학자의 체험(Ein Psychologe erlebt das Konzentrationslager)』)이다.

저자는 빈에서 태어나 프로이트(Sigmund Freud), 아들러(Alfred Adler)를 사사한, 장래가 촉망되는 정신의학자였다. 하지만 유대인인 그의 가족은 나치 독일의 오스트리아 합병과 함께 체포당했고 아우슈비츠 등으로 보내졌다. 그의 부모, 아내, 아이들은 살해당했고 그만이 살아남았다. 이 책은 그 처참한 체험의 기록이다. 일본어판 역자인 시모야마 도쿠지(霜山徳爾)는 1950년대 중반 서독 유학 중 원서를 만났고, 깊은 감명을 받아 일본어로 번역하기로 결심했다고 한다.

일본어판 책의 앞머리에는 1956년 8월의 날짜가 붙은 '출판자 서문'이 들어 있는데, 거기서 "현대사의 흐름을 돌아볼 때 인간이라는 사실을 부끄러워하지 않을 수 없는 두 가지 사건"이 있다면서, 일본에 의한 '난징사건'과 나치 독일에 의한 '강제수용소의 조직적 집단 살육'을 들고, 다음과 같이 말한다.

자기반성을 하는 인간으로서 '안다는 것은 넘어서는 것이다'라는 사실을 믿고 싶다. 그리고 다시 한 번 이런 비극으로 치닫는 길을, 우리 일상의 정치적 결의 표현으로 막아야만 한다고 생각한다.

이 책의 초판이 간행된 것은 전후 10년을 지나 단편적으로나마 가까스로 '홀로코스트'의 생존자 스스로 쓴 문학과 기록이 소개되던 때다. 일반인 또한 이런 글에 주목하기 시작했다. 앞에 말한 '출판자 서문'은 이 시점에서의 출판인의 인식과 결의를 표명한 것이라고 할 수 있다. 이후 이 책은 일본에서 '홀로코스트'를 알기 위한 기본 문헌이 되었고, 그 계몽적 의의는 지금도 여전하다.°

생각건대 '일본'만큼 홀로코스트나 나치즘 연구에 관련한 충실한 저서

° 2002년에 이케다 가요코(池田香代子) 번역으로 개정 신판이 간행되었다. (지은이)

들이 대량으로 출판되는 나라는 드물다. 하지만 그런 한편 지금도(지금은 더욱), 전형적일 만큼 역사수정주의적이거나 역사부정론적인 언설이 넘쳐나고 그런 상황에 국민 대다수가 무관심한 사회 또한 드물지 않을까? 연구 수준과 교육 및 사회적 실천이 놀랄 만큼 괴리된 것이다.

'인간은 앎에 의해 진보할 수 있다'라는 계몽주의적 인간관은 현재 근본적으로 흔들리고 있다. 제2차 세계대전 종전 후에도 세계 각지에서 이어지는 전쟁, 학살, 그리고 과학만능주의와 효율주의의 재앙적 결말인 원전 사고 등의 예를 들 것도 없다. 지금 우리에게 던져진 것은, 과연 인간은 자기반성을 할 수 있는가, 앎으로써 넘어설 수 있는 존재인가 하는 물음일 것이다. 이 심각하고도 어려운 물음에 생애를 걸고 고투한 인물이 프리모 레비다.

일본에서 프리모 레비 연구와 소개의 일인자인 다케야마 히로히데(竹山博英) 리쓰메이칸 대학 교수는 최신간 평전에서 프랑클과 레비의 비교를 시도한다.

프리모 레비와 프랑클은 같은 강제수용소에 있었지만 문제의식은 전혀 달랐다. 프랑클은 강제수용소에서의 인간의 정신적 변화에 흥미를 느꼈다. 하지만 그는 강제노동 끝에 쇠약해져서 죽음에 이르는 일반적 억류자, 즉 레비가 말하는 '익사하는 자'의 변화에는 그다지 관심이 없다. 오히려 어떻게 강제수용소에서 살아가는가, 극한의 생존 상황 속에서 어떻게 자신의 정신을 고양시킬 수 있는가에 주안점을 둔다. 그는 '고

통받는 것의 의미'에 관해 생각한다. (중략) '가혹하기 짝이 없는 외적 조건이 인간의 내적 성장을 부추기는 일이 있다' 그리고 '외면적으로는 파탄되고, 죽음마저 피할 수 없는 상황에 있어서조차, 인간으로서의 숭고함에 이르는' 것이 가능하다. 프랑클에게 있어서 '고통받는 것은 무엇인가를 이루는' 것과 통한다. (중략) 여기서 프랑클은, 아우슈비츠를 만들어낸 이유를 묻기보다는, 그런 곳에서의 극한상황이 어떻게 인간의 정신을 고양하는가 하는 점을 중시한다. 그리고 '희생'이 되는 것에는 깊은 의미가 있다고 한다. 그는 다른 곳에서는 '순교자'라는 단어까지 사용한다.(『プリーモ・レーヴィ—アウシュヴィッツを考えぬいた作家』, 言叢社, 2011)

다케야마는 프랑클이 "마지막엔 강한 종교적 감정을 전면에 드러낸다"라고 지적하면서 그것은 "감동적"이기는 하지만 "막연한 불만도 남는다"라고 말한다. 이 '막연한 불만'이란 무엇일까?

앞서 말한 브루노 베텔하임은 프랑클과 같은 오스트리아 출신 강제수용소 생존자이며 더구나 같은 심리학자이기도 하지만 프랑클과는 입장이 다르다. 그는 이렇게 주장한다.

나치 희생자들을 '순교자'라고 부름으로써, 우리는 그들의 운명을 속이는 것이다. (중략) 그들이 자신의 신앙을 버리더라도, 단 한 사람도 죽음을 면할 수는 없었을 것이다. 기독교로 개종한 자도 무신론자들이나 깊은 종교심을 지닌 유대인들과 마찬가지로 가스실로 보내졌다.(브루노 베텔하임, 『Surviving and Other Essays』, Vintage, 1980)

베텔하임은 나아가, 나치 강제수용소의 희생자들을 '순교자'라고 부르는 것은 "우리를 위로하기 위해 발명된 하나의 왜곡"이라고 지적한다.

> 그리하는 것은 그들의 것일 수 있는 마지막 인식을 그들에게서 빼앗는 것이며, 그들에게 부여할 수 있는 마지막 존엄을 부정하는 것이고, 그들의 죽음이 무엇이었는지 직시하며 받아들이는 것을 거부하는 일이다. 우리는 이러한 왜곡이 우리에게 가져다줄지도 모르는 하찮은 심리적 해방감을 위해 그들의 죽음을 미화해서는 안 된다.(브루노 베텔하임, 앞의 책)

베텔하임의 지적에 따르면, 프랑클의 저서는 그 처절한 내용에도 불구하고, 고통에는 의미가 있다고 주장하는 '감동적' 결말에 의해 오히려 독자에게 거짓 위로와 해방감을 주고, 방어적 부인과 억압에 도움을 준다고 할 수 있다. 프랑클의 저서가『안네의 일기』와 함께 세계적 베스트셀러가 된 이유가 이런 부분에 있는 것이라면, 그것은 '증언의 불가능성'을 보여주는 또 하나의 자료라고도 할 수 있으리라.

다케야마는 앞의 평전에서 레비가 (프랑클과 달리) "종교에 매달리려 하지 않았다"라면서 다음과 같이 말한다.

> 그렇다면 레비는 종교에 매달리지 않음으로써 무엇을 찾으려 했던 것일까? 그것은 아우슈비츠란 무엇인가, 어째서 그런 것이 생겨난 것일

까 하는 의문에 대한 대답이었다. (중략) 그는 선입견 없이, 흐려지지 않은 눈으로 아우슈비츠란 무엇이며 그 광신주의의 본질은 어디에 있는지 생각하고 싶었던 것이다. 이것이 스스로 도주로를 끊어버리는 듯한 고통스런 입장이었다는 사실은 쉽게 상상할 수 있다. (다케야마 히로히데,『プリーモ·レーヴィ―アウシュヴィッツを考えぬいた作家』, 言叢社, 2011)

프랑클은 아우슈비츠라는 극한상황에서 인간 정신의 의지처를 보여줬지만, 레비는 그와 같은 극한상황이 어째서 생겨났는지를 규명하고자 했다. 전쟁, 대학살, 자연재해 등의 '이해할 수 없을' 정도로 가혹한 극한상황에 던져진 피해자는, 자신에게 닥친 고난이 '하늘'이나 '신'으로부터 내려온 운명이라고 받아들이고 싶어 한다. 재앙의 원인을 '이해할 수 없는' 까닭에 이해를 넘어선 초월적 존재에 의지하여 납득하고자 하는 것이다. 하지만 그 고난이 다름 아닌 '인간'에 의해 저질러진 이상, 재발을 막기 위해서는 아무리 고통스럽더라도 그 원인을 규명하여 '이해'하려고 노력해야 한다.

프랑클과 레비 사이에 있는 것은 비유적으로 말하자면, 가혹한 현실을 어떻게 살아낼 것인가 하는 '임상적' 차원과 그 현실의 원인을 규명하고자 하는 '병리학적' 차원 사이의 차이라 할 수 있다. 이 두 차원은 원래 서로 배제하고 대립하는 것이 아니지만, 자주 혼동되고 때로 동일한 평면 위에서 부딪히기도 한다. 그리고 '이해할 수 없는 일을 이해하고자 무익한 노력을 하느니, 주어진 운명 속에서 어떻게 살아남을 것인지가 중요하다'라는, 말하자면 사고 정지의 메시지로 왜곡되어 '감동적'으로 소비된다. 이와 같은 수용은 일어난 사건 그 자체의 원인을 규명하고 재발을 막는 데엔 도움이 되지 않는다.

이리하여 사건 그 자체를 깊이 성찰하는 곤란한 역할은, 역설적이고 부당하게도 피해자의 어깨에 지워지는 것이다. 프리모 레비는 그런 무거운 짐을 걸머졌던 증언자였다.

프리모 레비는 그 생애에 걸쳐 총 14편의 문학작품을 발표했다. 마지막 에세이집인『가라앉은 자와 구조된 자』의 '결론'에서 그는 이렇게 말한다.

> 우리의 이야기에 귀를 기울여야 한다. 우리는 우리의 개인적 경험을 넘어 집단적·근본적으로 중요하고 예기치 못한 사건의 증인이었다. 정말 아무도 예기하지 못한 일이기 때문에 근본적으로 중요한 것이다. (중략) 사건은 일어났고 따라서 또 다시 일어날 수 있다. 이것이 우리가 말하고자 하는 것의 핵심이다.

40년간에 걸친 증언 후, 저자의 불안과 절망이 가라앉기는커녕 오히려 더욱 심해졌다는 것을 알 수 있다. 이 문장을 쓴 이듬해, 프리모 레비는 자살했다. 그는 자살함으로써 바닥이 보이지 않는 깊은 구덩이 같은 미완의 질문을 던졌다고 할 수 있으리라.

동심원의 패러독스

2011년 3월 12일에 일어난 후쿠시마 제1원전 폭발 사고 직후, 해외에 사는 지인들이 한시라도 빨리, 조금이라도 더 서쪽으로 피신하라는 충고를 메일로 보내왔다. 하지만 나는 도쿄에서 움직이지 않기로 결심했다. 그 당시 신문에 투고한 칼럼에 "지금 내 심정을 정확히 표현하기는 어렵다. 다만 나치가 대두하여 홀로코스트의 위기가 닥쳐오는 것을 피부로 느끼면서도 망명하지 않았던(혹은 망명하지 못했던) 유대인들을 자꾸만 떠올렸다"라고 썼다. 그로부터 일 년 이상이 지난 지금, 당시의 기분을 새삼 떠올려보아도 아직 명확한 결론을 말하기는 어렵다.

내가 살고 있는 도쿄 도의 서부 지역은, 원전 사고 현장에서 대략 200킬로미터 떨어져 있다. 미묘한 거리다. 사고 직후에 정부에서 피난 지시를 내린 것은 반경 20킬로미터까지였고, 30킬로미터 권역은 '긴급 시 피난 준비 지역'이었다. 이 밖에 원전 서북 방향으로 30킬로미터 권 밖에도 방사성 오염이 심각한 지역이 있다는 사실이 밝혀지면서, 그곳은 '계획적 피난 준비 지역'으로 무인(無人) 지역이 되었다. 하지만 실제로는 원전에서 수십 킬로미터 떨어진 후쿠시마 시나 고리야마(郡山) 시 등에서도 방사선량은 도쿄의 수 배 또는 십수 배였고, 거기서 일상생활을 해선 안 될 위험한 수준이라고 지적하는 전문가도 많다.

200킬로미터 떨어진 도쿄도 안심권은 아니다. 바람이나 비, 하천, 해수 등에 의해, 또한 농산물이나 해산물 등의 식품이나 갖가지 유통 물품에 의해 도쿄에도 앞으로 장기적인 방사능 오염이 덮칠 것으로 보인다.

사고 직후엔 정보가 제한되었던 탓에 알 수 없었지만, 일 년 이상 경과하여 검증이 진행된 현재, 원전 사고의 직접적 영향이 도쿄에 미치지 않았던 것은 단지 우연에 불과하다는 사실이 밝혀졌다. 사고 직후 미국 정부는 일본 주재 자국민에게 원전 80킬로미터 밖으로 피난하라고 명했다. 이것이 과잉 반응이 아니라, 오히려 정확한 정보를 가지고 있었기 때문이었다는 것도 나중에야 알려졌다. 지금 바로 도망쳐 나오라고 내게 충고했던 해외의 지인들이, 현장 가까이에 있는 나보다도 정확하게 사태의 진상을 파악하고 있었던 것이다.

일본 정부는 작년(2011년) 말, 사고를 일으킨 원전의 '냉온 정지 상태'를 선언했지만, 원전은 지금도 불안정한 상태가 이어지고 있다. 반복적으로 오염수가 넘치는 데다가 사용 후 연료 풀은 언제 붕괴해도 이상하지 않은 상태다. 앞으로 수십 년에 걸쳐 후쿠시마 원전은 방사선을 계속 흩뿌릴 것이고, 그사이에 또 다른 지진이나 쓰나미가 일어나면 이번 사고를 훌쩍 넘어서는 파국적인 사태가 벌어지리라.

그럼에도 불구하고 도쿄에 있는 사람들 대다수는 피신하려 하지 않고, 사고 이전과 다름없는 생활을 계속하고 있다. 그뿐 아니라, 원전 사고 현장이라 할 수 있는 지근거리에서도 많은 이들이 그냥 살고 있으며, 오히려 임시 피난하고 있던 이들에게 돌아가라고 재촉하는 정부나 행정 당국의 움직임이 강화되고 있다. 위험성은 조금도 줄어

들지 않았건만 도대체 어째서 이런 일이 일어나는 걸까?

대부분의 사람들은 피해의 중심부에서 멀어질수록 피해의 진실에 대해 상상력을 발휘할 수 없게 된다. 도쿄 주민이 후쿠시마 주민의 고통에 공감하기란 쉬운 일이 아니다. 한국에 살면서 일본 주민들이 품고 있는 막연한 불안이나 공포에 공감하는 일은 간단하지 않을 것이다. 현장에서 동심원상으로 멀어지면 멀어질수록 상상력을 발휘하기가 힘들어진다. 이는 쉽게 이해할 수 있는 현상이다.

그렇다고 피해의 중심에 가까워질수록 불안이나 공포를 보다 절실히 느끼는가 하면, 꼭 그렇지는 않다. 오히려 피해의 중심에 가까울수록 끔찍한 진실을 직시할 수 없어 손쉬운 낙관론에 매달리려는 경향마저 보인다. 앞서 언급한 방어적 부인이나 억압이라는 메커니즘이 작동하는 듯하다.

홀로코스트의 위기가 닥쳐오고 곳곳에 그 조짐이 보이던 때, 어째서 유대인들은 망명하지 않았던 걸까? 그 물음에 프리모 레비는 『가라앉은 자와 구조된 자』에서 다음과 같이 답한다.

여기서도 나는 나치즘과 파시즘의 위협에 직면한 많은 사람들이 '사전에' 떠났음을 지적해야겠다. 이들은 정치적 망명자이거나 두 체제에 밉보인 지식인들이었다. (중략) 하지만 그들의 가족들 대다수가 여전히 이탈리아나 독일에 남았다는 것도 사실이다. 그 이유를 자문하거나 남에게 묻는다는 것은 역사에 대한 시대착오적이고 틀에 박힌 사고를 드러낼 따름이다.

이렇게 말하고 나서 레비는 당시(1930년대) 유럽에서는, 오랫동안 살아오던 곳을 떠나 외국으로 옮아간다는 것이 오늘날처럼 쉬운 일이 아니었다고 지적한다. 또한 자신이 나고 자란 '조국'을 떠나는 것의 "심리적 측면의 어려움"을 상기하라고 촉구한다. 그리고 이렇게 이어간다.

그러나 불안을 조성하는 추론들은 좀처럼 뿌리내리지 못한다. 극단적 나치들이(또 파시스트들이) 집집마다 습격을 감행할 때까지 사람들은 경고의 신호를 받아들이지 않고, 위험에 눈을 감았다. 내가 이 책의 첫머리에서 말한 그 편리한 진실들을 만들어내는 방식을 이어갔던 것이다.

여기서 레비가 말하는 "편리한 진실"이란, 끔찍한 진실에서 눈을 돌리기 위해 무의식중에 만들어내고 믿어버린 '허위'나 '환상'을 가리킨다. 예를 들어 수용소의 수감인 대부분은 살해당했지만, 자신의 아들만은 소련의 병원에 살아 있다고 믿어버리는 것 같은 심리 상태다.

레비의 지적은 날카롭게 핵심을 찌르고 있다. 하지만 레비는 거꾸로 "어째서 '사전에' 도망가지 않는가?"라고 묻는 이들에게 "(현재의) 우리는 얼마나 안전할까?"라고 반문한다. 핵무기의 위협으로 주의를 환기한 다음 이렇게 말한다.

오늘날의 공포는 당시의 공포보다 과연 더 근거 없는 것일까? 우리는 미래를 볼 수 없고 그 점에 있어선 우리의 아버지들보다 나을 것이 없

다. (중략) 여권과 입국 비자를 발급받는 일은 당시에 비해 훨씬 더 쉬워
졌다. 왜 우리는 우리가 살던 땅을 버리고 '사전에' 도망가지 않는가?

　레비는 여기서 지금 바로 도망치라고 결단을 재촉하는 것이 아
니다. 또한 도망치지 못하는 이들을 어리석다고 비웃는 것도 아니다.
"어째서 '사전에' 도망가지 않는가?"라는 질문 자체가 틀에 박힌 사
고이며 현실에 부합하지 못한다고 지적하는 것이다. 전쟁이나 학살
처럼, 보통 사람의 능력을 넘어설 만한 결단을 강요하는 극한상황의
가혹함을 말하며, 재발을 막기 위한 예지와 노력을 촉구하는 것이다.
　위험한 지역에 그대로 머무르는 사람들은 스스로 위로받기 위해
'만들어진 위로의 진실'에 매달리려는 경향이 있다. 현장에서 거리가
떨어진 이들은 상상력을 발휘할 수 없고, 거리가 가까운 이들은 '고
통스러운 진실'에서 눈을 돌린다. 나는 이런 현상을 '동심원의 패러
독스'라고 부른 적이 있다. 이런 구조는 진상을 은폐하고 피해를 경
시하게 만든다. 또한 책임을 회피하고 이윤이나 잠재적 군사력 보유
를 위해 원전을 유지하려는 사람들, "치명적인 천둥의 방자한 관리인
들"(프리모 레비)을 이롭게 할 따름이다.
　피해의 진원지에서 멀리 떨어진 사람일수록 피해의 진실에 스
스로 상상력을 발휘하려 노력하고, 피해의 진원지에 가까운 이들일
수록 용기를 내어 가혹한 진실을 직시해야만 한다. 증언자(표현자)는
'표상의 한계'를 넘어서는 증언(표상)에 도전해야만 하고, 독자는 스
스로 '상상력의 한계'를 넘어서는 상상력을 발휘하려고 애써야만 한

다. 더없이 어려운 일이지만, 참극의 재발을 막기 위해 이 시대가 우리에게 요구하는 바다.

7장

패트리어티즘을 다시 생각한다

디아스포라의 시점에서

이 글은 2014년 6월 13일, 전남대학교 호남학연구원 주최로 열린 〈패트리어티즘, 정치적 열정으로서의 사랑(Patriotism; Love as Political Passion)〉이라는 주제의 국제학술대회에서 발표한 원고이다. 이 책에 수록하면서 약간 수정하고 주석을 달았다.

어느 택시 기사와의 대화

2006년부터 두 해 동안 안식년을 얻어 서울에서 지냈다. 일본에서 태어난 재일조선인 2세인 나로서는 정말 귀한 체험이었다. 한국 택시의 (일본과 다른) 특징은 기사가 손님에게 말을 건넨다는 것 아닐까? 어느 날 기사와 나눈 이야기를 소개해본다.

그 기사는 70대 후반 정도의 나이였다. 처음엔 백미러로 힐끔힐끔 나를 쳐다보더니 마침내 "일본에서 왔습니까?" 하고 일본어로 물었다. 이런 일은 이전에도 자주 있었다. 말을 하지 않아도 옷차림이나 분위기가 '이 사람은 일본인이구나' 하고 짐작하게 만드는 모양이다. 하지만 나는 '일본인'은 아니니까 이런 경우, 늘 답변이 궁하다. 못 들은 척할 수도 없고 '일본에서 온' 것은 사실이니 조선어로 짤막하게 "예" 하고 답했다.

조선어로 대답했건만 기사는 나를 '일본인'이라 믿었는지 계속해서 일본어로 이런 이야기를 시작했다.

자기는 일제 강점기 일본 오카야마 현(岡山縣) 시골에서 자랐다. 거기서 소학교에도 다녔다. 아름다운 풍경을 기억하고 있다. 소학교 시절에 배웠던 〈고향(故鄕)〉이니 〈고추잠자리(赤とんぼ)〉° 같은 동요

나 창가를 지금도 부를 수 있다……. 기사의 표정은 그리움으로 고즈 넉해진 듯했다. 금방이라도 〈고추잠자리〉를 흥얼거릴 듯한 기세였다.

이럴 때 '일본인' 승객이라면 기뻐할까, 당황할까, 어떤 반응을 보이는 걸까?

"예, 일본 시골은 경치가 좋지요"라든가 "고추잠자리는 좋은 노래죠"라는 식으로 대답하는 것일까?

기사도 그런 반응을 예상했을지 모른다. 하지만 나는 '일본인'이 아니며, 그렇게 반응할 수는 없었다.

택시를 탈 때마다 이런 이야기를 하는 건 좀 부담스럽다고 생각하면서 나는 떠듬떠듬 조선어로 말했다.

"전 일본에서 오긴 했지만, 일본인이 아닙니다. 재일교포입니다……."

'교포'라는 단어는 평소에 쓰지 않지만, 이때는 나이 든 기사에게 의미가 전달되도록 그렇게 말했다.

"아아, 교포세요?" 기사는 약간 김이 새는 듯한 목소리였다. 내가 조선어로 대답했는데도 "교폰데도 한국말을 잘하네요……" 하며 계속 일본어로 말했다. 나는 좀 오기가 나서 조선어로 계속했다.

"네, 다 커서 배웠지요. 너무 어려워서 아직 멀었어요."

"괜찮아요."

기사는 뒷좌석을 돌아보았다. 제

ㅇ 〈고추잠자리〉는 일본의 대표적 동요 중 하나다. 미키 로후(三木露風)가 1921년에 고향 효고 현(兵庫縣) 이보 군(揖保郡) 다쓰노(龍野) 마을에서 보냈던 유년기의 향수를 시로 썼고 1927년에 야마다 고사쿠(山田耕筰)가 곡을 붙였다. 애보개의 등에 업혀 고추잠자리를 보았다는 내용이다.

발 앞을 보면서 안전 운전을 해줬으면 싶었지만 그런 말을 꺼낼 여유는 없었다. 그는 "괜찮아요, 나는 일본어를 하니까⋯⋯" 하고 나를 위로하듯 말했다. 이리하여 그는 일본어, 나는 조선어로, 두 사람 모두 떠듬떠듬하는 대화가 이어졌다. 아무래도 그는 어릴 적 익힌 일본어로 이야기해보고 싶다는 잠재적 욕구가 있었던 모양이다. 나를 보고 좋은 상대라 여겼던 것이리라.

"일본에서는 독도 문제를 다들 어떻게 생각하고 있어요?"

떠보는 듯한 말투였다. 아무렴 그렇지, 또 그 이야기네. 나는 신중하게 답했다.

"다들요?"

"일본인들 말예요."

"그야 여러 가지겠지만 대다수는 일본 고유 영토라는 정부의 말을 지지하고 있죠."

이렇게 대답하고 나서 서둘러 덧붙였다. 독도 문제에 관해 일본을 향한 비판을 내게 쏟아내는 건 말이 안 된다 싶어서였다. 예전에도 재일조선인인 내가 일본을 향한 비판의 표적이 되는 엉뚱한 일을 몇 번이나 겪었기 때문이다.

"물론 저는 아니지만요. 저는 재일교포니까 일본 식민지 지배의 피해자거든요. 독도 역시 일본이 조선을 식민 지배하는 과정에서 손에 넣은 거잖아요. 그걸 인정할 수는 없지요."

기사는 침묵했다. 나를 '일본인'으로 분류해야 할지, '한국인'으로 분류해야 할지, 곰곰이 생각하는 모양이었다.

"그래도 일본은 좋아졌죠? 아직 차별이 있어요?"

"물론 있지요. 한국인은 나가라는 둥, 조선인을 죽이라는 둥 대놓고 악을 쓰는 놈들까지 있는 걸요……."

"그런가요……."

기사의 말투가 여기서 변했다. '일본인'에게는 하지 않을 이야기를 해도 되겠다 싶었던 모양이다.

"실은요, 아까 오카야마 현 시골에서 자랐다고 했잖아요. 그 시절엔 엄청나게 고생했어요. 우리 집은 가난해서 지저분한 조선인 부락에 살았거든요. 거기 산다는 것만으로 주변 일본인들이 백안시하고, 아이들한테도 괴롭힘을 당했죠. 조오센, 조오센 하고. 이젠 그런 건 옛날이야기고, 지금은 없어진 줄 알았는데……."

"옛날 그대로는 아니지만, 모양을 바꿔 이어지는 것 같아요. 애당초 정부가 제대로 된 반성이나 사죄도 하질 않고, 학교에서도 역사적 사실을 가르치지 않으니 이래서야 일본인들이 정말로 변할 수도 없지 않은가요?"

"내가 어렸을 때는 대동아전쟁이 한창이라서 일본 아이들은 모두 다 자기도 훌륭한 군인이 되겠다고들 했지요. 하지만 조선인은……."

여기서 기사는 '조센진'이라는 일본어를 썼다. 그것이 '한국인'이라는 한국어보다 솔직하게 그의 기억을 드러내기 때문일 것이다.

"조선인은 종전 무렵까지 징병 대상이 아니었으니까 국민의 의무를 다하지 못하는 못난 놈들이라고 더더욱 괴롭힘을 당했지요. 그게 싫어서 나도 어엿한 남자이니 징병을 해줬으면 싶었어요."

기사는 이야기하다 보니 봉인해두었던 온갖 기억들이 되살아나는 모양이었다. 나는 마음먹고 머릿속에 떠오르는 의문을 입 밖으로 내보았다.

　"그래도 좀 전엔 고향이 그립다고 했잖아요?"

　"그야 그립지……."

　기사의 억양엔 고양된 감정이 묻어났다.

　"역시 그립긴 해요. 조금만 걸으면 깨끗한 물이 흐르는 시내가 있었는데, 그 냇가에서 곧잘 놀았어요. 산에 걸린 석양을 보면서 〈고추잠자리〉를 부르며 집으로 돌아갔지. 가끔 엄마가 '우동'을 만들어 줬어. 일본식 국물을 낸 '우동'이요. 맛있었지. 지금도 생각나……."

　"차별 때문에 힘들었다면서요?"

　"그럼요! 지독했지. 그 동네에서 제일 가난한 일본인들조차도 우리를 대놓고 멸시했으니까."

　"그럼 8·15 해방을 어떤 마음으로 맞았어요?"

　"기뻤죠. 이제 독립국의 국민이 될 수 있다, 지금까지처럼 무시당할 일도 없다고 생각했으니까요. 아버지가 가족을 이끌고 귀국하겠다고 해서 나는 처음 보는 조국에 벅찬 가슴으로 상륙했어요. 그리고……."

　기사는 한동안 입을 다물었다가 다음 신호를 기다리며 겨우 입을 열었다.

　"그러고 나서 고생한 건 말도 못하죠. 일본에 있을 때보다 더 힘들었으니까……."

이번엔 내가 입을 다물 차례다.

"몇 년 안 가 6·25가 시작되고……. 열여덟 살에 나도 국군에 소집당했거든요. 전쟁 자체도 힘이 들었지만 군대에서……."

"군대에서?"

"상관이나 선임들한테 엄청 얻어맞았어요. 왜놈이라는 둥, 애국심이 모자란다는 둥 하면서……."

"왜놈……요?"

"난 일본에서 자랐으니 국어를 거의 못했어요. 기를 쓰고 배워봤자 발음은 일본식으로 떠듬떠듬하지, 상관이나 동료들 말을 못 알아듣기도 하고. 앉음새나 밥 먹는 것까지 행동거지도 어딘가 일본풍이고, 음식도 매운 걸 못 먹고 일본식의 싱거운 맛을 좋아하고 했으니까……."

"……."

"그럴 땐, 내가 자란 오카야마가 그리워 숨어서 운 적도 있어요……."

조금 더 이야기를 듣고 싶다고 생각할 무렵 택시는 목적지에 도착해버렸다.

이 늙은 기사의 마음속에서 '고향'이란 어린 시절 몸에 밴 향수의 대상이다. 그러나 그 향수와 식민지 신민으로서의 피차별 체험의 기억이 아직도 심하게 갈등하는 것이다.

그에게 고향이란 분열되고 모순된 이미지일 뿐이다.

더구나 그 모순된 '고향'에서 귀환하고 보니 '조국'은 둘로 분열

되어 대치 중이었다. 그는 사정도 모른 채 자신의 의사와 상관없이 어느 한쪽으로 귀속되기를 강요당했고 '애국정신'이 부족하다고 학대받았다. 고향에 대한 애착(애향심)과 국가에 대한 애착(애국심)을 등식으로 연결하는 상투적인 이야기는 여기서 전혀 성립되지 않는다. 늙은 기사가 그리워하는 대상은 어린 시절의 풍경, 언어, 음악, 미각, 어머니의 기억 등이고, 그것은 원래 '일본'이라는 국가에 대한 애착과는 별개다. 하지만 그런 감정을 '애향심'이라고 명명하는 순간, 그것은 '애국심'으로 곧장 연결돼버리고, 한국의 '애국자'로부터 '애국심'이 부족하다는 비난을 듣게 되는 것이다.

여기서 짚고 넘어갈 것은 이 늙은 기사가 특별히 동정할 만한 존재는 아니라는 점이다. 거꾸로 많은 사람이 내면화하고 있는 애향심과 애국심을 등식으로 연결하는 이데올로기가 얼마나 허구적인지 그의 경험이 폭로한다.

인간이 '고향'을 사랑하는 것은 당연한 일일까?

그렇지 않다는 예는 얼마든지 들 수 있다. '고향' 속에 신분, 계급, 젠더, 민족, 여타 분단선이 종횡으로 그어져 있다. '고향'이라는 좁은 공동체 내부에 갇혀버린 약자는 도망치지도 못한 채 계속 억압받는다. 예를 들어 장자 상속제 시절의 차남, 삼남은 '고향'을 떠나거나, 혹은 평생 '고향'에서 힘든 삶을 감수해야만 했다. 입에 풀칠할 방법이 없어 소작이나 하인으로 살아가는 사람들에게는 더욱 그러했다. 그런 이들에게 '고향'이란 감옥의 다른 이름이었으리라. '기향(棄鄕, 고향을 버림)', '출향(出鄕, 고향에서 도망침)'과 같은 감정의 방향성 역시 근대 이후 사람들 사이에 보편적으로 존재한다는 것도 부정할 수 없다.

'고향'에 대한 애착을 '국가'에 대한 사랑으로 연결하는 것은 너무 엉뚱한 비약이다. 어떤 사람이 일본 오카야마 현 산촌에서 태어났다고 해서 그 마을을 사랑해야만 하는 것은 아니다. 또한 그 마을을 사랑한다고 해서 그것을 자동적으로 일본국에 대한 사랑으로 읽어야만 할 이유도 없다. 또 어떤 사람이 조선 반도 남서부 호남 지역의 농촌에서 태어났다고 해서 그 사람이 자동적으로 그 마을을, 나아가 '대한민국'을 사랑해야만 할 이유는 없다. 그렇건만 일본에서나 한국에서나 많은 이들이 이런 비논리적 연속성을 의심하지 않는 것이다.

재일조선인에게 '고향'과 '국가'는 일치하지 않으며, '국가'란 항상 자신의 경험 밖에 있으니 즉자적인 애착의 대상이 될 수 없다. 늙은 택시 기사는 재일조선인은 아니지만, 그의 경험에는 재일조선인 일반의 경험과 공통되는 면이 있다. 아니, 그런 일이 식민지 시대 조선 반도에 남았던 많은 조선인에게도 역시 마찬가지라는 사실은, 이상화의 시 「빼앗긴 들에도 봄은 오는가」를 떠올리기만 해도 명백해진다. 식민지주의가 사람들로부터 고향을 떼어내는 과정(토지나 자원의 강탈), 혹은 사람들을 고향으로부터 떼어내는 과정(강제 동원이나 이주)에서 폭력이 행사되었다. 이렇게 찢겨나간 사람들을 다시 '국가'라는 틀에 끼워 넣고자 하는 과정에서 애국주의라는 폭력이 다시금 행사된 것이다. 차분히 생각해보면 이 늙은 기사의 경험과 자기 분열 양상은 우리 조선 민족 모두에게 결코 예외적인 것이 아니고 오히려 일반적인 것이다.

향수와 국가주의

'힘내라 일본'. 2011년 3월 11일의 동일본 대지진 이후, 텔레비전에서는 공익 홍보 영상이 반복적으로 흘러나왔다. 운동선수와 가수들이 등장해서 "일본은 강한 나라다", "힘내라, 일본" 해가며 응원하고 있다. 이 영상을 볼 때마다 나는 불길한 예감에 사로잡힌다. 거기다가 "자위대원 여러분께 감사하자" 등의 음성이 겹치면 더더욱 그렇다.

지진으로 피해를 당한 것은 '일본인'만이 아니고, 고생하는 것도 '일본인'만이 아니다. 이러한 포괄적 레토릭으로 국민적 단결을 고취하고 어려움을 이겨내려는 것이겠지만, 그 단결을 위해서는 '국민의 적'이 필요해지는 것도 지극히 당연하다. 앞으로 어려움이 장기화되고 지배층에 대한 사람들의 불만이 쌓이면 반드시 '적'을 만들어내려 할 것이다. 이에 반대하는 국민은 '매국노'가 되는 것이다. 그것이 예나 지금이나 권력의 상투적인 수단이다. 이때 '적'으로 삼아버릴 가능성이 큰 존재가 바로 재일조선인이다.

지금부터 3년 전, 지진 직후에 나는 이와 같은 불길한 예감을 기록했다. 그 후 지금까지 일본 사회의 추이를 살펴보자면 유감스럽게도 이 예감이 적중했다고밖에 할 수 없다. 일본 정부는 중국, 한국, 북조선 등 주변 국가와의 대립을 부추기면서 재군비, 무기 수출, 원전

수출이라는 방향으로 내달리고 있다. 거리에서는 재일조선인을 적대시하는 극우세력의 시위가 되풀이된다. 지진 이후 일본 사회는 국가주의 경향이 확실하게 강화되었으며 이제 위험 수위를 넘어설 참이다. 염려스러운 점은 일반 일본 국민 사이에서 '향수'라는 감정이 과도하게 강조되고 공유되는 현상이다. 〈고향〉은 소학교에서 가르치는 창가이며 일본 국민 누구나가 알고 있는 노래다.

1절 가사는 다음과 같다.

> 토끼 쫓아다니던 그 산과
> 물고기 낚던 그 강이여
> 꿈길에선 지금도 헤매네
> 잊지 못할 고향이여

지진 이후 이 노래가 '제2국가'라 일컬어지면서 기회만 있으면 합창들을 해댄다. 관(官) 쪽에서 장려하고 있기도 하지만, 먼저 민(民) 쪽에서 '자발적으로' 일어난 움직임이다. 지진 피해지뿐 아니다. 내가 직접 경험한 일도 있다. 어떤 이탈리안 레스토랑에서 콘서트 겸 식사 모임이 있어 참석했다가 참가자들이 콘서트 종료 때 자발적으로 기립하더니 감정을 듬뿍 담아 이 노래를 합창하는 장면을 목격했다. 참고로 그 자리의 참가자들은 거의 도쿄 근교 거주자들로, 직접적인 피해자는 아니었다.

말할 것도 없는 소리지만 피해를 본 것은 일본 국민만이 아니며 후쿠시마 원전 사고의 방사능을 뒤집어쓴 것도 일본 국민만이 아니다. 오히려 일본은 자국이 국책으로 추진했던 원전 사고로 인해 전 세계 환경과 인류에 지속적으로 피해를 주게 된 가해자이다. 하지만 일본 국민 대다수가 '우리 일본 국민이 당한 재해와 고난'이라는 측면에만 주목하여 피해의식을 공유하면서 감상적인 공동체 감정을 강화하고 있는 듯하다.

1923년 9월 1일 관동대지진 당시 6,000명 이상의 조선인, 200명 이상의 중국인, 무정부주의자 등 수십 명의 일본인이 학살당했다. 이 학살은 "조선인이 불을 지르고 있다", "우물에 독을 풀었다" 등의 유언비어에서 시작되었고, 그것이 관헌과 미디어에 의해 증폭되며 벌어진 것이었다. 〈고향〉의 부드러운 멜로디를 다수의 일본 국민이 합창하는 모습을 볼 때마다 이런 사건이 재현되는 것은 아닐까 하는 불안과 긴장감이 스멀거린다.°

이 같은 '향수'와 국가주의(애향심과 애국심)의 위험한 관계에 관해, 정치사상학자인 나카노 도시오(中野敏男)가 최근 빼어난 논고(『시가와 전쟁(詩歌と戰爭)』, NHK出版, 2012)를 발표했다.

나카노에 의하면 1914년 6월에 『심상소학 창가 제6학년용(尋常小學唱歌 第六學年用)』이 간행되었는데, 그때 나온 교사용 지도서에는 다음과 같은 기술이 있었다고 한다.

　　향토를 사랑하는 마음은 곧 국가를 사랑하는 마음이다. (중략) 향토를

° 2011년 3월의 동일본 대지진 직후와 2014년 8월의 히로시마 시 홍수 산사태 피해 당시 인터넷을 중심으로 "피해지에서 외국인 절도단이 절도를 거듭하고 있다"라는 악의적인 유언비어가 확산되어 경찰 당국이 진화에 나서는 일이 있었다.

떠난 자의 애향의 정을 상상하게 하는 것은 훈육상, 지육(智育)상, 안성맞춤의 재료가 아니겠는가?

이 『제6학년용』 교과서에는, 제1곡 〈메이지 천황 어제(明治天皇御製)〉에서 시작하여, 제18곡 〈천조대신(天照大神)〉을 거쳐 마지막 곡 〈졸업 노래(卒業の歌)〉에 이르기까지 열아홉 곡이 배치되었다. 이것이 "천황을 중심으로 하여 위로부터 애국을 설득하는 관제 국가주의의 표현"(나카노, 앞의 책)이라는 사실은 명백하지만, 제5곡 〈고향〉은 〈나는 바다의 아들(我は海の子)〉과 〈출정병사(出征兵士)〉 사이에 놓여 있다. 〈나는 바다의 아들〉의 가사 제7번은 이렇게 노래한다.

> 어서 큰 배에 올라타고
> 나는 캐내리라 바다의 부귀
> 어서 군함에 올라타고
> 나는 지키리라 바다의 나라

〈출정병사〉의 가사는, "늙은 부모님"의 소원이라며 "의용의 의무를 조국에 다하고, 효자의 영예를 우리 집에 바쳐라", "전쟁에 나가거든 몸조심하여 탄환에 죽을지언정 병으로 죽지 마라"라고 노래한다.

이처럼 '제국'을 위해 헌신하라는 국민의 의무를 주입하는 문맥 속에서 '고향'은 '향수'를 매개로 애향심과 애국심을 연결하는 역할을 맡는다.

이와 같은 '위로부터'의 관제 애국주의와는 별도로, 근대 일본의 대표적 시인 기타하라 하쿠슈(北原白秋)는 '밑으로부터', '자유주의'적인 동요 운동을 일으켰다. 국가가 위에서 들이붓는 향수와는 달리, 어린이의 '동심'에는 원래부터 인간 '본연'의 '낳아주신 어머니에 대한 사모'의 감정이 있는데, 이것이 어른이 지닌 '향수'와 같은 것이라고 주장한다. 이러한 '동심(童心)주의'는 "향수라는 감정을 본연적인 것이라고 인정함으로써 그것을 과제로 삼는 것이 아니라 내재하는 전제로" 만들고 있다. 메이지 시대의 국가주의는 '국민으로 만든다'라는 훈육이 과제였으나, 다이쇼 시대의 이 '자유주의'는 '국민이다'라는 것이 이미 전제되어 있다. 여기서 '자유주의'란 실은 이러한 '국민'의 자유를 가리킨다. 바꾸어 말하자면 이와 같은 '향수'를 일종의 전제로서 공유하지 않는 자는 '국민이 아닌 자(비국민, 매국노)'로 배척당하는 것이다.

다이쇼 시대의 '자유주의' 동요 운동의 중심인물이었던 기타하라 하쿠슈는 1923년 관동대지진으로부터 2년 반이 지난 후, 그해의 기원절에 거행된 '건국제'를 위해 〈건국가(建国歌)〉를 지었다. 건국제는 지진 후 고무된 애국주의를 배경으로 우익단체에서 기획했으며 도쿄에서는 약 3만 명이 축하 행진을 했다고 한다. 기타하라 하쿠슈는 1931년 만주사변 무렵부터 애국가요, 전쟁시가를 양산했으며 솔선해서 전쟁 체제에 협력했다.(나카노, 앞의 책)

1923년 관동대지진 이후, 혼란 속에서 수많은 조선인과 중국인, 일본인 무정부주의자, 노동운동가 등이 학살당했다. 더불어 '제도(帝

都) 부흥'이라는 구호와 함께 군국주의가 대두했고, 국민의 인권은 억압되었으며 마침내 일본은 만주사변을 거쳐 대전(大戰)에 이르는 길을 따랐다.

그 과정에서 '향수'라는 감정이 해낸 역할을 경시해도 될 리가 없다. 동일본 대지진이 일어난 오늘날에는 더욱 그렇다.

조선 민족의 입장에서 덧붙인다면 일제 강점기의 음악 교육에서 창가나 동요 형태로 채워 넣은 '향수'가 구세대뿐 아니라 해방 후 세대까지 눈에 보이지 않는 형태로 살아남아 있는 것은 아닐까?

나는 한국에서 그 택시 기사처럼 일본의 창가나 동요에 대한 그리움과 동경을 지닌 이들을 만났고 적지 않은 당혹감을 느꼈다. 가사가 강조하는 헌신의 대상을 '일본'에서 '한국'으로 바꾼다 하더라도 향수와 국가주의를 연결하는 사슬이 끊어지진 않는다. 오히려 그리운 음악이라는 모습으로, 어떤 이데올로기가 우리의 내면에 침투하고 있는지를 정직하게 직시할 필요가 있다.

가족애와 애국심

지금까지 향토애와 국가주의를 등식으로 연결하는 행위의 위험성에 관해 이야기했다. 기타하라 하쿠슈가 말하는 '동심(어머니에 대한 사랑)'은 어떨까? '어머니의 사랑'은 만인에게 의심할 수 없는 절대적 진실일까? 그것은 '가족애'와 같은 것일까? 또한 가족애는 향토애와 무조건 연결될까? 다시 말해 부모 사랑=가족애=애향심=애국심이라는 등식은 정말 성립할까?

우선 개인적 의문을 말하자면, 이러한 등식을 강조하는 사람들은 어째서 '애국심'에서 이 등식을 끝내는지 궁금하다. 이 등식 뒤에 '인류애'나 '세계애', '평화'라는 가치를 상정하지 않는 이유가 뭘까?

나의 추론으로는, 이런 등식을 강조하는 사람들은 개인→가족→향토→국가(→세계)라는 방향으로 하나하나의 등식이 성립되는지를 음미하면서 사고하는 것이 아니라, 국가에서 출발하여 국가→향토→가족→개인이라는 역방향으로 '애국심'의 이유를 만들어 내려 하기 때문이다.

1990년대 후반, 전 일본군 '위안부'를 비롯한 아시아 전쟁 피해자들이 가시화되고 일본의 전쟁 책임을 엄하게 추궁할 무렵, 만화가 고바야시 요시노리(小林よしのり) 등의 우익 인사는 틈만 나면 가족이라는 비유를 들먹였다. 고바야시는 지금 비난받는 전 일본군 병사는 자기들의 '할배'라면서 현대의 젊은이들은 조국과 향토를 위해 싸운 조부 세대와 정신적으로 일체화되어야 한다고 주장했다. 이런 주장은 어이없을 만큼 일본 사회에 확산되었고 지금까지도 계속 증식 중이다. 문제는 고바야시처럼 눈에 잘 보이는 우파에게만 있지 않다. 오히려 '리버럴'을 자임하는 중간층마저 이러한 정서를 널리 공유한다는 점이야말로 문제인 것이다.°

'야스쿠니파(靖國派, 국수주의자)'와는 선을 긋고 있다는 자칭 '리버럴' 평론가 가토 노리히로(加藤典洋)는 『패전후론(敗戰後論)』이라는 교묘한 책을 내어 널리 일본 중간층에 인기를 얻었다. 그의 책은 한국에서도 번역(『사죄와 망언 사이에서』, 서은혜 옮김, 창비, 1998)되었고 지금도 가토를 일본의 양심적 리버럴 인사라 착각하는 한국인도 적지 않다. 하지만 가토 주장의 요점은, 야스쿠니파의 국수주의에 대한 '정서적 뿌리'를 끊어낼 수 없는 것은 호헌파(護憲派, 전후 평화주의자)가 일본군 사망자를 '팽개쳐두고' 있기 때문이다, 아시아의 사망자(전쟁 희생자)에 앞서 자국의 사자들을 애도하는 작업을 통해 국민적 통합을 실현해야만 한다, 그렇지 않으면 아시아의 희생자에 대한 사죄도 불가능하다는 것이다. 이런 주장 자체에 사실에 반하는 부분이나 논리적으로 맞지 않는 부분도 있지만, 지금 이 글의 주제는 아니므로 더 이상은 말하지 않겠다.

다만 가토의 다음과 같은 말은 이번 주제를 논하는 데 참고가 될 것이다.

○ 한 예로 2013년 12월에 상영되어 공전의 히트를 기록한 햐쿠타 나오키(百田尚樹) 원작 영화 〈영원의 제로(永遠の0)〉를 들 수 있다. 이 영화는 현대의 젊은 세대가 특공대원이었던 할아버지의 숨은 발자취를 따라가는 이야기다. 이 작품을 긍정하는 의견으로는 "그 시절의 젊은 파일럿들은 일본과 일본인을 지키겠다는 일념으로 목숨 걸고 싸웠다. 그 마음만은 전하고 싶다"라든가 "'가족을 위해 반드시 살아 돌아온다. 그것이야말로 사랑 아닌가'라는 말은 현대를 사는 우리에게도 통한다. 그런 주인공의 모습에 크게 감동했다" 같은 것이 있다. 이 작품이 젊은 세대를 포함한 일본 관객에게 인기를 얻은 배경에는 재난으로 인해 생긴 피해의식과 자신감 상실로부터 빠져나오고 싶다는 집단적 심리가 있다고 추정할 수 있다. 하지만 전쟁은 자연재해가 아니고 실제로는 일본국이 스스로 일으키고 수행한 침략전쟁이었다. 일본군 병사는 타자에 대해 가해자였고, 다른 측면에서 보자면 자국에 의해 죽음이나 고난을 강요당한 피해자이기도 했다. 이 작품은 그러한 전쟁의 본질로부터 눈을 돌려 일본국을 침략자가 아니라 피해자로 묘사하면서, '국가와 가족을 위해서'라고 자신을 타이르며 희생을 감수했던 자들을 감상적으로 미화한다. '할아버지' 세대를 미화함으로써 '손자' 세대에 해당하는 자신을 긍정하고 싶다는 집단적 심리로 일관된 작품이라 할 수 있다.(지은이)

"침략당한 나라의 인민에게 악랄한 침략자일 뿐인 자국의 사자를, 이 (외부용) 정사는 '팽개쳐'두었으니 이 버려진 침략자인 사자들을 '끌어안고' 그 사자들과 더불어 침략자의 낙인을 국제 사회 속에서 받는 것이 (중략) 책임을 지는 태도이다."(가토, 앞의 책)

이 인용 가운데 "끌어안고"는 처음 나온 잡지에서는 "감싸 안고"라 되어 있다. "낙인"이란 본의에 반하여 외부로부터 강요된 것이라는 비유일 터다. 일본이 침략자였던 것은 역사적 진실이지, 본의에 반하여 찍힌 "낙인"이 아니다. 가토 스스로 명확하게 일본의 전쟁을 침략 전쟁이라고 인식했다면 이런 표현은 나오지 않았을 것이다. 여기서 언급하는 것은 "본의 아니게 침략자라고 '낙인' 찍힌 민족"이라는 피해의식과 공범 의식을 형성하고 그것으로 '죄 있는 자'를 '감싼다'는 것이다.

가토는 어느 대담에선가 "더럽혀진 전쟁 사망자라 해도 아버지는 아버지다"라고 말했다. 가토가 말하는 '더럽힘'이란 '패전의 굴욕'과 동의어다. 패전이 '더럽힘'인가? 침략이야말로 '더럽힘'이다. 만약 일본이 승리했더라면 그 '더럽힘'은 더욱 구제받지 못할 것이 되었으리라.

어떤 개인에게나 물론 '아버지는 아버지'다. 아버지가 악한 일을 했을 때, 개인은 엄숙한 윤리적 판단을 강요당한다. 그 결과, 개인에 따라서는 아버지가 행한 악을 부정하면서도 동시에 아버지를 감싸는 일도 있을 것이다. 사랑이란 선악과는 다른 차원이기 때문이다. 그런데 아버지는 아버지이지만 아버지='자국의 죽은 자'는 아니다.

전쟁 가해자 세대 전체를 '아버지'라 비유함으로써 '아버지'라고 표상되는 관념 내부에 전쟁 지도자부터 전쟁 범죄자, 소극적 협력자, 무력하여 어쩔 수 없이 전장에 끌려가 목숨을 잃은 하급 병사, 자국의 전쟁에 저항한 반전주의자까지 한꺼번에 싸잡아버리는 바람에 개개인의 책임은 사라졌다. "도조 히데키(東條英機)°가 당신 아버지인가?"라는 단순한 질문을 던지기만 해도 가토 주장의 허점은 명백해진다. 개개인이 자기 아버지를 추모할 수는 있지만, 어째서 '아버지'라는 표상으로 전쟁 지도자나 전쟁 범죄자를 한꺼번에 싸잡아 애도해야 한단 말인가? '아버지는 아버지다'라는 이 비유에, 개인의 가족 감정을 국가주의로 유도하려는 덫이 숨어 있는 것이다.

'리버럴'을 자임하는 그가 고바야시 등의 국수주의자와 '정서적 뿌리'를 공유한다는 사실을 알 수 있다. 하지만 이러한 가토의 언설은 1990년대 후반 일본 사회에서 '나는 우파는 아니'라고 자임하는 이들에게까지 커다란 영향력을 발휘했고, 일본의 전쟁 책임을 명백히 밝히려는 몇 안 되는 이들을 한층 더 고립시켰다.

인간이 가족을 사랑하는 것은 당연하며, 따라서 가족을 위한 자기희생이 당연하다는 식으로 가족애를 본질화하여 파악하는 정서는, 애향심이나 애국심도 마찬가지로 본질화하여 인식하게 한다. 물론 가족애와 애향심, 애국심이 충돌하고 대립하는 국면도 있고, 가족이 국가에 대한 저항의 발판이 되는 경우도 있으

○ 현역군인으로 내각 총리대신에 취임하였고 재임 중에 태평양전쟁이 시작되자 관례를 깨고 육군대신과 참모총장을 겸임하였다. 패전 후 권총 자살을 시도했으나 미수에 그치고, 도쿄재판에서 연합군에 의해 A급 전범으로 기소되어 교수형에 처해졌다.

나, 애향심이나 애국심을 객관적으로 파악하기 위해서는 먼저 가족
애부터 객관적으로 파악해야 한다.

인간에게는, 설령 자기 부모 형제라 할지라도 상황에 따라서 그
사람을 사랑하지 않을 자유가 있다. 실제로 그런 예는 얼마든지 있
다. 고금의 문학에서 중요한 테마가 바로 이 육친애의 갈등이라는 사
실은 말할 것도 없다.

오해하지 않기를 바라는데, 나는 가족 상호 간의 '사랑'을 부정
하는 게 아니다. '태어난다'라는 말을 영어로 'I was born'이라는 수동
형으로 표현하듯, 인간은 아무도 자신의 의사로 이 세상에 태어나지
않는다. 아이는 (즉 인간은 누구나) 자발적 의사와 관계없이 가족이라
는 사회에 편입된다. 이런 부조리에 의해 주어진 자신의 삶을 의미 있
는 것으로 인식하고 가족을 사랑하게 되는 것은 '사랑해야만 한다'라
는 이데올로기나 강압에 의해서가 아니라, 가족이 그 구성원에게 사
랑스러운 존재가 되도록 노력하는 과정을 통해서 그렇게 되어야 할
것이다. 그런 의미에서 가족은 최소 단위이긴 하지만, 국가와 마찬가
지로 사회적 조직이다. 어른이 되어 자립할 수 있게 된 아이는 다시
한 번 자신의 자발적 의사로 가족이라는 사회의 구성원으로 머물지
떠날지를 판단하고, 때에 따라서는 벗어날 권리를 보장받는다. 그렇
다면 어째서 국가에 대한 희생이 언제나 가족에 대한 그것에 비유되
고, 그 비유가 널리 사람들에게 침투하는 것일까?

'I was born'이라 말하듯, 태어난 아이는 절대적 무방비 상태라 부
모나 가족(넓게 말해 어른)의 보호 없이는 살아남을 수가 없다. 거꾸로

말하자면 아이를 만든다는 행위에는 (굳이 그의 직접적 부모라는 의미에 한정하지 않고) 아이를 보호할 어른들의 의무와 책임이 따른다는 것이다. 이것은 '사랑'이라는 낱말로 표상되지만, 실은 '가족'이라는 사회적 단위를 구성하는 존재로서의 사회적 책임이라고도 볼 수 있다. 실제 혈연관계가 있든 없든 어른들에게 어린이를 보호할 책임이 있는 것은, 그것이 인류 사회를 유지해가는 데 필요하기 때문이다.

하지만 아이는 무방비하기 때문에(어떤 시대, 어떤 상황에서는 여성이나 노인도 마찬가지지만), 성장할 때까지는 어른에게 의존해야 한다. 여기서 권력관계가 생긴다. 원래는 사회적 단위의 구성원 전원에게 필요해서 생겼을 가족적 유대가 권력관계라는 형태를 띠는 것이다. 아이, 노인, 여성 등 가족 안의 약자에게 가족이라는 관계는 이탈하기가 극히 어려운 구속이다. 거꾸로 말하자면, 일가의 '가장'에게 가족이란 자신이 확실하게 지배할 수 있는 집단인 것이다. 가정 내 폭력이나 아동학대 사례는 이런 면의 단적인 표현이라고 할 수 있다.

이상과 같은 이유로 '국민은 하나의 가족'이라거나 '피를 나눈 우리'와 같은 식으로 국가와 국민의 관계를 가족관계나 혈연관계에 비유하는 것은, 구성원 각자의 자발적인 참가를 전제로 해야 할 사회 조직을 마치 '운명 공동체'인 양 묘사하여 구성원들을 권력관계로 묶어둘 위험을 내포한다. 그 위험을 피하기 위해서는 가족이라는 것이 각 개인에 의해 구성되는 사회적 단위라는 사실을 새삼 인식해야만 한다.

다 자란 아이가 스스로 판단하여 자기가 속한 (가족이라는) 사회의 다른 구성원을 위해 자신을 희생하는 것과, '효(孝)'라는 도덕률에 숨은 권력관계에 떠밀려 자신을 희생하는 것은, 겉모습은 비슷할지 몰라도 내용은 전혀 다르다. 여기서 말하는 '효'를 '충(忠, 주군에 대한 충의)'으로 바꿔놓고 보면 같은 구조가 보인다. 국가에 대한 '충'을 요구하는 사람들이 가족에 대한 '효'를 본질화한다. '충효'라는 슬로건은 유신독재 시절에 강조되었는데, 당시 전국의 교도소에는 '충효비'가 서 있었다.

'패트리어티즘'이라는 용어

이 학회의 테마는 〈패트리어티즘, 정치적 열정으로서의 사랑〉인데, 나는 지금까지 패트리어티즘이라는 용어를 굳이 쓰지 않고 '애국심' 혹은 '국가주의'라는 용어를 써서 논의를 진행해왔다. 그 이유는 우선 용어의 내용이나 용어가 내포한 뜻에 관해 깊이 있게 합의하지 않은 채 이런 논의를 하는 것에 대한 우려 때문이다. 그리고 용어를 달리 해석한 상태로 메타 레벨에서 논의한다는 것은 비생산적일뿐더러 때로는 위험할 수도 있다고 생각해서다. 끊임없이 그 용어를 실제 상황이나 문맥 속에 두고 구체적으로 검토하는 작업이 필요하다고 믿는다. 용어로 현실을 규정하는 것이 아니라, 현실에서 출발하여 용어를 거듭 검토하는 태도가 필요하다는 이야기이다.

예를 들어 '패트리어티즘'이라는 용어는 일본에서 '애국심'이나

'애향심'이라고 번역된다. 후자의 번역은 이른바 국가주의와 구별 짓고 싶다는 마음의 표현일 것이다. '애국심'은 위험하지만 '애향심'은 자연스러운 것이니 긍정할 수 있다는 뜻이 엿보인다. 하지만 지금까지 이야기했듯 '애국심'과 '애향심'은 다르지만 서로 연결되어 있다. '내셔널리즘'이라는 용어 역시 민족주의, 국가주의, 국민주의, 기타 여러 가지로 번역되고 뜻이 통일되지 않아 혼란스러운 채 유통되고 있다. 이처럼 개념 정리를 신중하게 하지 않은 채, '내셔널리즘'이라는 용어 만 '패트리어티즘'이라 바꾼들, 생산적인 사고가 가능할 리 없다.

미국 프린스턴 대학의 정치학 교수인 마우리치오 비롤리(Maurizio Viroli)의 책(『For love of the Country; An Essay on Patriotism and Nationalism』, Oxford University Press, 1995)은 이 문제를 검토할 때 도움을 준다.

비롤리는 이 책에서 "'조국애(love of country)'와 '국가에 대한 충성 (loyalty to the nation)', 그리고 패트리어티즘과 내셔널리즘은 학술 논문이나 일반적인 언어에서 동의어로 사용된다"라고 말한다. 그러나 양자는 "구별이 가능하고 또한 구별해야만 한다"라고 주장한다. "패트리어티즘이라는 말은 몇 세기에 걸쳐 하나의 집단(people) 공동의 자유를 지탱하는 정치제도와 생활양식에 대한 사랑, 요컨대 공화정 전체에 대한 사랑을 강화하거나 환기할 목적으로 사용되었다. 내셔널리즘이라는 단어는 18세기 후반 유럽에서, 한 국민의 문화적, 언어적, 민족적 통일성과 동질성을 옹호하거나 강화할 목적으로 만들어 낸 것이다. 공화주의 패트리어티즘의 적이 폭정이나 독재정치, 억압과 부패였던 것에 반해 내셔널리즘의 적은 이문화(異文化)에 의한 문화 오염, 이종 잡교, 인종적 불순, 그리고 사회적·정치적·지적 불통일이다."

이와 같은 문제의식에서 비롯되는, 유럽사상사에서 패트리어티즘이라는 단어가 어떤 의미로 쓰였는지 풍부한 예시를 인용해가며 다음과 같이 주장한다. 패트리어티즘은 공화정 체제와 그것이 인정하는 자유로운 삶의 방식을 지향하며, 인간에 대해 깊은 자비를 품고 관대한 애정을 강화한다. 따라서 내셔널리즘이 아니라 패트리어티즘이, 혹은 내셔널리즘을 뺀 패트리어티즘이야말로 현대에 필요하다는 것이다.

배타적인 내셔널리즘을 비판하기 위해 나온 이런 주장은 귀담아 들을 가치가 있으며 배울 만한 점도 있다. 하지만 내셔널리즘과 패트리어티즘을 구별하여 전자로부터 후자를 구해낸다는 것이 가능할지, 이런 작업이 실천적으로 얼마나 의미가 있을지 의문이다.

패트리어티즘은 혈연적, 혹은 문화적 동질성을 강조하는 내셔널리즘과는 다르다고 하지만, '공공선을 위한 자기희생'이나 '정치공동체에 대한 사랑'이라는 행위가 패트리어티즘이라는 호칭으로 형식화, 이데올로기화되면, 이는 곧장 배타적 자기중심주의로 변용될 수 있다. 정치권력은 끊임없이 바로 이 점을 노리고 있고, 역사적으로도 실제로 악용해왔다. 예를 들어 우리는 미합중국의 '공화주의 패트리어티즘'이 어떤 식으로 기능하는지 목도했다. 멀지 않은 과거에 조지 W. 부시(George W. Bush) 대통령은 미국 시민 80% 이상의 지지를 받으며 명분 없는 이라크 전쟁을 강행했다. 내셔널리즘은 악이고 패트리어티즘은 선이라고 관념적으로 분류하는 것보다, 양자의 이데올로기가 현실 상황이나 문맥 속에서 어떻게 부정적으로 혹은 긍정적으로 기능하는지를 구체적으로 검증하는 편이 의미 있지 않을까?°

가족애＝애향심＝(내셔널리즘이든 패트리어티즘이든)애국심, 이라는 상투적인 등식이 제시될 때는 각각의 항목 사이 등식이 정말 성립하

° '공화주의 패트리어티즘'의 구체적인 실천의 예로 프랑스의 역사학자 마르크 블로크(Marc Leopold Benjamin Bloch)의 경우를 들 수 있다. 대표적 저작으로는 『이상한 패배』(김용자 옮김, 까치글방, 2002), 『역사를 위한 변명』(고봉만 옮김, 한길사, 2007), 『봉건사회』(한정숙 옮김, 한길사, 2001), 『기적을 행하는 왕』(박용진 옮김, 한길사, 2015) 등이 있다. 저명한 중세사 연구자이며 소르본 대학 교수였던 그는 제2차 세계대전 발발 즈음에 이미 50대의 고령이었음에도 프랑스군에 지원하여 전선에 섰고, 나치 독일이 프랑스를 점령한 후에는 레지스탕스 운동에 가담했다가 독일군에 의해 총살당했다. 그의 행동은 많은 이들에게 감동을 주었다. 하지만 그를 '공화주의 패트리어티즘'의 대표 사례로 보고 '공화주의 패트리어티즘' 그 자체를 선으로 간주하는 것은 별개의 문제다. '공화주의 패트리어티즘'에는 조지 W. 부시도 마르크 블로크도 포함된다. 우리가 중요시해야 할 것은 '공화주의 패트리어티즘'과 '내셔널리즘'을 가르는 선이 아니라, 부시와 블로크를 나누는 선이리라.

마르크 블로크는 리옹(Lyon) 출신이지만 그의 집안은 알자스(Alsace) 지방에서 오래 살아온 유대계였다(블로크 자신은 유대교도가 아니다). 1904년 고등사범학교에 입학한 그는 재학 중 보병연대에 지원하여 병역을 치렀고 이후 제1차 세계대전, 제2차 세계대전 등 수차례에 걸쳐 군에 복무했다. 1920년에 선조의 출신지였던 알자스 지방의 스트라스부르 대학에 자리를 얻었고, 1929년에는 동료 뤼시엥 페브르(Lucien Febvre)와 함께 《사회경제사연보(Annales d'histoire economique et sociale)》를 창간했다. 1936년 소르본 대학으로 옮겨 파리로 이주했다. 1939년에 제2차 세계대전이 발발하자 군에 들어가 전선에 섰으나 1940년 나치 독일의 프랑스 점령을 앞두고 유대계라는 이유로 그의 가족이 남부 프랑스로 피난했고, 빈집은 장서와 자료까지 모두 나치 독일에 의해 '유대계 자산'으로 몰수되었다. 독일과의 전쟁에서 뼈아픈 패배를 맛본 블로크는 당케르크(Dunkerque)에서 영국으로 후퇴한 다음 다시 프랑스로 돌아가 싸움을 계속했으나 파리가 함락되고 프랑스가 항복한 후, 군을 이탈하여 점령 지구에서 탈출하여 남프랑스의 가족과 합류했다. 이 과정에서 집필한 기록이 『이상한 패배』이다.

독일과 프랑스가 휴전하고 비시(Vichy)의 괴뢰정권이 탄생한 후, 블로크는 소르본 대학으로

복귀하려 했지만 유대계라는 이유로 단념할 수밖에 없었다. 그래서 클레르몽페랑(Clermont-Ferrand)으로 철수해 있던 스트라스부르 대학에 복직을 신청해 허가받았으나, 발령 직전 비시 정권이 나치를 본떠 '유대인 공직 추방령'을 발포한 탓에 복직은 벽에 부딪혔다. 블로크는 주변의 권유로 프랑스 국가에 대한 예외적인 봉사 실적이 고려된다는 '추방령' 제8조 규정에 기초한 적용 면제 신청을 했다. 이 신청이 수리돼 복직했으나, 자신이 부당한 운명을 강요당하는 수많은 동료와는 다른 특권자가 되었다는 사실에 언제까지나 마음에 무거운 부담감을 가졌다. 이 시기, 블로크는 미합중국으로의 탈출도 생각했지만, 성인이 된 두 자녀와 82세 노모의 이주 비자를 받을 수 없었던 까닭에 단념할 수밖에 없었다. 그 후 어머니는 심장 발작으로 사망했고 아내는 늑막염으로 쓰러지는 등 곤경이 이어졌다. 이러한 어려움 속에서 『역사를 위한 변명』을 집필했다. 아내의 건강을 생각해서 지중해 연안의 몽펠리에 대학으로 옮겼으나 '자유지구'였던 몽펠리에(Montpellier)도 1942년 11월 독일 점령하에 들어가, 블로크는 휴직 명령을 받고 1943년 2월에 교수 자격을 정지당했다. 이 같은 상황 속에서 블로크는 레지스탕스 지하조직에 가담하기로 결심했고 조직 내에서 중요한 역할을 하다가 1944년 3월 8일, 게슈타포(Gestapo)에 의해 체포되었다. 같은 해 6월 6일, 패색이 짙어진 독일군은 각지에 구속되었던 포로들을 처형하기 시작했다. 6월 16일, 리옹 교외의 감옥에 갇혀 있던 블로크는 동료들과 함께 리옹 시 북부에서 총살당했다. 1956년에 출간된 『역사를 위한 변명』 일본어판 끝에 번역자 사누이 데츠오(讚井鐵男)의 「마르크 블로크에 관하여(マルク·ブロックに關して)」라는 글이 붙어 있는데, 그 첫 부분은 이렇게 시작된다.

1944년 6월 16일, 27명의 프랑스 애국자들은 몽뤼크(Montluc) 감옥에서 끌려 나와 리옹 북방 50킬로미터, 트레부(Trévoux)에서 생 디디에 드 포르망(Saint-Didier-de-Formans)에 이르는 도로 위의, 통칭 레 루슈(Les Roussilles) 벌판으로 연행되었다. 일행 중에는 이미 회색이 된 머리카락과 형형하고 예리한 눈길을 지닌 노인 한 명이 있었다. 그 곁에 16세 소년 하나가 떨며 서 있었다. "저건 아플까요?" 노인은 애정을 담아 소년의 손을 잡더니 "그렇지 않아, 뭐가 아프겠어?" 하고 대답했다. 그리고 이 노인은 제일 먼저 "프랑스 만세"를 외치며 쓰러졌다. 이것이 대독 레지스탕스 운동을 하다가 독일군에게 총살당한, 프랑스가 가장 자랑스러워하는 역사가 마르크 블로크의 마지막 순간이었다.

종전 이후 10년 정도밖에 지나지 않은 시기, 역사가 마르크 블로크의 죽음이 어떻게 받아들여졌는지 "애국자", "프랑스가 가장 자랑스러워하는 역사가"라는 말이 번역자의 감동을 전한다. 나 역시 감동받은 사람 중 하나지만, 지금은 좀 더 냉정하게 생각해봐야 할 문제가 있다고 본다. 물론 마르크 블로크는 자타가 공인하는 '공화주의' 신봉자였다. 하지만 그가 목숨 걸고 지키고자 했던 가치를 '조국'이라는 단어로 간단히 정리해버릴 수는 없다.

그랬다가는 블로크와 부시 사이에 분명히 그어져야 할 선이 지워지기 때문이다. 블로크는
「나는 왜 공화주의자인가?(Pourquoi je suis r publicain)」라는 글을 썼다. 비밀리에 출판되던
레지스탕스 조직의 기관지《레 카이에 폴리티크(Les Cahiers Politiques)》제2호(1943년
7월)에 기고한 것이다. 그 모두에서 인용한다(니노미야 히로유키(二宮宏之), 『마르크 블로크를
읽다(マルク·ブロックを讀む)』, 岩波書店, 2005).

> "나더러 왜 공화주의자인가를 묻는 것 자체가, 이미 공화주의적인 것 아닐까요?
> 사실 그런 질문은, 다음의 것들을 우선 인정해야만 할 수 있습니다. 즉 권력의 형태는
> 시민의 입장에서 심사숙고한 뒤에 선택의 대상이 될 수 있다는 사실. 공동체란
> 개개의 인간에게 강요할 수 있는 것이 아니라는 사실. (중략) 사회는 개개의 인간을
> 위해 만들어지고, 각 사람이 목적을 달성할 수 있도록 봉사해야 하므로, 자기가
> 속한 집단의 존재 방식을 비판적으로 검토하는 것은 모독이 아니라는 사실. (중략)
> 개개인에게 봉사하는 국가는 그들을 강제해서는 안 되고, 그들을 제멋대로 할 수 있는
> 도구로 이용하거나, 그들이 납득하지 못하는 목적을 위해 몰아가서도 안 됩니다."

이런 기록을 이어받아 역사학자 니노미야 히로유키는 "블로크에게 공동체나 사회, 국가는
개개 인간에 앞서 존재하거나 개개인을 외부로부터 구속하는 것이 아니라, 한 사람 한
사람이 스스로 결단을 내려 상호 연결되면서 형성되는 것이다"라고 지적한다. 블로크의
'조국애'가 내포하는 '조국'이란 "프랑스이기만 하다면 어떤 나라이건 좋다고 하는 것"이
아니라, 그가 "이념으로서 추구해온 공화주의 국가, 시민들이 스스로 내린 결단에 의해
선택한 결합체", 바로 이것이었다.(니노미야, 앞의 책)
요컨대 블로크가 희생을 아끼지 않고 헌신했던 대상은 '조국 프랑스'가 아니라, '시민의
자발적 결합체라는 이념'이었다고 해야 마땅하다. 나치 독일과 비교한다면 프랑스가 이와
같은 '이념'의 체현자였다는 사실은 말할 필요도 없으리라. 나치와 싸워 프랑스를 지킨다는
것은 그런 한도 내에서 선이다. 그러나 현실의 프랑스가 과거에도 현재도 그러한 이념을
얼마나 실현하고 있는지는 의문이다. 특히 이 시점에서 블로크의 시야에 식민지주의에
대한 문제는 들어 있지 않다. 프랑스 공화제는 19세기 이래 북아프리카와 인도차이나에서
비인도적이고 가혹한 식민지 지배를 시행했다. 그것이 프랑스 지식인들에게 커다란 사상
문제로 대두된 것은 제2차 세계대전 후의 알제리 독립 전쟁, 베트남 해방 투쟁 이후이다.
이를 감안하더라도, 나는 여전히 블로크가 살았던 시대, 그 문맥 속에서 그의 실천에 대해
존경의 마음을 지닌다. 이것은 블로크가 자신을 걸었던 '이념'은 그 연장선상에 식민지
해방이라는 과제와의 결합을 상정하는 것이 가능하지만, 그와 같은 '이념'이 결여된
'애국주의'의 연장선상에는 자기중심주의와 배외주의밖에 없기 때문이다.
블로크의 '이념'을 계승하여 발전시키는 작업, 그것을 단지 '애국주의'로 수렴하지 않는
일은 후세대에 맡겨진 과제이다.

는지 숙고해야 한다. 나는 어디까지나 개인에서 출발하여 그 개인의 자발적 판단에 의해 가족으로, 향토로, 국가로, 더 나아가 세계로, 인류애로 사고를 진행해야 한다고 생각한다.°

그 진행의 각 단계에서는 개개인의 '분리의 자유'가 제도적으로 보장되어야 한다. '분리의 자유'란 부부의 경우엔 '이혼의 자유'에 해당하고, 국가와의 관계에서는 병역이나 납세와 같이 국가가 부과하

블로크는 유대계였던 까닭에 몸 바쳐 '조국에 대한 충성'을 증명하라는 유형무형의 강압에 시달렸다는 점, 또한 그의 가계가 역사를 통해 독일과 프랑스 간의 쟁탈전이 반복되던 알자스 지방 출신이라는 사실이 그 아이덴티티에 복잡한 그림자를 드리웠다는 점 모두 대단히 흥미롭고 핵심적인 내용이지만, 여기서 설명할 여유는 없다. 한마디만 덧붙이자면, 이러한 출신의 '복잡성(복수성)'이야말로 '국가'에 대한 일원적 구속에서 '개인'을 해방하고자 하는 이념을 낳고 기른 원동력이라는 점이다. 위의 항목을 기록하는 데는 니노미야 히로유키가 쓴 앞의 책을 참고했다. 감사를 표한다. 상세한 내용은 그의 책을 참조하기 바란다. (지은이)

○ 이 원고를 탈고한 후, "'어디까지나 개인에서 출발'한다고 했는데, 그 출발점인 '개인'은 미리 존재하는 것인가?"라는 질문을 받았다. 이는 매우 중요하고, 어떤 의미로는 정당한 의문이라 생각한다. 일반적으로 여기서 말하는 '개인' 개념이 성립된 것은 근대 이후(프랑스혁명 이후)라고 말할 수 있다. 지금도 이와 같은 '개인' 개념이 전 세계적으로 공유된다고는 할 수 없다. 조선의 경우, 전근대사회에서 국가, 촌락, 혈연 등 온갖 집단적 규범에 얽매이던 사람들에게 이러한 '개인' 개념이 존재했다고 전제할 수는 없고, 식민지 시대와 분단 시대를 통해 '개인' 개념이 성숙하지 못한 채 현재에 이르렀다고도 할 수 있다. 그런 의미에서 이 글은 적지 않게 도식적이라는 비판을 면할 수 없다고 인정한다. 한편, 내 의도는 '적지 않게 도식적'이더라도, 이러한 사고의 단계를 재확인하여 현재 갖가지 집단적 규범에 얽매여 거기 매몰된 '개인' 개념을 떠오르게 만드는 것이 '집단'에서 '개인'을 해방하기 위해 필요하다는 사실을 명확히 밝히는 것이었다. 다시 말하자면 개인에서 출발하여 가족→향토→국가로 사고를 진행하는 경로는 국가, 향토, 가족 등의 집단적 규범에서 '개인'을 해방한다는 미완의 프로젝트를 완수하는 데 필요한 것이다. 현실적으로는 세계 어디서나 이러한 사고 경로와 끊임없는 투쟁 덕분에 '개인' 개념이 자라온 것이지, 그것이 '미리 존재'했던 것은 아니다. 앞서 이야기한 마르크 블로크의 경우는 그러한 투쟁의 한 가지 예이다. (지은이)

는 의무를 거부할 권리를 뜻한다. 분리의 자유가 보장된다는 조건 안에서의 결합이야말로 자유롭고 자발적인 것이며, 자발적 발로로서의 '사랑'이야말로 진정한 '사랑'이다.

이에 대해, 그러면 개개인이 모두 이기주의에 빠져 '공공선'을 위해 자신을 희생하려는 사람이 없어져 사회가 유지되지 못한다는 반론이 예상된다. 이 반론에 대한 재반론은 간단하지 않다. 인간에게는 타자를 위해 자신을 희생으로 내놓는 '선성(善性)'이 있으리라는 계몽주의적인 가설은, 단적인 예로 '아우슈비츠'에서 붕괴되었다. 인간 대다수는 타자의 운명에 무관심하거나 무자비하다는 사실을 인정해야만 한다. 하지만 그럼에도 인간들 가운데(엄밀히 말하자면 인간 중의 소수의 사람에겐) 자신이 믿는 '선'을 위해 자기희생을 아끼지 않는 사람이 항상 있다는 것도 사실이다. 한 가지 예를 들어보기로 하자.

1943년 9월 26일, 로마의 유대인 거리에서 이탈리아 북반부를 사실상 점령하고 있던 독일군이 유대인을 일제히 체포하기 시작했다. 이때 구속된 사람 수는 1,022명. 그 가운데 자신이 보호하던 장애를 지닌 유대인 고아와 운명을 함께한 비유대인 여성 한 명이 포함되어 있었다. 이 포로들은 가축용 화물차에 실려 아우슈비츠를 향해 이송되었다. 이송 과정에서 물도 음식도 주지 않아 적지 않은 이들이 사망하였고, 그 주검은 도중의 정거장에 차례로 버려졌다. 이 1,022명 가운데 전후에 생환한 자는 겨우 15명이었다고 한다. 비유대인이라는 사실을 밝히기만 했다면 체포를 면할 수도 있었던 이 여성은, 자신의 혈연도 아니고 같은 종교를 가진 것도 아닌, 몸에 장애가 있어서 실리적인 보답을 기대할 수도 없는 어린아이와 비운을 함께했다. 그 행위는 이탈리아라는 국가에 대한 애국심의 발로로 일어난 국가의 적과의 싸움도 아니었다. 그녀는 스스로 판단하여 자기가 가장 '인간답다'고 여기는 행위를 선택한 것이다.

이것이 무언가 '숭고한 이념'에 기반을 둔 자기희생적 행위인지, 아니면 단지 '어쩌다 보니 그렇게' 된 것인지는 알 수 없다. 그녀는 아우슈비츠에서 자신의 결단(혹은 자신이 유대인이 아니라고 밝히지 않았던 비결단)을 후회했을지도 모른다. 하지만 적어도 인간 가운데 어떤 이들은(결코 전원도 아니고 다수도 아니지만) 어떤 상황 속에서 실제로 이런 행위를 한다는 사실만은 말할 수 있다. 그것은 권력이 '위에서' 명하는 자기희생과는 근본적으로 다르다.

개개인이 자발적으로 타자에게 헌신할 것이라 기대해도 좋다고 단언할 만한 근거는 없다. 개개인의 자발성에 맡겨두면 저절로 세상은 더욱 나아질 것이라고 낙관할 근거도 없다. 하지만 그것을 '위로부터'의 이데올로기나 규범으로 정하는 순간, 개인의 자발적인 행위는 권력에 의해 날치기당해 이용된다는 것만은 확언할 수 있다. 그 위험성에 최대한 민감하고자 깨어 있는 것만이 국가주의에 저항하는 길이다.

인류사의 현 단계에서 우리는 아직 국가와 인연을 끊을 수 있을 법하지 않다. 국가는 당분간 우리 세상에 존재할 것이다. 그렇지만 국가의 전횡과 폭주를 막고, 인간 사회를 보다 나은 것으로 바꾸어가려면, 개개인의 존엄을 최대한 존중하고 그 다양한 개개인이 자발적으로 연대하며 국가를 견제하는 수밖에 없는 것이다

8장

픽션화된 생명

'톨이밥'이라는 말을, 나는 최근 신문 기사를 보고 알았다. '외톨이로 먹는 밥'이라는 뜻의 젊은이들 언어다. 주변에서 친구가 없다고 생각할까 봐 두렵다는 심정이 요즘 대학생들 사이에 퍼져 있다. '톨이밥'을 먹다가 들킬까 봐 화장실에 숨어서 식사하는 사람까지 있다고 기사는 전했다. 설마 싶은 마음에 어느 날 수업에서 이 화제를 꺼냈더니 8할 정도가 그런 심정을 이해한다고 답했다. 우람한 몸집의 스포츠맨 타입인 학생이 "톨이밥은 좀 그렇죠. 그럴 용기는 없어요"라며 정색을 하고 말했다.

나는 200명 정도의 학생을 대상으로 〈인권과 마이너리티〉라는 강의를 하고 있다. 널따란 강의실은 항상 뒤쪽부터 채워진다. 앞쪽에 빈자리가 있어도 옹색한 뒤쪽에서 빈자리를 찾아 우왕좌왕한다. 앞쪽엔 몇 명의 학생이 단골로 앉는다. 이런 현상이 왜 일어나는지 역시 학생들에 물어보았다. 학생 한 명이 무거운 입을 열었다.

"우리는 화면을 보듯이 강의를 보는 거죠……."

그 의미를 금세 깨닫지는 못했다.

"강의를 듣는 것이 아니라, 강의라는 장면을 텔레비전 보듯 관람하는 거예요. 어릴 때부터 줄곧……."

그들에게 나의 강의는 하나의 '화면'이고, 나는 거기서 열띠게

'인권'을 주장하는 유별난 교수라는 배역을 연기하는 셈이다. 앞쪽에서 고개를 끄덕이는 학생은 '성실한 학생'이라는 역할을 연기하고 있다. 그들이 앞쪽으로 오지 않는 것은 관객의 시선에 노출되는 출연자는 되고 싶지 않고, 재미없으면 스위치를 끌 수 있는 관객의 자리에 있고 싶기 때문이다. '재미있는 강의'란 식견이 넓어진다거나 인식이 깊어진다는 의미가 아니라 연속 드라마로서 지루하지 않다는 의미이다.

어떤 학생이 '픽션화'라는 단어로 설명해주었다. 상처받지 않기 위해 애니메이션이나 게임 같은 '픽션' 세계로 심리적 도피를 한다는 뜻이 아니다. 이 학생의 설명은 거기서 한 발 더 나아간 것이었다. 예를 들어 누군가를 좋아하게 되어도 "사랑해"라는 직설적이고 '구린 대사'는 도저히 못 한다. "사랑해" 뒤에 "……라는 둥 해감서 말임다" 하는 식의 말을 덧붙여서 언제라도 '이건 농담'이라고 눙칠 수 있는 도주로를 확보해둔다. '사랑한다'라는 감정 그 자체를 '픽션화'하는 것이다. 그처럼 현실을 '픽션화'함으로써 자신을 지킨다고 한다.

어느 날 강의가 끝난 후 학생의 감상문에 이렇게 쓰여 있었다.

"교수님은 탈원전을 역설하지만, 나처럼 아직 참정권도 없는 놈이 아무리 발언해봤자 의미가 없다. 의미 없는 일을 생각해봤자 헛일이다."

이것을 읽고 나는 부아가 치밀었다. 이 학생에게가 아니라, 이 사회의 젊은이가 한 개인으로 서기 위한 '등뼈'를 이렇게까지 부숴버린 어른들에게 말이다. 헌법 9조의 공동화(空洞化)를 추진하고 원전 재가

동을 추진하는 정부를 떠받드는 어른들이, 무슨 수로 아이들에게 '생명의 존엄'을 떠들 수 있겠는가? 아이들은 어른의 위선을 눈치채고 현실을 '픽션화'하는 것으로 자신을 지키려 한다. 하지만 현실은 픽션이 아니다. 현실의 방사능 오염은 그들을 위협하고, 전쟁이 벌어지면 그들은 자신과 타인을 해쳐야만 한다. 그렇게 되고 나면 이미 때는 늦은 것이다.

다음 강의에서 나는 이렇게 말했다.

"자네들이 이런 생각을 하기까지에 이른 이유는 이해할 수 있다. 너는 이해 못 한다는 둥, 어른이 되고 나서 말하라는 둥, 줄곧 억눌리느라 자신의 생각이나 행동으로 사회가 변할 수 있다는 것은 상상조차 못 한 채 나이를 먹어왔으니까. 하지만 자네들은 자신의 생명을 그냥 그렇게 어른들에게 내맡겨도 되는 걸까? 예를 들어 중학교의 주인공은 중학생들이다. 당사자인 중학생들이 자기들의 사회를 보다 나은 것으로 만들기 위해 발언하고 참여하는 게 당연하지. 이 자발성을 오랫동안 어른들이 빼앗은 결과가 이것이다. 하지만 그렇다고 자네들이 자기 생명을 그대로 어른들에게 내맡겨도 좋을까? 자, 전쟁이다, 하고 어른들이 호령하면 잠자코 전장으로 나가는 건가? ……참정권이 없어서라면, 우리에게도 참정권을 내놓으라고 자네들이 요구해 마땅하다. 그리고 참정권을 얻었다면 투표하러 가야 하는 것 아닌가……."

다른 날 수업에서 몇 편의 시를 다루었다. 요시노 히로시(吉野弘)의 「I was born」은 나의 기대에 반하여 학생들의 반응이 썰렁했다. 지

나치게 이지적이라는 점과 하루살이의 태내를 빼곡히 채운 알이라는 '심미적' 비유가 학생들에게는 좀 낯설었던 모양이다. 하지만 수업 마지막에, 이시가키 린(石垣りん)의 「산다는 것(くらし)」을 소개했더니, 그때까지 무표정하던 학생 하나가 반응을 보였다.

"눈물 날 것 같아. 이거 내 얘기예요……."

모든 것을 픽션화해왔던 젊은이가 시의 힘으로 처음 '생명'을 실감하는 순간. 그렇게 생각하고 싶었다. 어쩌면 나만의 욕심일지도 모르지만.

산다는 것   이시가키 린
───────

안 먹고는 살 수가 없다.
밥을
푸성귀를
고기를
공기를
빛을
물을
부모를
형제를
스승을

돈도 마음도

안 먹고는 살아남을 수 없었다.

부풀어 오른 배를 안고

입을 닦으면

주방에 널려 있는

당근 꼬리

닭 뼈다귀

아버지 창자

마흔 살 해질녘

내 눈에 처음으로 넘치는 짐승의 눈물.

'돌아선 인간'의 저항

후기에 갈음하여

요즘 들어 부쩍 체력, 특히 시력이 떨어져서 새 책을 읽기 힘들어졌다. 그렇다고 오래된 책을 버리지도 못한다. 내 주변에는 1960년대와 1970년대의 책이, 그 책을 손에 넣었을 때의 기억과 함께 남아 있다.

생각나는 대로 눈앞의 책꽂이에서 꺼내 든다.

『현대 시인 전집 제10권 전후 II(現代詩人全集第十卷前後 II)』(鮎川信夫 說, 角川文庫) 초판은 1963년이다. 이 작은 문고본이 중학생이던 나를 현대시의 세계로 이끌어주었다. 이바라기 노리코, 이시카와 이츠코(石川逸子), 다키구치 마사코(瀧口雅子)에 관해서는 이미 다른 책(『소년의 눈물』)에서 다루었다. 이 세 사람 말고도 요시노 히로시의 「I was born」, 스가와라 카츠미(菅原克己)의 「브라더 헌(ブラザ 軒)」, 구로다 기오(黑田喜夫)의 「제명(除名)」, 하세가와 류세이(長谷川龍生)의 「오소레야마(恐山)」와 같은 시를, 나는 이때 처음으로 만났다.

루쉰의 책으로는 같은 1963년 발행한 『루쉰 선집 제5권 망각을 위한 기념(魯迅選集第五卷 亡却のための記念)』(岡本隆三 譯, 青木文庫)이 있다. 다케우치 요시미가 번역한 이와나미문고 『아큐정전·광인일기(阿Q正伝·狂人日記)』는 초판이 1955년인데, 내가 가진 것은 1971년의 제22쇄이다. 당시 나는 대학 3학년이었다.

가토 슈이치의 『양의 노래(羊の歌)』(岩波新書)는 1968년 초판이니,

고등학교 3학년 때 산 것이다. 베트남 반전 데모로 바빴던 친구 K 군
이 열심히 권하던 기억이 난다.

　김지하 시집 『긴 어둠 너머에(長い暗闇の彼方に)』(中央公論社) 역시
1971년 초판이다.

　그 무렵, 이 시집의 편집자이자 김지하를 일본에 소개한 M 씨를
때때로 교바시(京橋) 중앙공론사에서 뵙곤 했던 것도 잊지 못한다. 그
때 한국에서 형들이 막 투옥당한 참이라 나는 무엇을 어쩌면 좋을지
몰라 망연자실했다. 그런 나의, 용건이라고 부르기도 민망한 용건에
싫은 얼굴 한 번 하지 않고 귀중한 시간을 쪼개어 말상대가 되어주셨
다. 김지하, 한국, 민주화 투쟁 같은 화제가 나온 것은 말할 것도 없지
만, 나에게는 M 씨에게 듣는 '문학'에 관한 다른 화제, 예를 들어 사
르트르, 르 클레지오(Le Clezio), 조지프 브로드스키(Joseph Brodsky), 나
카가미 겐지(中上健次)와 같은 문학가들에 관한 이야기가 한층 자극적
이었다. 속마음으로는 차라리 그런 이야기만 마냥 듣고 싶었지만, 그
렇게 말하지 못하는 자신이 답답했다. M 씨는 당시 문예잡지《우미》
의 편집을 담당하고 계셨다. 언젠가는 나도 만족스러운 시나 소설을
쓰고, 그것이 M 씨의 마음을 움직여서《우미》에 게재되는 날이 올 수
도 있을까, 그런 날은 절대 오지 않으리라고 체념하면서도 동경심을
버리지 못했다.

　이런 옛 기억이 되살아나는 낡은 책들을, 나는 기회가 있을 때마
다 꺼내 다시 읽는다. 젊은 시절과 기본적으로 달라지지 않았다는 사
실을 확인하는 경우도 있고, 늦으나마 새로운 측면을 발견하여 젊은

시절 자신의 무지나 몰이해를 부끄러워하기도 한다. 누군가의 말을 빌리자면, 나는 툭하면 추억에 잠기는 '돌아선 인간'인 셈이다. 이제 슬슬 입을 다물고, 붓을 내려놓을(컴퓨터를 닫을) 때가 오고 있다. 하지만 지금 세상은 나와 같은 '돌아선 인간'을 그냥 두질 않는다. 아니, 오히려 점점 더 퇴장하기 어려워진다고 느낀다.

최근 50년이라는 척도로 사회를 바라보면 상상력이, 나아가 타자에게 공감하는 공감력이 급속하게 쇠퇴했다. 그 대신 유치한 자기중심주의적 언설이 인기를 끌고 있다. 교양의 자멸, 지성의 패배라 불러 마땅할 현실이다.

한 가지 예를 들기로 하자. 후쿠시마 원전 사고는 완전히 '언더 컨트롤'이라는, 전 세계를 향한 수상의 선언은 뻔뻔스러운 거짓말이었다. 그것이 거짓말이라는 것을 알아채지 못한 게 아니다. 그런 거짓말을 원하고 환영했던 것이다. 거짓말을 거짓말인줄 알면서 환영하는 이들을 향해 진실을 주장해봤자 무력할 뿐이다.

휙휙 책장 넘어가듯 세상이 변했다고들 한다. 하지만 과거의 기억을 되짚어보면 그렇게 쉽게 변하지는 않았다고 말하고 싶다. 젊은 이들이 과거 이야기를 하는 걸 보면, 그 지식이나 인식의 천박함이 마음에 걸려, 사실은 그렇지 않았다고 말하고 싶어진다. 나와 동세대, 혹은 약간 연상인 이들이 자신의 현재를 긍정하면서 "옛날엔 이랬지" 하고 득의양양 떠드는 소리가 들리면, 과거에 일시적으로나마 품었던 이상을 기억하고 그 이상에 정직하라고 쓴소리하고 싶어진다.

팔레스타인 출신 영화감독인 미셸 클레이피(Michel Khleifi)는 "노스탤지어는 피억압자에게 저항의 무기다"라는 의미의 이야기를 했다. 내 생각이 정확히 그와 같은지는 모르겠다. 노스탤지어에는 달콤함뿐 아니라, 외면하고 싶은 괴로움도 있다. 하지만 나 역시, 나의 1960년대, 1970년대의 기억을 무기 삼아 뻔뻔스러운 거짓말을 늘어놓는 인간들, 거짓을 거짓인 줄 알면서 환영하는 이들에게 저항하고 싶다.

'되다 만 시인'인 나지만, 어느새 일본과 한국을 합하면 30~40권의 저서를 내게 되었다. 이를 대강 분류하면, 하나는 재일조선인, 마이너리티, 식민지주의, 전쟁 책임과 같은 문제들을 다룬 평론이다. 다음 그룹은 미술이나 음악 등 문화적 사상(事象)을 다룬 것들. 그러나 학술적인 평론이라기보다는 자유로운 에세이였다. 세 번째 그룹은 자전적 요소가 강한 에세이나 신변잡기, 넓게 말해 '문학적'인 것들이라 할 수 있다. 개인적으로는 이 세 번째 그룹에 애착이 있어서, 언젠가는 다른 영역을 정리하고 문학적 영역에 집중하고 싶다고 생각해왔다. 물론 현실적으로 그것이 마음대로 되지 않은 채 나이 들어버렸지만.

숙명여자대학교 한국어문학부 권성우 교수에게 강연 의뢰를 받았을 때, 내심 무척 기뻤다. 시인회의 창립 50주년 모임에 초청받았을 때와 마찬가지였다. 그때까지 강연 의뢰는 주로 앞에 쓴 첫 번째 영역에 한정되어 있었기 때문이다. 물론 이 또한 필요한 일이다. 하지만 나는 무엇이 '진실'인지를 말하는 것의 중요성과 함께, 어째서 사람들은 자진해서 '거짓말'을 듣고자 하는가, 그 심성을 깊이 파헤

쳐 들어가는 것에 대한 관심이 무척 컸다. 이런 작업은 '문학'의 역할
일 것이다.

'시의 힘'이란 '시적 상상력'을 가리킨다. 루쉰에게 있어 "서정시
형태의 정치적 태도 결정(나카노 시게하루)" 역시 그러한 상상력이 가
져온 것이다.

'문학'이 저항의 무기로서 유효한지 의심스럽다. 내가 쓰는 것을
'문학'이라고 부를 수 있을지는 더욱 의심스럽다. 그럼에도 이런 책
을 내려는 이유는 본문에서 루쉰의 말을 빌렸듯, "걸어가면 길이 되
기" 때문이다. 아직 걸을 수 있는 동안은 걷는 수밖에.

이 책의 편집은 앞선 책 『식민지주의의 폭력(植民地主義の暴力)』에
이어 고분켄(高文研)의 마나베 가오루(眞鍋かおる) 씨가 담당해주셨다.
저자의 고집을 참을성 있게 받아들여 주신 점을 포함하여 진심으로
감사드린다.

2014년 4월 10일

서경식

그에게 문학은 무엇인가? – 서경식의『시의 힘』에 대한 몇 가지 생각

권성우(문학평론가)

1. 문학에 관한 첫 책을 읽다

『시의 힘』은 서경식이 '문학'을 주제로 펴낸 첫 책이다. 서경식은 『나의 서양미술 순례』에서 시작하여 『나의 조선미술 순례』(최재혁 옮김, 반비, 2014)에 이르는 20여 년의 세월 동안 예술기행, 사회비평, 에세이, 서간문, 대담 등의 다양한 형식과 주제로 열 권이 훌쩍 넘는 책을 출간했다. 처음에 일본어로 쓰여 한국어로 옮겨진 그 한 권 한 권마다 이 땅의 지식계와 독서계에 신선한 충격과 서늘한 감동을 선사한 바 있다.° 생각해보니 지난 10여 년간의 내 독서 이력에서 가장 설레고 충만한 독서 체험은 서경식의 책과 함께하는 시간이었다.

미술, 음악, 독서, 역사, 재일조선인, 디아스포라, 후쿠시마, 일본 사회, 한국 사회, 인문적 교양 등 그가 다룬 주제는 참으로 다채롭지만, 지금까지 문학을 주제로 펴낸 책은 없었다. 와세다 대학 재학 시절 전공이 프랑스 문학이고, 그가 소년 시절부터 시인이 되길 열망했으며, 청춘기에는 "어떻게든 문학과 관련된 분야에 끼어들어 살고 싶다고 생각했다"라는 문학에 대한 지대한 애정과 관심을 감안한다면 『시의 힘』 출간은 다소 때늦었다는 생각이 들기도 한다. 그러나 문학을 사랑하는 독자에게는 그만큼 반가

° 서경식의 예술 기행과 에세이가 지닌 의미에 대해서는 「망명, 디아스포라, 그리고 서경식」(권성우, 『낭만적 망명』, 소명출판, 2008)을 참조할 것.

운 소식이 아닐 수 없다.

『시의 힘』은 서경식이 지금까지 발표한 글 중에서 문학을 주제로 한 에세이, 문학평론, 읽기와 쓰기에 관한 글을 두루 포함하고 있다. 특히 저자가 고등학교 3학년 시절 자비출판한 개인 소장판 시집 『8월』에 수록된 열한 편의 시 전문을 번역하여 수록했다는 점에서 설레는 마음으로 읽어볼 충분한 매력과 가치가 있다.° 이 책에는 한용운, 이상화, 윤동주, 김수영, 김지하, 정희성, 양성우, 박노해, 최영미에 이르는 한국 시인뿐만 아니라 나카노 시게하루, 이시카와 다쿠보쿠, 사이토 미쓰구, 이시가키 린 등의 일본 시인, 중국의 루쉰, 그리고 프리모 레비, 빅터 프랑클이 다루어진다. 주제 면에서 보면 저자가 글을 쓰게 된 계기, 한국문학과 세계문학, 제노사이드 문학을 주제로 한 에세이와 단상이 수록되어 있다.

『시의 힘』은 지금까지 주로 재일조선인 문제나 디아스포라를 다룬 논객이라는 차원에서 알려진 서경식의 삶과 문학적 견해, 한 사람의 글쟁이로 성장하는 과정을 생생하게 보여준다. 그렇다면 서경식의 내밀한 실존의 풍경, 사유의 깊은 표정, 그만의 감성과 기질을 제대로 알기 위해서는 무엇보다 이 책 『시의 힘』을 찬찬히 읽어볼 필요가 있으리라.

○ 앞으로 누군가가 서경식의 시편들에 대해 따로 상세하게 검토할 필요가 있지 않을까 싶다. 그것은 재일 디아스포라 문학의 의미와 맥락에 대해 탐구하는 과정이기도 할 것이다. 이 글은 주로 『시의 힘』에서 개진한 문학에 대한 담론에 초점을 맞춘다.

2. 글쟁이의 탄생과 문학에 대한 열망

『시의 힘』은 모두 여덟 장으로 구성되어 있는데, 먼저 2장「나는 왜 '글쟁이'가 되었는가?」를 눈여겨볼 필요가 있다. 이 아름답고 담백한 에세이를 통해 서경식은 자신이 왜 글쟁이가 될 수밖에 없었는지, 자신에게 문학은 무엇이었는지 진솔하게 고백한다. 그는 처음으로 소설이라는 것을 써보았던 중학교 2학년 시절을 회상하며, 자신을 글쓰기로 이끌었던 욕망에 대해 이렇게 적는다.

아마도 같은 학교 학생들, 특히 책 읽는 여학생들에게 내 작품을 읽히고 싶다는 굴절된 자기과시욕 탓이었지 싶다. 그 작품으로 나라는 존재를 그녀들이 의식하게끔 하고 싶었고, 나아가 그녀들과는 다른 존재(요즘 말로 하자면 '타자')로 각인되고 싶었다. 요컨대 다른 재일조선인 소년이라면 공부나 운동, 아니면 주먹질을 통해 했을 자기주장을, 그런 능력이 없던 나는 글 쓰는 것으로 해보려 했던 것이다.

문학을 선택한 많은 문사에게 발견할 수 있는 보편적 감성에 가깝다. 그것은 "내가 작품을 써서 보여주고 싶었던 것은 바로 너희였어"(토마스 만,「토니오 크뢰거」)와 통하는 세계라고 할 수 있다. 자주 아프고 운동에 능하지 않았던, 하지만 무척이나 책을 좋아했던 한 재일조선인 소년이 자신의 존재를 세상에 알리기 위해 선택할 수 있었던 유일한 방책은 바로 '문학(글쓰기)'이었다. 문학은 그의 청춘을 지배한 가장 강렬한 열망이다. 그 열망은 고등학교 3학년 때 개인 소장본 시집 『8월』을 펴내는 것으로 한층 구체화된다. 이 시집에 수록된 열한 편의 시에는 일본에서 태어나 차별받으며 살다가 처음으로 조국을 방문한 청년 디아스포라의 착잡하고 우울한 감성이 참으로 인상적으로 펼쳐진다. 그중에서 「역사」를 천천히 읽어보자.

역사
——

여기는 일본
현해탄 너머 나라를 사랑하려는
나의 슬픔을
이 나라 사람들은 모른다

지금 이 땅에서
흙이니 물이니 하늘이니 구름,
혹은 어머니를 사랑하는 것처럼
나는 조국을 사랑할 순 없다

나에겐
조국을 이야기할 언어가 없다
나에겐
조국을 느낄 살갗이 없다

하지만 나는 언젠가 들었다
동양의 진창에서 피를 흘려가며 부르던
혼잣말처럼 나직한, 그러나 사라지지 않을
조상들의 노래

들이밀어진 칼날 앞에서
짓밟힌 군화 아래서
태어나 노래하는
내 아버지들 내 어머니들

어둠 속을 걷는 수많은
유민들처럼
눈물을 흘리면서 묵묵히
여기까지 온 조국의 역사

그리고 나는 알고 있다
나의 이 슬픔의 근원
남의 땅 일본에 나를 태어나게 한
고통스런 역사를 고통스런……

오늘도 내 밖에 있는 나의 조국을
사랑하고자 몸부림치는 것이다 사랑하고 싶어서

이제 두 번 다시 있어서는 안 된다 이런 슬픔은
이렇게 고통스런 역사는

그러니 살고 싶은 것이다
역사의 진창 속에 있어
이 슬픈 역사를 응시하면서
응시하면서 살고 싶은 것이다

일본에서 살아가는 재일조선인 화자의 아픔과 안타까움이 생생하게 드러나 있다. "어머니를 사랑하는 것처럼 나는 조국을 사랑할 순 없다"라는 구절은 얼마나 통렬한 아이러니인가. 그럼에도 불구하고 화자는 조국을 사랑할 수밖에 없는 운명, 즉 분열된 정체성을 마주한다. 그래서 "오늘도 내 밖에 있는 나의 조국을 사랑하고자 몸부림치는 것이다". 이 얼마나 슬픈 사랑인가. 어떻게 보면 그 이후 전개된 서경식의 인생은 역사의 진창 속에 놓인 조국의 "슬픈 역사를 응시하면서 살고 싶은 것이다"라는 다짐을 스스로 실천하는 과정이 아니었을까 싶다.

대학 진학을 앞둔 서경식에게 문학은 무엇이었을까. "나는 문학에 대한 막연한 희망(환상이라고 해야 할까?)이 있었다. 문학으로 밥벌이를 못 할 것은 알고 있었지만, 어떻게든 문학과 관련된 분야에 끼어들어 살고 싶다고 생각했다. 아니, 솔직히 말하자면 그것 말고 다른 선택지는 없었다"라는 고백에서 당시 서경식에게 문학이 지닌 의미가 잘 드러난다. 일본에서 대학을 다니던 시절, 한국에 유학 간 두 형이 유신체제하에서 감옥에 갇히게 되면서 서경식은 점차 김지하의 「타는 목마름으로」를 비롯하여 저항 전선의 일선에 섰던 민족 문학의 빼어난 성과와 만나게 된다.

1970년대와 1980년대의 꽉 막힌 상황 속에서 이런 조국의 시인들을 알고 나는 몇 번이나 뼈저리게 느꼈다. 그들의 현장과 나의 현장과는 얼마나 다른 것인지. 나도 그들과 같은 작품을 쓰고 싶다, 써야만 한다. 간절히 원했지만 그건 도저히 불가능해 보였다. 그들과 나는 지리적, 정치적으로뿐 아니라, 문화적(언어적)으로도 격리되어 있었다. 나는 번역을 통해서만 그들의 작품을 읽을 수 있었고, 설령 내가 뭔가를 이야기하거나 쓴다고 해봤자 그들은 이해할 수 없다.

일본어 번역본을 통해 읽은 조국의 시인들이 펼쳐놓은 그 찬연한 시편들과 온몸으로 감응하면서, 서경식은 자신도 그런 작품을 쓰고 싶다는 간절한 염원을 지니게 된다. 그는 최근에 "진정으로 좋은 문학은 어떻게든 그 세계에 나도 들어가고 싶다는 동경을 불러일으키는 그런 종류의 것이다. 젊은 날 나도 그런 문학의 세계에 속하고 싶었다"○라고 말한 바 있는데, 청춘기의 그에게 김지하, 신경림, 신동엽, 양성우 등 조국에서 활동하는 민중 시인의 시 세계가 바로 그런 '동경'을 불

○ 필자는 2015년 5월 12일 오후 3시부터 5시 30분까지 도쿄게이자이 대학 서경식 교수 연구실에서 이번에 출간된 『시의 힘』과 문학을 주제로 대화의 시간을 가졌다. 이 글은 그가 대화에서 피력한 몇 가지 내용을 참조하여 작성된 것이다.

러 일으키는 문학적 대상이었던 것이다.

3. 장르를 횡단하는 글쓰기와 문체의 품격

『시의 힘』을 꼼꼼히 읽다 보면 서경식의 글쓰기를 관류하는 근본적인 문제의식을 발견할 수 있다. 나는 서경식의 에세이를 읽으며 왜 그의 글이 그토록 내 마음을 움직이게 할까 하는 생각을 하곤 했다. 이를테면 디아스포라 문제나 후쿠시마 원전 사태를 다룬 유사한 주제의 글이라 하더라도 서경식의 글에는 다른 글에서는 찾아볼 수 없는 독특한 품격과 아우라가 깃들어 있다. 그의 책이나 칼럼을 독파하는 날마다 나는 늘 설명할 수 없는 아득한 심정이 되어 가까운 곳을 산책하며 스스로 되돌아보는 자신을 발견하곤 했다. 왜 그럴 수밖에 없었을까.

그에 대해 이렇게 말해보면 어떨까. 아름다운 에세이는 대체로 사회적 의제에 무관심하고, 반대로 사회적 의제에 관심을 기울이는 예리한 에세이는 미학적으로 거친 경우가 많다. 그에 비해 서경식의 에세이는 정치적 올바름과 미학적 품격이 성공적으로 결합되어 있다. 이런 경지가 어떻게 가능했을까.「나는 왜 '글쟁이'가 되었는가?」에 등장하는 다음 대목을 세심하게 읽어보자.

잘 알려진 한국 정치범의 동생이 유럽에 기분 전환 여행을 다녀와 쓴 보고문. 만에 하나라도 그런 식으로 읽히는 것은 싫었다. 정치범의 동생이라는 것은 사실이고, 그 입장에서 벗어나기란 불가능하다. 그건 잘 알고 있지만 표현활동의 차원에서는 나의 독자성, 나만의 주체성을 발휘해야만 한다. 설령 비판받더라도 정치범 아무개의 동생으로서가 아니라, 서경식이라는 개인의 존재를 독자에게 아로새기고 싶다는 바람이 있었던 것이다.

위의 글에는 그만의 독자적인 표현 활동, 즉 글쓰기에서 그만의 개성과 주체성을 지니고자 갈망하는 서경식의 간절한 의지가 드러나 있다. 이런 갈망은 그로 하여금 글의 주제 못지않게 문체와 표현에 대한 지대한 관심으로 이끌었을 것이다. 말하자면 서경식은 단지 정의로운 글에서 더 나아가 그만이 쓸 수 있는 고유한 글을 쓰고 싶었던 것이다. 그가 1995년 『소년의 눈물』로 일본 '에세이스트 클럽상'을 받았다는 사실, 그 수상의 이유가 '빼어난 일본어 표현'에 있다는 점은 그의 문체가 일본 평단에서도 분명히 인정받았다는 사실을 알려준다. 서경식에 의하면 그의 문체는 암울한 시대의 깊은 절망 속에서 작은 희망을 모색했던 루쉰의 산문, 홋타 요시에(堀田善衞), 나카노 고지(中野孝次)를 위시한 일본의 일급 에세이스트와 일본 단가의 영향을 창조적으로 수용·변주하면서 형성된 것이다. 그리고 여기서 서경식이 에세이에 대한 남다른 애정과 관심을 지니고 있다는 사실을 적어두어야 할 것 같다. 그는 이렇게 썼다.

그때 내가 쓴 것은 어떤 장르의 틀에도 맞지 않는 글이었다. 소설도 아니고, 평론도 아니고, 기행문의 형식에서도 벗어났다. 나는 그저 우연히 미술과의 대화라는 형식을 발견하여, 말하자면 미술이라는 거울에 비추어 봄으로써 가까스로 자신에 관해 이야기하는 방법을 찾아냈던 것이다.

이런 형식의 글이야말로 에세이가 아닌가. 서경식의 글은 에세이의 매력과 가능성을 보여주는 전범(典範)에 가깝다. 에세이는 어떤 장르의 글보다도 글 쓰는 주체를 명확하게 드러낸다. 그만큼 매혹적이며 치명적인 글쓰기이다. 그에 의하면 좋은 에세이는 늘 '나'에 대해 의심하며 나쁜 에세이는 '나'에 대한 어떤 의심도 없는 그런 편안한 글이다. 서경식의 에세이를 읽으면서, 그가 다루는 주제 못지않게 그 주제에 대해 반응하는 서경식이라는 주체의 섬세한 감성과 깊은 고뇌에 공감할 수 있었거니와, 이 점은 그가 에세이의 장점과 매력을 극대화한 글쓰기를 실천하고 있음을 의미한다. 어쩌면 에세이는 누구나 쓸 수 있는, 누구나 시도하는 쉬운 글쓰기인지도 모른다. 그러나 바로 그렇기 때문에 진정한 의미의 좋은 에세이는 참으로 드문 것이 아닐까. 『시의 힘』에는 그가 다름 아닌 에세이를 선택할 수밖에 없었던 내력이 인상적으로 드러나 있다.

4. 시란 무엇인가?: 패배하리라는 것을 예감하면서도……

『시의 힘』을 관류하는 서경식의 문학관은 무엇인가? 서경식에게 진정한 시인(문인)은, 자신의 선택에 의미가 있다고 생각한다면 패배하리라는 사실을 예감하면서도 그쪽으로 달려가는 존재이다. 그는 이렇게 언급하고 있다.

여기서 사이드가 우리에게 말하는 것은, 인간은 승리의 약속이 있기 때문에 싸우는 것이 아니라 부정의가 이기고 있기에 정의에 관해 묻고, 허위로 뒤덮여 있기에 진실을 말하려고 싸운다는 것이다. 현대를 살아가는 자로서 가져야 할 도덕(moral)의 이상적 모습이다.

서경식이 늘 이런 태도를 관철했는지는 알 수 없지만, 적어도 지금까지는 위에서 인용한 태도를 지향하며 인생을 살아온 것은 사실일 것이다.° 서경식에 의하면 이런 입장과 기질은 곧 '시'(詩)의 존재이유이기도 하다. 그는 이미 『난민과 국민 사이』에서 이렇게 천명한 바 있다.

"사이드는 '멸망할 운명임을 알고 있다'고, 그럼에도 불구하고 '우리는 앞으로 나아가고 싶다'고 말한다. '거의 승산이 없음에도 불구하고 계속해서 진실을 말하려는 의지'를 표명했다. 마치 한 편의 시와 같은 말이다."

여기서 '한 편의 시'가 지닌 의미는 『시의 힘』에서 그가 표현한바, "생각하면 이것이 시의 힘이다. 말하자면 승산 유무를 넘어선 곳에서 사람이 사람에게 무언가를 전하고, 사람을 움직이는 힘이다", 또한 루쉰을 예로 들어 적었던바, "길이 그곳으로 뻗어 있다는 것을 알고 있어서 걷는 것이 아니

° 가령 박유하는 「'우경화' 원인 먼저 생각해봐야 — 서경식 교수의 '일본 리버럴' 비판 이의 있다」(《교수신문》, 2011.4.18)에서 서경식이 일본의 주류 지식인뿐만 아니라 리버럴 지식인 사이에서도 고립되고 있다는 이유로 그를 비판하는데, 이는 역설적으로 서경식이 일본 사회에서 승산의 논리보다는 철저하게 소수파의 관점에서 실천하며 글을 쓰고 있다는 사실을 분명하게 드러낸다.

라 아무 데로도 통하지 않을지도 모르지만 걷는다"라는 진술과 포개진다. 바로 이것이 서경식이 생각하는 시의 존재론이다.° 나는 이와 같은 태도에서 형용할 수 없는 깊은 감동과 매력을 느꼈다. 이런 경지와 태도를 말이나 언어로 표현하는 것은 충분히 가능할 것이다. 그러나 정의로 향하는 그 담대한 고립과 패배를 스스로 실천하는 것은 얼마나 어렵고 고통스러운 과정일 것인가. 그 앞에서 나는 기꺼이 머리를 숙이지 않을 수 없다.

정리하자면 서경식에게 진정한 시란 이처럼 패배할 것임을 예감하면서도 쓰지 않을 수 없는 어떤 운명적인 정서, 길이 있어서 가는 것이 아니라 어떤 길도 보이지 않지만 그대로 갈 수밖에 없는 태도와 함께하는 것이다. 이런 시의 성격이 어떤 생산적인 의미를 담지 못한다고 생각할 수도 있지만, 그렇다고 해서 시가 의미 없는 무용한 존재라고 할 수는 없다. 비록 지금 우리에게 한 편의 시가 지닌 가시적인 성과가 보이지 않는다 하더라도, "그러한 시는 차곡차곡 겹쳐 쌓인 패배의 역사 속에서 태어나서 끊임없이 패자에게 힘을 준다"라는 사실을 인식해야 한다.

시를 유희나 실험, 아름다움의 향연으로 보는 태도도 물론 필요하다. 또한 과거와는 달리 시와 문학에 대한 기대치가 많이 바뀌었다는 점도 일면 수긍할 필요가 있다. 그러나 지구 상의 어떤 사회보다도 극심한 경쟁 속에

○ 서경식은 2015년 5월 12일의 대화에서 이렇게 말한 바 있다. "좋은 시는 당대적 지평만으로는 제대로 파악할 수 없다. 지금 독자와의 접점이 거의 없더라도 그 시가 먼 훗날 우리의 후손들에게 마음속 깊이 충격을 줄 수 있다면 그것이야말로 정말 좋은 시이다. 내게는 브레히트의 시가 그러했다."

서 무수한 패배자를 양산하는 한국 사회, 소수자의 아픈 상처가 켜켜이 배어 있는 한국 사회에서 '시'에 대한 서경식의 관점은 충분히 뜻깊고 아름다운 것이 아닐까. 그래서일까. 서경식은 다시 이렇게 적고 있다.

시대가 변하고 세상이 바뀌었다 하더라도 이 사회에 소외되고 상처 입은 사람들이 존재하는 이상, 시인의 일은 끝나지 않는다. 지금 이 시대가 시인들에게 새로운 노래를 요구하고 있다.

그 새롭고 청아한 노래가 서경식에게도 되도록 많이 전해지길 바란다.

5. 글을 맺으며: 그럼에도 불구하고 문학이 맡아야 할 몫

시에 대한 서경식의 진지한 사유는 좀 더 확장되어 문학의 존재 이유에 대한 통찰로 나아간다. 『시의 힘』에서 서경식은 문학의 고유한 역할에 대해 이렇게 말하고 있다.

"하지만 나는 무엇이 '진실'인지를 말하는 것의 중요성과 함께, 어째서 사람들은 자진해서 '거짓말'을 듣고자 하는가, 그 심성을 깊이 파헤쳐 들어가는 것에 대한 관심이 무척 컸다. 이런 작업은 '문학'의 역할일 것이다."

그렇다. 그에게 문학은 비판적 계몽주의에서 더 나아가, 왜 사람들이 그럴 수밖에 없었을까를 깊이 탐문하는 인간학의 의미를 지닌

다. 인간의 마음에 존재하는 그늘과 정념, 감성, 욕망, 비합리성, 심성을 어떤 예술보다도 섬세하게 포착하는 문학의 역할이 필요하다는 것이다. 지리멸렬한 현실에 대한 비판, 정치적 악에 대한 규탄, 사회적 모순에 대한 응시는 물론 문학의 소중한 책무이다. 그러나 이 시대 문학의 역할이 그것만으로 한정될 수는 없다. 왜 그토록 모순적인 정치적 현실에 사람들이 대책 없이 휘말리는지, 왜 사람들은 그토록 쉽게 거대 악을 용서하는지에 대해 문학은 탐구해야 한다. 그렇다면 이 시대의 문학은 서경식이 진단한바, "최근 50년이라는 척도로 사회를 바라보면 상상력이, 나아가 타자에게 공감하는 공감력이 급속하게 쇠퇴했다. 그 대신 유치한 자기중심주의적 언설이 인기를 끌고 있다. 교양의 자멸, 지성의 패배라 불러 마땅할 현실이다"로 요약되는 현실에 대한 한층 냉철한 응시가 필요하겠다. 진보와 개혁에 대한 희망이 점차 사라지는 이즈음, 문학은 이런 지리멸렬한 사회를 가능케 한 인간의 심성과 정념에 대해 한층 투철한 응시를 할 필요가 있다.

그렇다면 서경식은 문학에 특별하게 의미를 부여하며 문학의 가능성에 대해 신뢰하고 있는 것일까? 이제 문학의 계몽적이며 비판적 역할은 어느 선까지 가능한 것일까?『시의 힘』후기「'돌아선 인간'의 저항」에서 서경식은 이렇게 적고 있다.

'문학'이 저항의 무기로서 유효한지 의심스럽다. 내가 쓰는 것을 '문학'이라고 부를 수 있을지는 더욱 의심스럽다. 그럼에도 이런 책을 내려는 이유는 본문에서 루쉰의 말을 빌렸듯, "걸어가면 길이 되기" 때문이다. 아직 걸을 수 있는 동안은 걷는 수밖에.

청춘 시절 김지하의 「타는 목마름으로」를 위시하여 신동엽, 고은, 신경림 등의 시를 통해 조국의 민주주의와 저항의 가능성을 타진했던 그가 보기에 이제 저항의 무기로서 문학의 가능성은 의심스럽다. 솔직한 고백이 아닐 수 없다. 그럼에도 불구하고 문학의 역할이 소진되었다고 할 수는 없다는 것, 비록 이전과 같이 문학이 즉각적인 저항의 목소리나 계몽적 역할을 담당할 수는 없을지라도, 문학이 맡아야 할 고유한 역할이 여전히 존재한다는 것, 바다에 띄운 유리병에 들어 있는 편지처럼 누군가는 여전히 문학의 몫을 간절하게 기대하고 있다는 것이 서경식이 독자에게 끝내 전하고자 하는 메시지가 아닐까.

서경식은 「나는 왜 '글쟁이'가 되었는가?」의 마지막 대목에서 "나에게 남은 시간이 얼마나 될지 예측할 수 없지만, '글을 쓴다'는 행위를 통해 내 역할을 완수하고 이 과제를 공유하는 이들과 연대하고 싶다"라고 말한다. 내게는 이 소망이 너무나 절절하게 다가온다. 바라건대 그가 늘 건강해서 이 아름다운 연대의 책무가 성공적으로 이루어지기를 마음 깊이 바란다. 그렇게만 된다면, 『시의 힘』에서 서경식이 펼쳐놓은, 치열한 문제 제기와 낭만적 기품이 훌륭하게 결합한 최량의 언어에 비해 이토록 가난한 이 해설의 언어도 조금은 이해될 수 있지 않을까.

권성우

문학평론가, 숙명여자대학교 한국어문학부 교수. 현재 도쿄게이자이 대학 객원연구원으로 재일 디아스포라 지식인의 에세이에 대해 연구 중이다. 저서로는 『비평의 매혹』, 『낭만적 망명』 등이 있다.

작품 해설

역자 후기

"조센진은 나가라! 이 머저리들을 죽여라!" 벌건 대낮 도심 한복판, 이웃 나라를 침략 통치하면서 제 손으로 끌고 온 이들에게 고함을 질러대는 악귀들이 득실거리는 땅.

설레는 가슴으로 '조국'을 배우고 싶어 찾아온 파릇한 두 형을 '간첩'으로 몰아 가둠으로써 온 집안에 고통의 독을 풀었던 독재자의 딸이, 다시 대통령이 되어 새로운 악업을 쌓아가는 또 다른 땅.

야만과 절망의 두 공간을 오가며 그 틈을 고단하게 살아내다가, 어느 날 문득 깨닫는 자신의 노년이라니.

이제는 지쳤다고, 그만 쉬고 싶다고 이분이 말씀하시는 것도 무리는 아닙니다.

더구나 앞으로도 변함없이 당신은 이 "냉소의 어둠 속을 살아가야만" 하고, "일본에서나 한국에서나, 보고 싶지 않은 일들이 눈앞에서 벌어지는 것을 목격하게 될 것"임을 이미 알고 계시니 말입니다.

하지만 바로 그 근심과 슬픔이, 이 '돌아선 인간'을 자꾸만 되돌려 세우고 있으니 앞으로도 이분은 쉬지 못하실 것이고, 이는 우리에게 더없이 다행스러운 일이라 해야겠지요.

끝까지 문제의 초점을 놓치지 않는 강인하고 서늘한 논리와 농익은 사유를 바탕으로, 날 서지 않은 부드러운 말투로 조곤조곤, 음악과 미술, 문학과 역사를 넘나드는, 이 차분한 음성 덕분에 우리는 경계에 서야만 보이는 것들, 혹은 들리는 것들이 이렇게나 많다는 것을 비로소 알게 되었습니다. 그리고 이분이 목격하고 증언한 것들에 공감하는 힘을 기르고, 함께 걸어 새 길을 만드는 것이 바로 우리의 과제임을 아프게 깨닫기도 합니다.

경계에서 쏘아 올린, 그러나 모든 경계를 넘어 가 닿아야 할, 이 다급하고도 안타까운 송신을 저의 서툰 언어가 얼마나 제대로 전달하고 있는지 몹시 걱정스럽습니다.

"걸을 수 있는 동안은 걷는 수밖에"없다고, 묵묵히 자신의 고행을 받아들이기로 마음먹으셨으니 앞으로도 오랫동안 뚜벅뚜벅 걸음을 옮겨, 어둠 속에 길을 내주시리라 기대합니다.

오직 시의 힘을 신뢰하면서.

2015년 초여름
서은혜